# 共性與殊性
## ——明清等韻的涵融與衍異

宋韻珊　著

臺灣學生書局印行

# 謝　啟

　　對於這本書的出版最為掛念的，是我生病多年的老父以及辛苦照料的母親，出版對於他們富有聊慰意義，謹將此書獻與無盡付出的我的雙親。

　　因為不想如陳之藩先生般以一句「謝天」來含糊帶過所有絕對且必須的感謝，而且如果沒有這些值得感謝的師長們，就不會有今天的我。因而個人在此書出版之際，以這段小小的謝啟，對於個人在人生及學術之路上指導幫助的師長及朋友們致上誠敬的謝意。

　　首先感謝業師林慶勳先生，林老師不論對我的讀書、就業以及做人都給予最大的提點及支持鼓勵，尤其對於我學術路線及研究領域的引導開展影響深遠，至為感謝。

　　其次，感謝何大安先生多年來在我學術研究之路的關懷提攜與建議；感謝葉鍵得先生的寬容與體諒，使我得以免除聲韻學會事務，專心寫作；而董忠司先生對於介音相關問題的指點與勉勵，凡此都讓晚輩謹誌感念。

　　此外，政大同事侯雲舒老師的鼓勵幫忙，呂佳蓉、郭偉倫同學給予的相關協助，也在此一併致謝。

　　最後，感謝學生書局願意出版本書，以及多年來陳蕙文編輯的全力支持與協助。

宋韻珊謹識

2014 年 2 月於政治大學

# 共性與殊性
# ——明清等韻的涵融與衍異

# 目　　次

# 第一章　緒　論

## 一、明清等韻的繼承與變革

等韻學的產生，源自於對等韻圖的編纂與分析，而等韻圖自唐末五代濫觴，經宋元時期的醞釀以及明清時期的壯大成熟，終於成為與古音學、今音學鼎足而立的獨立學科。其間又可將由宋至清的等韻圖分為二個階段，首先宋元為一個階段，這階段以宋元五大韻圖為代表，其特點是韻圖形式較為一致，所反映的以讀書音系統為主。此外又可分為南北兩派，其中《韻鏡》、《七音略》為南派韻圖之代表，在韻圖編排上，它們皆為始幫終日，陽入相配，以四聲統四等型制的作品；北派則以《四聲等子》、《經史正音切韻指南》為代表，與南派不同的是改以始見終日的聲母排列方式，入聲兼配陰陽，以四等統四聲的韻圖型制來編排。

如果我們承認宋元韻圖具有映現語言流變或時音色彩的可能，當寄託於北派韻圖以及混合派的《切韻指掌圖》上，從他們對入聲韻的措置皆是兼配陰陽，將止攝開口精系字由四等改列一等，註明內外混等、江陽借形以顯示韻攝間的流動與合併來看，可了解當時韻母系統中，[ŋ]韻已經產生，入聲韻尾已開始弱化消變，韻攝間的等第和列字有逐漸模糊合併的趨勢，此為由韻圖型制上可見到的

變化。

伴隨等韻圖產生的副產品,是等韻門法,雖然《韻鏡》、《七音略》是為了《廣韻》而制作的練音表[1],但畢竟在收字、排列與切音上未必完全一致,為了輔助說明以及介紹如何使用等韻圖內精簡的切音方法而設,用意原本良善,但後來卻演變成困難擾人的規則。如《四聲等子》中有門法九[2]、《經史正音切韻指南》後附有〈門法玉鑰匙〉共十三門[3]、明代釋真空《新編篇韻貫珠集》中之〈直指玉鑰匙〉更多至二十門法[4],如此多的條例規則,原為幫助學習韻圖者有一個方便入門的途徑,或者協助解決學習者在切音時的困難,但過多的繁瑣門法,到後來不僅無益於學習,反而導致了學習者認知上的困難。因此,時至明代便產生了廢除門法的呼聲與言論。明朝的音韻研究者,在編纂韻書韻圖時也身體力行,不再受到門法的綑綁及束縛,改以簡明清楚的切音方式來教育大眾。因此,由宋元建立繁瑣門法至明清廢除等韻門法、改良傳統反切與拼音法,是明清等韻學者在繼承宋元韻圖時力求革新的兩大主題。

---

[1]　如果說韻書是平面的建築材料,那麼韻圖便是立體的建築模型。趙蔭棠稱韻圖為練音表。

[2]　《四聲等子》門法有九,分別是:辨音和切字例、辨類隔切字例、辨廣通侷狹例、辨內外轉例、辨窠切門、辨振救門、辨正音憑切寄韻門法例、辨雙聲切字例、辨疊韻切字例。

[3]　〈門法玉鑰匙〉之十三門法分別為:音和者、類隔者、窠切者、輕重交互者、振救者、正音憑切者、精照互用者、寄韻憑切者、喻下憑切者、日寄憑切者、通廣者、侷狹者、內外者。

[4]　〈直指玉鑰匙〉二十門法乃是在《切韻指南》的十三門法上又增加了麻韻不定、前三後一、三二精照寄正音和、就形、創立音和、開合、通廣侷狹等七項,成為二十項。

　　如果比較這兩階段的差異性，明清等韻相較於宋元韻圖有四點頗為不同：

　　**1.變等為呼且呼名繁多**——宋元韻圖區分介音的方式，是先分開、合，於開、合口下再細分四等；但是到了明代，基於等第界線的模糊與合併，明代韻書韻圖裡頗有捨棄「等」而就「呼」的趨勢，此由桑紹良《青郊雜著》以輕科、極輕科、重科、次重科來表示開‧齊‧合‧攝四呼可證。到了李登《書文音義便考私編》、無名氏《韻法直圖》以及李世澤《韻法橫圖》更變本加厲，在韻書韻圖中創立啓脣、齊齒捲舌、齊捲而閉、咬齒呼等多達八至十餘種的各式呼名。此風延續至清代，當時已經完全以呼名為之，不見分等的痕跡，如趙紹箕《拙菴韻悟》、馬自援《等音》、林本裕《聲位》及《字母切韻要法》等，皆在韻圖中以呼名來區分不同介音或韻尾，不同的是，不再像明朝般有五花八門的眾多呼名。殆至潘耒，捨棄其他非屬於分析介音的呼名，終於確立開、齊、合、攝四呼名稱。因此變等為呼且進行呼名演化與變革，為明清韻書韻圖異於宋元的一大特徵。

　　**2.改良反切與拼音方式**——反切自漢代產生後，使用至清代歷經一千五百年之久，其間在不同時期也曾經過不少前賢的改良，如明呂坤之《交泰韻》即廢去繁瑣門法改用直接拼音，他認為理想的反切，必須顧及聲調，即以平切平、上切上、去切去、入切入，因此生發出「平仄交泰」的辦法。同時，呂坤在選用反切下字時，一律採用零聲母字讓拼音時更貼合的作法也相當特別。吳繼仕在《音聲紀元》的聲母系統中則採用「聲介合母」的拼音方式，顯然已認知到介音該歸屬於聲母而非韻母。清李光地《音韻闡微》的合聲切法，也是精簡反切用字，所改良的新切確實較舊切精良。

**3.注重反映方音口語**——若說明清等韻與宋元最大的不同，在於宋元韻圖多宗讀書音，但明清除了有繼承讀書音系統、仿制上古音系統的韻圖外，更多的是反映方音口語的作品，其中有反映北方音系、有反映南方方音、有蒙漢、滿漢對照者，還有供外國人學習華語之用的語言用書。這些不同的韻學著作，反映了多方、多元的音韻色彩，難能可貴的是，明清的韻學者已意識到語音會隨著時空轉換發生流變，注重並採納方音口語[5]，因此，雜揉性的韻書韻圖也成為此一時期的顯著特點。

**4.同時編纂韻書韻圖，互為體用**——宋元韻圖如《韻鏡》、《七音略》都是根據切韻系韻書所制作之韻圖，明代學者不甘於只是為反映某一韻書來制作韻圖，因此重新編纂自己理想中的韻書韻圖，不過，此一時期編集韻書者與制作韻圖者尚分別為之。到了清代則更進一步同時編纂韻書和韻圖二者，將之融為一爐，如王祚禎《音韻清濁鑒》、趙培梓《剔弊廣增分韻五方元音》即屬之。應裕康（1972：9）曾提到「熊士伯《等切元聲》的主要骨幹即為〈元聲全韻〉及〈元聲韻譜〉兩部分，〈元聲全韻〉為韻書，〈元聲韻譜〉則為韻圖，而所謂元聲者，即指千古與萬國咸同之元音也。此外如敕撰《音韻闡微》、龍為霖《本韻一得》等，莫不收韻書韻圖於一編。」以上所舉皆是出自清代的作品，因此，應氏認為「韻書

---

5　如《音韻闡微》的編纂者李光地，其實是位很有語音發展觀念的學者，不僅對「時音」未加輕視，反而加以整理。雖然《音韻闡微》一書基本是走存古路線，但他為了同時滿足康熙皇帝尊古的要求又想反映時音，所以在看似保守的韻書表象下又別立合聲切法，目的在明韻審音。關於《音韻闡微》音系的詳細探析，請參見林慶勳先生（1988）《音韻闡微》音系研究一書。

韻圖互為表裡」是清代韻圖異於他朝的一大特點。

## 二、研究主題與各章內容大要

本書所涉及之年代涵蓋明清，時間跨度頗長，限於學力與篇幅，採取主題式的探析與論述並佐以明清語料相互印證。明代部分重點放在呼名和介音的探索上，有明一代適逢等呼演變之高峰期，等呼的區分主要依據介音而定，但古人對「介音」、「等呼」甚至是後來的「呼名」的區分，卻時有混淆處，因此個人就明代呼名的實質內涵以及介音在音節結構中對聲母和韻母的影響著眼，試圖釐析明代呼名設立的條件與原因，相關論述見本書二、三兩章。清代部分則探索韻圖與方音間的關係以及當時編纂韻書韻圖的原因，說明編圖者的想法勢必影響成品之形塑，有關內容見本書四、五兩章。

明清等韻既然承襲自宋元，展現在韻圖形制、體例內容和音韻觀點（如正音、雅音的堅持）上自有不可分割之血緣關係，此為其共性；倘若僅知沿襲、不求變化，勢必阻滯學科發展，不免走上滅亡之路。所幸，明清的等韻學者們深知源頭活水的重要，因此在繼承之餘不忘轉換視角並且吸納新觀點、新思維，從而開展出獨具特色的面向與成果。本書內容即以明清等韻對宋元等韻的繼承與變革著眼，呈顯其一脈相承之共性，同時也企圖揭示其涵融轉化後的殊異性。關於本書各章節內容所論，今略述大要如下：

第一章緒論，分兩小節，首先闡述明清等韻對宋元等韻的繼承與變革處，點出明清等韻的四大特點；繼而說明本書採主題式進行討論，並介紹各章內容。

　　第二章等呼徵性的擴大——以明代三部韻圖為例，就明代變等為呼且呼名繁複多樣，最具代表性的三部韻圖《書文音義便考私編》、《韻法直圖》和《韻法橫圖》進行抉發，釐析當時產生眾多呼名的原因和各呼名間的實質內涵。發現明代的呼名指涉往往已溢出傳統指稱介音的範圍，進而擴大到也可指稱聲母、韻尾等各部件，達到無所不包的地步。

　　第三章介音、等呼的性質與其對聲母和韻母的影響，則就「介音」此一部件在音節結構中的位置、所發揮的作用與影響進行討論。由於介音上承聲母、下接主要元音和韻尾，主宰著讓聲母或韻母發生變化的樞紐位置，而介音與等呼間似同質又似異質的歷史糾葛，也是歷來不斷引起討論的重點。本章首先辨明「介音」和「等呼」由中古至今的定義與範圍；其次就元、明語料中介音與主要元音間的對立與兼代、清晰與混淆處著眼，說明當時或分或合的狀態；再分就介音對聲母和韻母的影響進行討論，希冀釐清介音所起的作用與影響。

　　第四章音韻理念與方音呈顯——論清代的幾種方音，本章選擇三部或是映現時音、或是兼顧雅言的韻圖，論述在深受《韻法直圖》影響下的《韻通》，如何融合雅言與俗語來展現自己的音韻理念；趙紹箕則在《拙菴韻悟》中忠實反映當時河北的語音面貌，其中ㄜ韻母和兒化韻的出現，更使《拙菴韻悟》成為顯現進步時音的前驅之一。《等音》一圖面世後，雖不乏學者關注探討，但究竟反映的是當時官話音、雲南音、山西方音還是其他？則仍有探索的空間。個人試圖從馬自援的祖籍（陝西）和出生地（雲南）兩地不同方音來比對，希望能從語音線索中耙梳其所意欲展現的音韻圖像。

　　第五章清代韻書韻圖編纂與出版的內因外緣——以《五方元

音》系列及滿人著作為論述中心，則由清代所編纂出版的大量韻書韻圖中，嘗試由當時的社會背景、文化氛圍以及政府的心態和政策著手，探究當時之所以編纂各類韻書韻圖的內因外緣。本章除了總和清代韻學著作加以分類外，由於數量龐大，因此側重《五方元音》系列和滿人著作來論述。文中對於清代編纂韻書韻圖的原因和清政府的政策進行初步探討，以期體現清代整體對刊行音韻學著作的態度與埋出。

　　第六章結論，分兩小節，首先說明經由前面四章的開展與討論，本章總結明清等韻的貢獻與缺失，並從語音演進角度說明古今對介音性質的定位；繼而提出本書的侷限與未來待開展之議題。

# 第二章　等呼徵性的擴大
## ——以明代三部韻圖為例

## 一、前言

　　介音在音節結構中位於聲母輔音與主要元音之間的中介部位，起著可影響聲母與韻母發生變化的重要關鍵。中古時期的介音依開合二呼、洪細四等來分類，其所肩負之語音性質與功能原本相當清楚，但在明清階段，介音與等呼間的分際卻逐漸模糊、泯滅，甚而有擴大的趨勢，於是出現各式各樣不同的呼名，而就這些呼名的內容來觀察，也往往已超出原本的介音徵性，達到包含聲母、韻尾等部件在內。

　　本章以《書文音義便考私編》（以下簡稱《私編》）、《韻法直圖》（以下簡稱《直圖》）與《韻法橫圖》（以下簡稱《橫圖》）這三部出現于明萬曆年間的韻書與韻圖為觀察主軸，通過三書把呼名分為八至十類不等，除開齊合撮四呼外，尚列有閉口呼、捲舌呼、抵和正、開口捲舌呼、閉口捲舌呼、開合、混呼、咬齒呼、舌向上呼等其他不同類型呼名，試圖藉由討論這些呼名來探究介音此一部件在當時所扮演的角色。為何在明清之際會出現這些眾多呼名的語料？

為何這三部韻圖的呼名如此相似，彼此間是否具有繼承關係？而為
何這股風潮延續的時間也不太長，至清中葉後便又回復至四呼名稱
而定型延續至今？本章希望透過對介音與等呼此一部件的討論，以
明介音與呼名在音韻學史上所曾經開展出的語音性質與功能。

## 二、《私編》、《直圖》和《橫圖》的編排體例與特點

### 2.1 《私編》的編排體例

　　《私編》的作者李登（字士龍），江蘇上元（今江寧，一說南京）
人，此書刊行於明萬曆丁亥（1587 年）。由該書體例來看，近似於
《韻略易通》，權淑榮（1999）稱其「是一部同音字表形式的等韻
化的韻書」；葉寶奎（2001）則認為該書「是一部包含形音義的文
字學著作，從形式看它是一本韻書，仍舊以表音為主」。

　　全書依聲調為分卷依據，共分為上平聲、下平聲、上聲、去
聲、入聲五卷，每卷下臚列若干韻目，每韻之內依聲母開合來分
類，每一聲母呼名下再臚列若干同音字。若一韻內缺少某些聲母的
話，便在書冊框線外以陰刻方式標明「某某無」等字眼。因為書中
所收韻字下常綴以字義解釋，使得該書亦兼具字書功能。值得注意
的是，李登在平聲卷內使用 31 字母系統，內含全濁聲母，仄聲處
則去除十個濁聲母，僅剩 21 聲母系統，相當特別。以下列出該書
平聲和仄聲處聲母，以相對照：

　　《私編》平聲共 31 母，下列為聲母名稱與李登的說明：

　　「見溪群疑曉匣影喻」此八字為一類，皆喉音。

「敷奉微」此三字為一類，乃脣齒半音。

「幫滂平明」此四字為一類，皆脣音，內平字舊系並字。

「端透廷尼來」此五字為一類，皆舌頭字，內廷字舊系定字。

「照穿牀審禪日」此六字為一類，正齒音。

「精清從心邪」此五字為一類，皆舌齒半音。

李登並指出「舊多〝知〞〝徹〞〝澄〞〝娘〞〝非〞五母，〝知〞重〝照〞、〝徹〞重〝穿〞、〝澄〞重〝牀〞、〝娘〞重〝泥〞、〝非〞重〝敷〞，重母下字無非同音，不知其說，茲用三十有一而足。」從這一段話看起來，李登的主張顯係與《洪武正韻》相同，雖主張保留全濁聲母卻也進行適度的歸併。然而他在〈辨清濁〉裡卻又提到：

> 清濁者如〝通〞與〝同〞，〝通〞清而〝同〞濁；〝荒〞與〝黃〞，〝荒〞清而〝黃〞濁是也。三十一母中，〝見〞〝幫〞〝端〞〝照〞〝精〞五母，皆有清而無濁，〝疑〞〝微〞〝明〞〝泥〞〝來〞〝日〞六母，皆有濁而無清；除此十一母外，其〝溪〞與〝群〞，〝曉〞與〝匣〞，〝影〞與〝喻〞，〝敷〞與〝奉〞，〝滂〞與〝平〞，〝透〞與〝廷〞，〝穿〞與〝牀〞，〝審〞與〝禪〞，〝清〞與〝從〞，〝心〞與〝邪〞十項，皆一清一濁，如陰陽夫婦之相配焉。然惟平聲不容不分清濁，仄聲止用清母悉可該括，故并去十濁母，以從簡便。

所以在《私編》內採取了平聲 31 母、上去入仄聲 21 母的兩套並行系統，以下是該書中的仄聲 21 母：

　　見溪疑曉影　奉微邦平明　端透尼來　照穿審日　精清心
由平仄聲母二系統並存觀之，或可認為仄聲字已經清化然而平聲字
仍維持全濁局面，但若再從內容收字對照來看，該書內實已完成濁
音清化音變了，至於影喻疑合流、知莊章合一、非敷奉合流、微母
獨立等音變，也具現於該書內。

　　《私編》的韻母系統分為舒促兩類，平上去各 22 韻，入聲 9
韻。以下列出該書平聲 22 韻和入聲 9 韻為代表：

　　平聲韻：東支灰皆魚模真諄文元桓寒先蕭豪歌麻遮陽庚青尤

　　入聲韻：屋質術月屑藥曷黠陌

為顯示每一韻目的古今對應，李登在每一韻目下皆注明古通某韻，
如「東韻」下注「今韻分東、冬，古通用」，「支韻」下注「今韻
分支微齊，又通灰韻，下諸音古並通用」等字眼。從韻內收字來
看，[i] 韻已經形成，m、n 二類韻尾也已互混，僅餘呼名開、閉來
顯示其原本的韻尾性質，牙喉音的開口二等字已增生 [i] 介音，入
聲韻獨立一類且韻內兼收 p、t、k 三類塞音尾，說明該書入聲韻尾
已弱化為喉塞音韻尾 [ʔ] 了。

　　《私編》的聲調分為四，平聲韻分上平下平，與《廣韻》相
似，係因平聲韻字多而分卷，與聲調陰陽無關。惟由聲母排列與收
字來看，實已隱含因聲母清濁來區分陰陽平的事實，故該書應是四
聲卻隱含五調的格局。此外，全濁上聲歸去聲以及入聲獨立成一
類，在此書也都一一呈現，若以今江淮官話與其他官話區最大的區
別特徵之一即是保留入聲且轉為喉塞音韻尾觀之，《私編》一書具
江淮官話性質應是可信的。

## 2.2 《直圖》的列圖體例

《直圖》是出現於明萬曆年間的一部韻圖，時間略晚於《私編》，作者不詳，亦不知成書於何時，僅知其附於梅膺祚所作《字彙》之後，而據梅氏在《直圖》序中所言：「王子春，從新安得是圖」來看，王子年為萬曆四十年（1612），新安即今安徽歙縣，因此《直圖》的成書年代當在此之前。所以，今暫定 1612 年為其成書年代下限。

《直圖》的列圖方式是由「韻」和「呼」來決定，全書 44 韻分屬於 44 張圖內，一圖即為一呼。一圖之內縱列 32 聲母，橫排平上去入四聲，縱橫交錯處列所切之字。前五圖在韻目底下注明屬於五音（宮商角徵羽）中的哪一音，每圖之後標示呼法，間或附有對一圖的註解說明。如十六圖「光韻」後注明「匡狂王三字，橫圖屬惺韻，莊窓床霜四字，橫圖屬姜韻，此圖俱屬於光，所呼不同，予莫能辨，惟博雅者酌之。」由文字內容來看，《直圖》後的這些註語應是梅氏所加。

從《直圖》的列圖方式，可以得到兩點訊息：1.改變傳統聲母橫列的方式而改為直排。2.打破宋元韻圖的等第之分，而僅以分韻、分呼和聲調來區隔。以下分就《直圖》聲、韻、調的編排特點簡單描述：

### 2.2.1 《直圖》的聲母特點

《直圖》的 32 聲母是把傳統 36 字母裡的「知徹澄」併入「照穿床」內，並把「泥娘」合併成「泥」母，以成 32 之數，因為它保存了全濁聲母，因此趙蔭棠等學者遂將之歸入存濁一派。《直圖》的聲母因為是用數字來標示，並未明示聲母名稱，經過與《廣

韻》比對過反切後，今借用中古 36 字母的名稱而得出其 32 聲母的
排列順序如下：

　　見溪群疑　端透定泥　幫滂並明　精清從心邪　照穿床審禪
　　曉匣影喻　非奉敷微[1]　來日

根據個人的觀察，《直圖》裡的聲母特點有：

　　a. 保留全濁聲母，只有少數清化。至於清化後的濁聲母，不論
　　　　平仄多數讀為送氣清聲母。[2]

　　b. 泥娘合流；心、邪合流；曉、匣合流。

　　c. 知、莊、照三系合流。

　　d. 為、喻與影母合流；疑母雖獨立，但部分疑母字已向喻母字
　　　　靠攏。

　　e. 非敷合流，部分奉母清化後，亦加入合流行列。[3]

---

[1] 脣齒音在《直圖》裡的數字排序為 27、28、29、30，與中古 36 字母對
　　照，正是非系四母所屬位置。然而，與傳統「非敷奉微」順序頗為不同的
　　是，在《直圖》裡除江、規二韻是以此次序排列外，其餘大體上是依據
　　「非奉敷微」的順序來列字。因此，就《直圖》而言，顯然以前者為變
　　例，後者為正例。

[2] 《直圖》裡的全濁聲母有清化的跡象，但數量上不及存濁的聲母多，因此
　　可說它正處於流衍向清化的階段。而它的清化方向是由仄聲開始，平聲則
　　絕大多數保持全濁聲母型態（宋韻珊 1994：31）。從《直圖》全濁聲母
　　清化後的類型觀之，近於贛客型而與北方官話的演化規則不同。楊秀芳
　　（1989：56-58）曾指出「徽語中濁聲母清化後有些送氣，有些不送氣，
　　而位於徽州方言區東北角的績溪、歙縣，古濁母清化後多半送氣，只有少
　　數白話音讀不送氣」。可見《直圖》的清化型態與現今徽語的表現正相符
　　合。

[3] 在《直圖》裡除了顯示出非敷合流外，非敷奉三母也偶有互混的情形，似
　　乎說明少數奉母字在清化後有進而與非敷合流的態勢。鄭榮芝（1999：2-

### 2.2.2 《直圖》的韻目編排

《直圖》的韻目排列極有特色，44 韻目全部選用見母字來擔任，內容依序為「公岡驕基居弓庚根京巾金簪鈎扃䙐光觥江規姑貲乖該皆瓜嘉挐迦蛇戈歌官涓干堅兼關艱甘監高交鈎鳩」。聲調分平、上、去、入四聲，入聲韻有 23 個，除了第四圖的基韻是配陰聲韻外，其餘 22 韻皆與陽聲韻相配，但從陰聲韻後常注明「入聲如某韻」來看，入聲富可兼配陰陽且有演化成喉塞音韻尾 [ʔ] 的趨勢。44 韻的前後排列順序，除了前五圖為示範說明而把各類韻尾摘其一來陳列，如一公和二岡是收 [ŋ] 尾，三驕收 [u] 尾，四基、五居為開尾韻，顯得不整齊外，大致上是將主要元音和韻尾相近的排在一起，如 13 鈎至 15 䙐收 [n] 尾，25 瓜至 31 歌為 [ø] 尾的開尾韻。

## 2.3 《橫圖》的列圖方式

《橫圖》與《直圖》同樣是附於梅膺祚《字彙》後的兩部等韻圖，作者李世澤，字嘉紹，上元（今江蘇江寧，一說南京）人。李氏的生平事跡不詳，僅能由梅膺祚為《橫圖》所作之序裡得知，為李如真（李登）之子，而李登正是《私編》（1586）的作者。此圖之成書年代亦無法確定，若由梅膺祚於明萬曆甲寅春（萬曆 42 年，1614）付梓來推斷，成書下限當在 1614 年以前。

---

3）在觀察《直圖》內的唇齒音排序後，也認為「在非系四母中，其實非、敷二母已經沒有區別，這一類的唇齒音在表面上有四母，但實際上只有三母，即 27 為『非敷』、28 為『奉』、30 為『微』」。因此，「非敷合流」以及序列 29 應是「微母虛位」，應是可以確定的。

　　此圖原名《標射切韻》，作者原為改革舊等韻門法的繁瑣、便利初學者入門所作，梅膺祚當初基於「余先是得韻法直圖，其字從上而下也。是圖橫列，則以橫名，一直一橫，互相脗合，由易卦然。先天後天，其圖不同而理同也。韻法二圖，蓋倣諸此。」是以，《橫圖》名稱的由來，係因梅氏據其聲母橫列，與《韻法直圖》（以下簡稱《直圖》）恰成對比之故。

　　《橫圖》是以聲調為根據來分圖，因此總共只有平一、平二、上一、上二、去一、去二、入七張圖，每圖橫列聲母，直陳韻目，韻旁標注呼名，圖後加注若干說明。因《橫圖》係以調統圖，列圖頗具特色，由李新魁（1983：273）把他歸入「表現明代讀書音的等韻圖」並別立〈韻法橫圖一系的等韻圖〉一節可以知道，這樣的列圖方式對後代韻圖頗有影響，有一系列韻圖即仿《橫圖》體例來編排。以下分就聲、韻、調三者的編排特點簡單敘述如下：

## 2.3.1　《橫圖》的聲母特點

　　《橫圖》聲母繼承了傳統 36 字母系統，始見終日，保存全濁聲母，此和《直圖》歸知徹澄入照系略有不同而更近似於宋《切韻指掌圖》。因為它保存了全濁聲母，因此趙蔭棠等學者遂將之歸入「存濁」一派。但除了見溪群疑、曉匣影喻、來日十母外，其餘的在端系下以小字並列知系，知系下並列端系，邦系與非系並列，精系與照系並列。大體而言，各系間的界限尚稱分明，推測李氏此舉是為了不以等第分圖列字所行的變通方法。根據個人的觀察，《橫圖》裡的聲母特點有：

　　a.完整保留全濁聲母，並未清化　　b.泥娘合流

　　c.莊系與照系合流　　　　　　　　d.為、喻合流

引人注意的是，莊照二系雖合流，實際上在分韻列字時卻時常讓二

系並立或是精系與照系對立的情形，其中或是顯示韻母的不同，如基韻有 [ï] 與 [i] 的對立；或是今讀音的不同，如部分莊系今讀同精系的 [ts]，與照系 [tʂ] 對立，說明莊照二系讀音應有細微差異。

　　若以《橫圖》的聲母系統與李登《私編》的聲母系統相較，其中頗有可議之處，李登書中的聲母依照平仄分為兩類，平聲處保留全濁聲母共 31 母、仄聲處則是化濁入清僅有 21 母，若就全書音系觀之，當已完成濁音清化；聲調雖分為四類，但平聲中隱含清濁之分，所以實際上應有五調之實。若將《私編》、《橫圖》再對照現今南京方音，則可明確見到濁聲母消失；[n]、[l] 不分；知、照系同音；喻為與影疑諸母都變成零聲母；平分陰陽等。《私編》與《橫圖》雖然都部分呈顯了當時的聲母現象，不過，相形之下，《私編》系統顯然較能體現當時的語音面貌，《橫圖》則在刻意仿古的表象下，雖藉由韻後註語得悉某些音韻線索，就映現時音而言，相對顯得薄弱些。

### 2.3.2 《橫圖》的韻目編排

　　《橫圖》的韻目大致上與《直圖》相同，韻目全部選用見母字來擔任，內容依序為「公鞏庚京肱綱（收 ŋ 尾）裩君根巾金（收 n、m 尾）光恇岡姜（收 ŋ 尾）規居孤基（收 ø 尾）乖該皆（收 i 尾）瓜加關結戈歌（收 ø 尾）官涓干堅兼關間甘監（收 n、m 尾）高交驕鈎鳩（收 u 尾）」，其中平聲 41 韻（平一 21，平二 20），上聲韻 38（上一 20，上二 18），去聲韻 38（去一 20，去二 18），入聲韻 16。上、去聲比平聲韻少三韻是把光、岡二韻合併，交、驕二韻合併，關韻無上去聲的緣故。其中平一、上一、去一皆分為五欄，平二、上二、去二則分為六欄，把韻分成十一組，從韻目來看當是依韻腹、韻尾的相同或相

近來區分。

　　若依《橫圖》內的韻尾型態來看，計有 ŋ、n、m、ø、i、u 六類，且往往把收 m 尾與收 n 尾的同列一欄；再由這些閉口韻後常註明「音悉同上列但旋閉口」且今南京音也僅存一類 ŋ 尾觀之，m、n 合流乃大勢所趨，存在《橫圖》內的閉口呼究係反映的是否為真實語音是值得懷疑的。

　　《橫圖》另有獨立的 16 個入聲韻自成一圖，迥異於《直圖》的承陽聲韻，在《橫圖》卷末有段文字來說明其陰入相配的轉變：「譜內凡入聲俱從順轉，就其易也。如谷字只曰孤古故谷，順轉也。若公革貢貢谷，又昆衰棍谷、鉤苟垢谷，皆拗紐也，不從。」這段話顯示了兩個要點：一是指明入聲韻宜與陰聲韻相承，這意味著入聲韻尾已發生變化；二是產生變化後的入聲韻尾在和陰聲韻相配時是有條件的，換言之，得是主要元音相同相近者才可互相搭配。若以《橫圖》16 個入聲韻內已 p、t、k 三類塞音尾互混，且偶而夾雜著舒聲字如「多租」的情況來看，再佐以今南京音確實存在著入聲的喉塞音韻尾，《橫圖》此舉相對顯得進步。

　　至於《橫圖》的聲調，表面上僅有平上去入四調，但由《橫圖》後的註語如「苟陰平」來看，平聲似已有陰陽平之分；另再由圖後所標示的「濁聲法」視之，《橫圖》雖仍維持全濁上聲歸上聲的舊例，但全圖卻也出現十例濁上歸去之例，說明「平分陰陽」和「濁上歸去」此二規律在《橫圖》內已初露端倪。

# 三、《私編》、《直圖》與《橫圖》的
# 呼名內涵和實際指涉

　　觀察這三部韻圖，發現《私編》全書出現的呼名共有 10 種；《直圖》有 13 種，數量最多；《橫圖》則是 8 種。在《直圖》與《橫圖》內，每一圖（韻）後都會註明此圖（韻）屬於何呼，以利於閱讀者掌握。但《私編》卻不然，李登在每韻前並未註明呼名，而是在每韻聲母下或標以「見合」、「見撮」、「照抵」、「照正」等名稱來表示區別，因此，有時一韻之內同時包含數種呼名，如皆韻內同時兼有捲、合、開三類；有些韻則連呼名別都未列，使得我們僅能由中古音聯繫上來推估其呼名所屬，如灰、魚、模、諄諸韻屬之[4]。以下關於呼名的分類與討論，在《私編》方面，一方面是依據《私編》中的呼名而定，另一方面也將中古韻攝的歸併納入考量。而為了顯現明代與今音之異同，於必要處依據《普通話基礎方言基本詞匯》（1995）中所記錄的南京音[5]以為對照之用。

---

[4]　由於《私編》每韻內可能收羅不同性質的呼名，所以開合口字同入一韻（如皆、寒韻）或是不同等第的例字並置一韻內（如庚韻）的情形並不罕見，此與較《私編》稍稍晚出的《直圖》、《橫圖》大抵一韻即具一種呼名頗為不同。

[5]　關於《私編》一書的音系基礎為何？一直以來不乏學者抉發探索，如趙蔭棠（1985）將之歸入「明清等韻北音系統」一類，李新魁（1983）認為「它反映了明代口語標準音」，耿振生（1992）則認為「它代表的是明代官話方言中的江淮方音」，黎新第（1995）也從南方官話方言論證「《私編》呈顯出當時南京音系」的初步依據。可是，葉寶奎（2001）卻認為「《私編》一書反映的是明代中後期的官話音而不是南京音，官話音與南京音二者是有區別的」。雖然各家所論不同，但一致認為《私編》記錄了

　　至於《直圖》與《橫圖》，觀察二圖呼名的訂立或是與主要元音的特點有關，或是不同介音間的區別，或是表示韻尾特色，或是呈現聲母的發音型態，或是同時兼具聲母與韻尾的發音特質，以下分別加以論述。而為了能更明確地掌握二圖呼名的實質內容，《直圖》於必要處將加入現今歙縣、宣城二地方音進行對比，以期獲得古今語音上的印證[6]，《橫圖》則也取與現今南京方音[7]進行對比。

當時的口語音與官話音倒是一致的。

　　查江寧與南京今屬江淮官話洪巢片，該片的特點是：

　　a.聲調都是陰平、陽平、上、去、入五個。

　　b.古入聲字今讀入聲，不分陰陽。

　　c.古仄聲全濁聲母字今讀塞音、塞擦音時不送氣。

　　d.「書盧」、「篆倦」二組字不同音。

若以此四項條件檢視《私編》，那麼似可斷定該書反映的確實是南京方音無疑，但是南京方言所顯現出的泥來不分（都讀成來母）、n、ŋ尾互混（都併入ŋ尾）甚至於m、n相混後進一步轉為鼻化韻（此當為後起的進一步音變）等語音特點，卻不見於《私編》內。因此除了南京方音外，《私編》裡是否還摻雜了其他音系，或是受到其他語音影響，恐怕還需要更充分的研究與追索才行。

6　關於《直圖》的音韻系統，究係單一音系抑或是複合音系？到底是讀書音還是反映方音？歷來有不同說法。趙蔭棠（1985）將之歸入「明清時期之存濁系統」內；李新魁在較早的《漢語等韻學》（1983）中，把《直圖》納入「表現明代讀書音系統」的韻圖內，但在晚出的《韻學古籍述要》（1993）裡，卻改歸入「表現明清時音類」韻圖中，可見李氏對此圖的看法也經過修正；耿振生（1992）則將之置於「明清混合型等韻音系」內，並指出《直圖》帶有皖南吳音特點，但折中南北古今的色彩也比較濃重。若就個人的觀察與釐析，《直圖》的音系基礎至少包含兩層：其中第一層是沿襲自《洪武正韻》的讀書音系統，另一層則是皖南徽語的方音系統。

　　本文之所以選擇歙縣、宣城二地語音進行參照的原因在於梅膺祚為安徽宣城人，而他是在新安（今歙縣）獲得《直圖》，所以選擇較貼近語料

其中歙縣方音係依據《普通話基礎方言基本詞匯》（1995）裡的記音，宣城方音則採自宋志培（2004）的調查研究。

## 3.1 開齊合撮四呼

　　三圖的「開口呼」大抵相當於中古的開口洪音，「齊齒呼」大抵相當於開口細音（《私編》中無此呼），「合口呼」相當於合口洪音，「撮口呼」相當於合口細音。這樣的對應大體符合《廣韻》音系、三圖以及後來對四呼內涵的含括。不過，在這些大體整齊的對應下，也可見到細微的語音現象在流動，以下分別敘述：

### 3.1.1 開口呼

**A.《私編》韻目與中古韻攝的對比**

　　因李登在每韻前並未註明呼名，而是在每韻聲母下或標以「見合」、「見撮」、「照抵」、「照正」等名稱來表示區別，以下就

---

　　的方言點來對比。當然我們也必須考慮到，《直圖》內部所反映的語音現象，也可能是除此二地之外的其他方音的可能性。至於歙縣與宣城的音系歸屬為何？今歙縣一部分屬於徽語績歙片，一部分隸屬於江淮官話洪巢片；宣城今屬江淮官話區，就徽州的歷史沿革來看，其內部音系頗為複雜。

7　　至於《橫圖》的基礎音系究竟為何？雖然表面上是傳統宋元韻圖的架構，充滿濃厚存古色彩，似乎屬於讀書音一系韻圖，此由李新魁在較早的《漢語等韻學》（1983）中把《直圖》與《橫圖》納入「表現明代讀書音系統」的韻圖內可知。但他在晚出的《韻學古籍述要》（1993）中卻改歸入「表現明清時音類」韻圖中，可見李氏對此二圖的看法也經過修正。個人則以為《橫圖》是部兼具讀書音架構與南京方音實質的複合性音系韻圖。而由收字內容與現今語音對當後來檢視，個人同意耿振生與邵榮芬兩位先生所論，當中具有南京方音特色。

各韻中收錄開口呼字者依上平下平及入聲分列如下：

上平

1. 四皆：蟹開一、二、蟹合二（見母）、假合二（影喻疑）
2. 十二寒：山開一二、咸開一二、山合二（見系）、山合三（非系）、咸合三（非系）

下平

3. 三豪：效開一二、效開三（照系）
4. 四歌：果開一、果合一
5. 五麻：假開二三、蟹開二（見系）、假合二（見系）
6. 七陽：江開二、宕開一三、宕合一三（見系、影喻疑）、宕合三（非系）
7. 八庚：梗開二、曾開一、梗合二三四（見系、曉匣、影喻疑）
8. 十尤：流開一（見系、端系、來母）、流開三

入聲韻

9. 七曷：宕開一、宕開三（照系）、山開一（見系、曉匣）、山合一、宕合一（見系、曉匣）、梗開二（格虢）、江開二（觖）、咸開一（見系、曉匣）
10. 八黠：咸開一二、山開一二、山合二三（非系）、咸合三（非系）
11. 九陌：梗開二三、曾開一、曾開三（照系）、深開三（澀）、臻開三（瑟）、曾合一（國或）

　　《私編》裡的開基本上指的是開口洪音一二等的字，如歌韻「見開[8]」─收「歌哥何荷俄鵝」（果開一）；麻韻「見開[9]」─收

---

8　此處以「見開」含括見系、曉匣和影喻疑諸聲母。

「加嘉家牙蝦霞」（假開二）、「佳涯」（蟹開二）等。但也指開口三四等，實際上具有 [-i-] 介音的齊齒字，如真韻「見開[10]」—「巾斤芹欣」（臻開三）、「精開[11]」—「津親秦辛新」（臻開三）。有趣的是，含 [-i-] 介音的字往往有開、閉對立的情形，如真韻「見開」收臻開三，見閉收深開三；先韻見開收山開三四，見閉收咸開三四。

因此《私編》裡的開實際上具有兩種指涉：一是傳統的開口呼字，零介音；另一類是為顯示 -m、-n 尾相對立而具有 [-i-] 介音的開口細音字。而後者對「開」的定義相當罕見，可能是同時考慮唇型發介音和尾音時的開與收而定。

**B.《直圖》韻目與中古韻攝的對比**

在《直圖》裡屬於開口呼的韻共有七個，它們分別是庚、根、該、歌、干、高、鉤韻，這七韻的中古來源如下：

1. 庚韻：梗開二、曾開一
2. 根韻：臻開一、臻開三以及梗開三、曾開三（僅莊、照系「臻莘整逞程省正秤聖」等字）
3. 該韻：蟹開一
4. 歌韻：果開一
5. 干韻：山開一
6. 高韻：效開一
7. 鉤韻：流開一、流開三（僅莊系「鄒愁搜溲緅瘦壽」等字）

---

9　此處以「見開」含括見系、曉匣和影喻疑諸聲母。
10　此處以「見開」含括見系、曉匣和影喻疑諸聲母。
11　此處以「精開」含括精系諸聲母。

　　《直圖》列為開口呼的韻目一如《私編》般，亦是指中古開口洪音一二等字，顯然《廣韻》時期以四等二呼來區分介音的形式到了元、明階段已逐漸演化成四呼的形式，而等第的界限有漸次合併、分化的趨勢。值得注意的是，在這些開口呼的例字裡摻雜了梗開三、曾開三以及流開三的莊、照系字，說明照系三等的 [j] 介音在《直圖》時代已脫落，由細音轉為洪音字了。

### C.《橫圖》韻目與中古韻攝的對比

　　在《橫圖》裡屬於開口呼的韻舒聲韻共有八個，它們分別是庚、根、岡、該、歌、干、高、鉤韻；入聲則是閣、革、各三韻，這十一韻的中古來源如下：

1. 庚韻：梗開二（見系、知系、莊系、明母）、曾開一（端系、幫系、精系、匣、來母）
2. 根韻：臻開一
3. 岡韻：宕開一
4. 該韻：蟹開一
5. 歌韻：果開一
6. 干韻：山開一
7. 高韻：效開一
8. 鉤韻：流開一

### 入聲韻

1. 閣韻：咸開一、山開一
2. 革韻：梗開二、曾開一
3. 各韻：宕開一、果開一（「多」）

　　從《私編》至《橫圖》，顯然由中古至明代的開口呼發展已趨於定型，內涵所指都是相當於中古時期的開口洪音一二等字，其中

《直圖》與《橫圖》的庚韻兼收來自中古曾、梗二攝字，說明當時已曾梗合流。值得注意的是，庚、根二韻在中古時期的韻尾原分屬 ŋ、n 二類，但在《直圖》裡已開始互混；不過在《橫圖》內則仍分立，這是否顯示當時徽語中 ŋ、n 尾合併的速度較《橫圖》快呢？若由這兩類韻尾在今南京音或是被併入 ŋ 或是已弱化成鼻化韻來看，《私編》和《橫圖》僅反映了 m、n 合流的事實。至於 ŋ、n 尾的進一步合流，可能尚未顯示。此外，《私編》和《橫圖》的入聲韻同時收 p、t、k 三類韻尾，《橫圖》各韻更收了一例平聲字，意味著入聲韻尾已是弱化的 [ʔ] 尾了。

### 3.1.2 齊齒呼

**A.《私編》韻目與中古韻攝的對比**

上平

1. 二支：止開三、止合三（非系）、蟹開四
2. 七真：臻開三、深開三、臻開二（莊系）、咸開一（精母）

下平

3. 一先：山開三四、咸開三四
4. 二蕭：效開三四、效開二（莊系）
5. 六遮：假開三、果開三（見系、影喻疑）、果合三（曉匣）
6. 九青：梗開二三四、曾開三

**入聲韻**

7. 二質：臻開三、梗開三四、深開三、曾開三
8. 五屑：山開三四、咸開三四
9. 六藥：宕開三、江開二
10. 九陌：梗開二三、曾開一、曾開三（照系）、深開三（澀）、臻開三（瑟）、曾合一（國或）

《私編》中不見齊齒呼類字，它將來自中古開口三四等的細音字分別歸入「開」或「抵」、「正」之內，如「支」、「流」二韻中可見到抵與正的對立；而「真」、「遮」韻內則列為開。因此，無齊齒呼字是《私編》異於《直圖》與《橫圖》的最大特點，其間雖可見到其分類較細緻的優點，不過，定義不明以及可能審音不夠精當則是其缺點。

**B.《直圖》韻目與中古韻攝的對比**

在《直圖》中被標示為齊齒呼的韻，一共有八個，分別是驕、基、皆、嘉、迦、堅、交與鳩韻，這八韻的中古來源如下：

1. 驕韻：效開三、四
2. 基韻：平上去字來自止開三、止合三（非系「非肥微匪尾費吠未」等字）、蟹開四；入聲字來自臻開三、四（迄、質）、梗開三、四（昔、陌、錫）、深開三（緝）與曾開三（職）
3. 皆韻：蟹開二
4. 嘉韻：假開二
5. 迦韻：假開三、果開三[12]
6. 堅韻：山開三四
7. 交韻：效開二
8. 鳩韻：流開三

《直圖》裡的齊齒呼呈現出三種類型：

①多數來自中古開口三四等字，這些帶 [-j-] 或 [-i-] 介音的細音字，符合中古至今的演變規律。

---

12　迦韻的收字內容皆為開口三等字，只有「迦囉」二字例外，「迦」為假攝麻開二，「囉」為果攝戈開一。

　　②有部分韻目與例字來自中古開口二等字，如皆、嘉、交三韻屬之。引人注意的是，在「嘉韻」裡僅牙、喉二處有列字（為「嘉賈駕呿阿髂蝦遐鴉牙下啞雅訝」等字）、其餘無字，而由「皆韻」牙、喉音處列字為「皆解戒揩楷涯睚諧挨駭矮械隘」，「交韻」牙、喉處則為「交敲絞巧教哮爻孝效」等字觀之，說明這些原屬中古見、曉系開口二等字的到了《直圖》階段已增生了 [i] 介音，讀與其他三四等細音字同音。

　　其實，在現今歙縣和宣城方音裡，皆、交、嘉三韻中例字呈現洪細二分的局面：

　　a. 皆韻　歙縣：ia 見曉系／a 其他　　宣城：iɛ 見曉系／ɜ 其他

　　b. 交韻　歙縣：cɔ 見曉系／a cɔ 其他　　宣城：cɔ 見曉系／o 其他

　　c. 嘉韻　歙縣：ia 見曉系／a 其他　　宣城：ia 見曉系／a 其他

很明顯的，這三韻呈現出見曉系讀細音、其他讀洪音的二分態勢，並非全圖皆為齊齒呼字。然則，《直圖》將之定為齊齒呼，應是著眼於蟹開二、效開二、假開二牙喉音字增生 [-i-] 介音後轉為齊齒音的結果。

　　③「基韻」中的非系字原本來自中古止攝微尾未合口三等字，但在《直圖》裡卻連同其他止開三的細音字擺在同一韻內，似乎顯示著這些字因為主要元音是 [-i] 的緣故，所以失掉了 [-u-] 介音的合口性質，與原屬微韻的「歸威韋」等字分道揚鑣，改讀成 [fi] 了。

　　另外，比較特別的是，《直圖》將中古效攝字分置於三圖中，「高韻」來自效開一豪韻，「交韻」是效開二肴韻，「驕韻」則是效開三四宵蕭韻字。可見在《直圖》裡已細分因等第不同所產生音韻變化下的例字，而高、驕、交的區別即在於因見曉系二等牙喉音

字產生 [-i-] 介音的情形下,使得編圖作者讓原本應該與一等「高韻」合併成同一類的二等「交韻」字析出,自成一韻。倘若再從《直圖》後的註語「巧字原屬矯韻（案:即驕韻）,此屬絞（案:即交韻）則似考（案:即高韻）字之音」來看,二等「交韻」字在產生 [-i-] 介音後讀音原應與三、四等「驕韻」合流,因此在分韻列圖時大可將之合為一韻,但顯然編圖作者認為與純細音字的「驕韻」仍有區別,是以選擇讓三韻分立的作法。然而梅氏註語裡所提之「巧」字,既然在當時已是齊齒呼的細音字,但若歸入「交韻」則讀音又近似於開口呼「高韻」的話語,讓人懷疑這是否意味著「交韻」讀音在當時正擺盪於開口與齊齒之間,韻圖作者忠實反映時音,梅氏案語則進一步確認這些字已是細音字了。

**C.《橫圖》韻目與中古韻攝的對比**

在《橫圖》中被標示為齊齒呼的韻,一共有舒聲十韻,分別是京、巾、基、皆、加、結、堅、交、驕、鳩韻;入聲四韻,依次是吉、甲、結、腳。這十四韻的中古來源如下:

1. 京韻:梗開三四（多數）、曾開三（照系、曉、來、日母）
2. 巾韻:臻開二（莊系）、臻開三（其他）
3. 基韻:止開三（多數）、蟹開四（端系、精系、明母）
4. 皆韻:蟹開二
5. 加韻:假開二
6. 結韻:假開三、果開三、咸開三、山開四
7. 堅韻:山開三四
8. 交韻:效開二
9. 驕韻:效開三四
10. 鳩韻:流開三

## 入聲韻

　　1. 吉韻：臻開三、深開三、梗開三四

　　2. 甲韻：咸開二、山開二、假開二（「麻雅」）

　　3. 結韻：山開三四、咸開三四

　　4. 腳韻：宕開三

　　《橫圖》裡的齊齒呼呈現出兩種類型：

　　①多數來自中古開口三四等字，這些原本帶有 [-j-] 或 [-i-] 介音的細音字，今讀仍為細音字，符合中古至今的演變規律。但逢知、照系字時，則有開口與齊齒二音分立的情形，如：

　　京韻：知系、照系、來、日讀 [əŋ]，其他讀 [iŋ]

　　驕韻：知系、照系 [ɔ]，其他 [iɔ]

　　鳩韻：知系、照系 [məɯ]，其他 [iəɯ]

這自是因為捲舌音與 [-j-] 介音搭配不易衍生排斥之故。不過，同屬本類的皆、加、交、甲四韻則又不同，它們分別收來自中古蟹開二、假開二、效開二以及咸山二攝的開口二等字，在今讀音上呈現見系、曉匣影喻諸母讀細音；其他聲母讀洪音的二分情形。這種現象也見於《直圖》的皆、嘉、交三韻內，這說明了見曉系的開口二等字因增生 [-i-] 介音而由洪轉細的語音現象，顯然在《直圖》與《橫圖》中這些開口二等字已讀成齊齒呼了。

　　原本，《直圖》與《橫圖》皆設有高、交、驕三韻，「高韻」來自效開一豪韻，「交韻」是效開二肴韻，「驕韻」則是效開三四宵蕭韻字。二圖同樣讓高韻置於開口呼，交驕二韻同屬齊齒呼，相較於《橫圖》的直接歸韻，《直圖》內的梅氏註語反令人懷疑「交韻」讀音在當時的安徽方音裡是否仍擺盪於開口與齊齒之間呢？因此，就此三韻的分合來看，《橫圖》的措置固定優於《直圖》，但

也可能梅氏註語顯示的是徽語現象,與南京音有別。

②《橫圖》中並未如《中原音韻》和《直圖》般讓「支思韻」獨立,而是將之置於「基韻」中,故在基韻裡同時收來自中古止開三和蟹開四的精、照系字。此種合而不分的情形,顯現在精系有「茲雌慈思」[tsï] 與「齎妻齊西」[tsi] 的對立;在照系處有「支鴟詩」[tʂï] 與「䔲差漸」[tsï] 的對立,而全韻除了精知照三系所配韻母今讀音是 [ï] 韻外,其他例字韻母的讀音皆是 [i]。如此安排自是顯示支思韻在本圖尚未出現,不過讀音有別;若就李登《私編》亦如此呈現但現今南京音有 [ï] 韻與 [i] 韻的分野來看,《私編》和《橫圖》的措置是保守的。

另外,本類入聲韻的收字除了顯示 p、t、k 三類韻尾相混外,進而透露出似乎有韻尾丟失轉為陰聲韻的跡象。

### 3.1.3 合口呼

**A.《私編》韻目與中古韻攝的對比**

上平

　　1. 一東:通合一、通合三

　　2. 三灰:蟹合一、止開三（幫系）、止合三（照系）

　　3. 六模:遇合一、遇合三（非系、照系）

　　4. 九文:臻合一、臻合三（非系）、臻開一（見系）

　　5. 十一桓:山合一

下平

　　6. 七陽:江開二、宕開一三、宕合一三（見系、影喻疑）、宕合三（非系）

**入聲韻**

　　7. 一屋:通合一三、臻合一、臻合三（微母）

8.七曷：宕開一、宕開三（照系）、山開一（見系、曉匣）、山合
一、宕合一（見系、曉匣）、梗開二（格魄）、江開二（駁）、
咸開一（見系、曉匣）

9.八黠：咸開一二、山開一二、山合二三（非系）、咸合三（非
系）

《私編》的合包含中古合口一二等的韻字，如東韻包括通合一
的韻字，灰韻主要收蟹合一的字，模韻主收遇合一的韻字。不過，
在這些屬於合口呼的韻內，也雜收來自合口細音三四等的例字，但
僅限於非系、精系、照系等，如東韻收通合三精系「縱從松嵩」、
照系「中充蟲舂戎」；灰韻收止合三照系「追吹垂誰」；模韻收遇
合三非系「夫膚敷扶無」、照系「初鋤」等。這說明非、精、照三
系因較不適合與 [-j-] 介音相配，而脫離細音轉為洪音，因此，這
三系在《私編》時代，應已脫落細音，由合細轉為合口洪音了。

**B.《直圖》韻目與中古韻攝的對比**

公、裩、觥、規、姑、乖、瓜、戈、官、關等十韻在《直圖》
中屬於合口呼，其中古來源如下：

1. 公韻：通合一、通合三

2. 裩韻：臻合一、臻合三（僅非系「芬墳文粉僨吻糞忿問拂弗物」等
字）

3. 觥韻：梗開二、梗合二、曾開一、曾合一

4. 規韻：止合三、蟹合一、蟹合三

5. 姑韻：遇合一、遇合三（僅莊、非二系）

6. 乖韻：果合一、蟹合二（「皆住泰夬廢」等韻）

7. 瓜韻：假合二、蟹合二（卦韻）

8. 戈韻：果合一

　　9. 官韻：山合一（桓韻）

　　10.關韻：山合二（刪山韻）、山合三（元韻，僅非系字）

　　《直圖》與《私編》對合口呼內涵的界定是一致的，大抵相當於中古合口洪音一二等字，但有些來自於他韻合口三等或是開口一等字，今分兩點討論如下：

　　①公、姑、關三韻裡的非系與照系字原為合口三等字，非系因唇音 f 與 j 產生異化作用影響而脫落細音，照系則在發展為後來的捲舌音過程中失去了 [-j-] 介音，情形一如《私編》般。

　　②「觥韻」裡的唇音幫系字「崩烹彭盲」來自中古曾開一登韻，原應讀成開口呼，據梅氏在本圖後的附註「崩烹彭盲《橫圖》屬庚韻，此圖合口呼，若屬庚韻，則開口呼矣。二圖各異，或亦風土囿之與。」然而，查《橫圖》裡並無「觥韻」，《直圖》內的「觥韻」亦僅唇牙喉三個發音部位有字，唇音「崩烹」相當於《橫圖》「庚韻」，牙音「觥礦」相當於《橫圖》光、悝二韻，喉音「橫轟泓」相當於《橫圖》肱、絅二韻。《直圖》既把分見於《橫圖》三韻內的字合為一韻並標示為合口呼，顯然在作者的認定裡「崩烹彭盲」當與「轟橫觥礦」等字共同讀成合口音才是。然而若從「觥韻」在歙縣方音裡幫系讀 [ʌŋ]、見曉系讀 [uʌŋ]，在宣城則幫曉系讀 [oŋ]、見系讀 [uɑ̃] 視之，除幫系今音共同讀開口外，見曉系泰半維持合口局面。既然幫系在《橫圖》和今音呈現讀為開口呼，《直圖》卻仍將之置於合口呼內，個人推測或許與當時幫系字還能與 [-u-] 介音相拼有關，當然也不排除是保守的作法。就此而言，確實不如《橫圖》能忠實映現時音[13]。

---

[13]　其實此圖之後原本並未標示任何呼口，倒是由梅氏註言中明白提及「此圖

**C.《橫圖》韻目與中古韻攝的對比**

公、裩、光、規、孤、乖、瓜、戈、官、關等十韻在《橫圖》中屬於合口呼，另有入聲谷、刮、國、郭四韻也屬之。其中古來源如下：

1. 公韻：通合一
2. 裩韻：臻合一
3. 光韻：宕開一（幫系）、宕合一（其他）
4. 規韻：止合三（見系）、蟹合一
5. 孤韻：遇合一
6. 乖韻：蟹合二、止合三（「詭」字）、果合一（「蓑」字）
7. 瓜韻：假合二
8. 戈韻：果合一
9. 官韻：山合一
10. 關韻：山合二（其他）、山開二（幫系）

**入聲韻**

1. 谷韻：通合一
2. 刮韻：山合二、假合二（「瓦化」）
3. 國韻：曾合一
4. 郭韻：山合一（多數）、宕合一（見系、曉匣影喻）

這三部韻圖對合口呼的定義相當一致，而這些字在現今南京音也多半讀成合口音，不過，像公、裩、光、官、關等韻的幫系字，卻全讀成開口音的 [əŋ] 或 [ã]，與其他讀成 [uən]、[uã] 的合口音

---

合口呼」字眼，是以後來的人皆以梅氏小註來確認本圖呼口。嚴格說來，原作者究係是何認定，我們其實無法確定。

對立，這是因為唇音字不適合與 [-u-] 介音相拼，易因異化作用被排斥掉的緣故。比較特別的是，光、關二韻皆收來自宕開一和山開二的幫系字，原本即讀成開口音的「幫旁班攀蠻」等字，今南京音也是讀成開口的 [pã]，然而《橫圖》卻將之置於合口呼的光、關二韻內，頗令人不解。

同樣的情形也見於《直圖》，《直圖》內設有「觥韻」，僅唇牙喉三個發音部位有字，此韻不見於《橫圖》。上文提及《直圖》對「觥韻」幫系字的呼名分法不如《橫圖》進步，然就此處反觀《橫圖》光、關韻幫系字的歸類，其保守程度與《直圖》亦無二致。

### 3.1.4 撮口呼

**A.《私編》韻目與中古韻攝的對比**

上平

1.一東：通合一、通合三

2.五魚：遇合三、遇合一（來母）

3.八諄：臻合三

4.十元：山合三、山合四（曉匣）

下平

5.八庚：梗開二、曾開一、梗合二三四（見系、曉匣、影喻疑）

**入聲韻**

6.三術：臻合三、梗合三（影喻疑）、曾合三（影喻疑）

7.四月：山合三四

《私編》內的撮包含來自中古合口細音三四等字的範圍，如東韻在見母下分為「見合」—收「公工功」等字（通合一），今讀 [koŋ]，和「見撮」—收「弓躬宮」等字（通合三），今讀 [tɕioŋ]，

二者聲母和介音迥異。再如庚韻「群撮」─收「瓊兄」（梗合三），今讀 [tɕioŋ]，「喻撮」─收「榮營螢」（梗合三四），今讀 [ioŋ]，以及「匣合」─收「宏」（梗合二），今讀 [xoŋ]，「曉合」─收「轟」（梗合二），今讀 [xoŋ]，合、撮間的聲母和介音也有別。由此可明顯看出，《私編》裡的見系、曉匣以及影喻疑諸母，在「合」與「撮」的分野上相當清楚，儘管在《私編》時代應尚未產生舌面前音 tɕ、tɕʻ、ɕ，是以，此時的合、撮之分應仍限於介音之別，與聲母關係不大，且因現今南京音無 [-y-] 介音，凡撮口字與齊齒呼般皆讀成 i 介音。個人推測《私編》時代的撮口字應還是帶有 [-iu] 介音，由 [-iu] 轉為今音 [-i-] 應是後起的現象。但由凡見系處常標示出見合、溪合、曉合等以及見撮、溪撮、曉撮等區別來看，合與撮的音值應有相當的差異才是。

**B.《直圖》韻目與中古韻攝的對比**

居、弓、鈞、蛇與涓五個韻在《直圖》中歸為撮口呼，他們的中古來源如下：

1.居韻：遇合三

2.弓韻：通合三、通合一（冬韻端系「冬彤農統」等字）

3.鈞韻：臻合三

4.蛇韻：果合三

5.涓韻：山合三、四

《直圖》內讀成撮口呼者與《私編》一致，其中比較特別的是「弓韻」。此韻內收了來自中古通合一冬韻的端系字，依照語音規律，這些字原本應維持合口呼讀音，如今卻被置於撮口呼內，顯然讀成 [tyŋ]。其實公、弓二韻除「穹窮胸雄」等字在現今北方官話仍讀撮口呼外，其餘「弓冬彤農蹤從松容龍」等字已一、三等無

別，一律讀為合口音 [uŋ]，與合口呼的「公韻」一致。不過，它
們在歙縣和宣城方言裡仍微有區別：

a. 公韻　　歙縣：uʌŋ 見曉系 /　　宣城：oŋ
　　　　　　　　ʌŋ 其他

b. 弓韻　　歙縣：yʌŋ 見曉系 /　　宣城：ioŋ 見曉系 /
　　　　　　　　ʌŋ 其他　　　　　　　　　oŋ 端精來母

從方音對照來看，歙縣語音較接近《直圖》呼名所指，而由「弓
韻」見曉系除「弓」今讀合口 [uʌŋ] 之外，其他尚維持撮口呼來
看，《直圖》對二韻的分野應有語音上的理據。

　　引人注意的是，「弓韻」內不見有非系與照系字，而據梅氏在
圖後的說明「本圖首句四聲惟窮字合韻，餘及縱從等字，若照漢
音，當屬公韻，今依洪武等韻，收在本韻，則讀弓字似肩字之
音。」觀之，梅氏所謂的「漢音」可能指的是當時的標準語，只是
為遷就《洪武正韻》的歸字，所以還將之置於撮口呼內。這段文字
一方面足以顯示出撮口呼的形成，一方面也間接說明照、非系字在
此時因泰半已由合口細音轉為合口洪音，所以在歸字時實宜由「弓
韻」轉至「公韻」內才是。而若將《直圖》呼名與《私編》相較，
顯然《私編》細分「見合」、「見撮」的作法比《直圖》細緻，也
更能顯示合與撮間的分野。

　　**C.《橫圖》韻目與中古韻攝的對比**

　　鞏、君、惈、居、闕、涓六個韻在《橫圖》中歸為撮口呼，另
有入聲菊、橘、厥、钁四韻亦屬之。他們的中古來源如下：

1. 鞏韻：通合三（多數）、通合一（端系）
2. 君韻：臻合三
3. 惈韻：宕合三

  4. 居韻：遇合三

  5. 闕韻：山合三（「闕」字）、果合三（「瘸靴」）

  6. 涓韻：山合三、四

## 入聲韻

  1. 菊韻：通合三

  2. 橘韻：臻合三

  3. 厥韻：山合三、四

  4. 钁韻：宕合三

  《橫圖》內讀成撮口呼者一如《私編》、《直圖》般，也是指中古合口細音三四等字，除了精、知、照、非四系因聲母不適合與 [-i-] 介音相拼，故由細音轉為洪音外，今讀撮口呼應無問題。特別的是，現今南京音除少數的韻母外，帶 [-y-] 介音字的數量相對少得多，凡是來自中古撮口呼字的，今音有些轉為帶 [-i-] 介音的字，只有少數的「闕瘸靴」等字讀成 [yɛ̃]，顯然撮口字在南京音裡有漸次縮小並由 [-y-] 轉 [-i-] 的趨勢。

  此外，m、n、ŋ 三類韻尾在南京音中已合併為一類 ŋ 尾了，其中，中古的 m、n、ŋ 三類韻尾全轉為 ŋ，而中古讀 [an]、[aŋ] 韻的則一概轉為鼻化韻 [ã]。若從現今語音的形成來看，語音的演變與生成需要一段較長的時間，那麼，《橫圖》中設立的「閉口呼」一名當係存古的成分居多，而從呼名的設立與使用上，也無法看出 m、n、ŋ 三類韻尾的消長與變化態勢了。

  至於入聲菊、橘二韻其中古來源儘管迥異，但在今音呈現上卻是見系讀成同音的 [tɕiʔ]；知照系同是 [tʂuʔ]；非系也是同音的 [fuʔ]。在韻圖位置上雖分屬不同欄位卻彼此相鄰，可能也是基於主要元音和韻尾近似的考量。

## 3.2 閉口呼

### A.《私編》韻目與中古韻攝的對比

上平

　　1. 七真：臻開三、深開三、臻開二（莊系）、咸開一（精母）

下平

　　2. 一先：山開三四、咸開三四

　　《私編》裡的「閉」指的是原本在中古具 m 韻尾的閉口韻字。在《私編》裡，這些字其實已都併入 n 尾韻中去了，但李登卻仍在聲母下以「見開」、「見閉」或「照抵開」、「照抵閉」來標示，似乎企圖區別其間的差異。而在該書中的「閉」也分為兩類：一類是單純的「見閉」、「精閉」，如先韻「見閉[14]」──「兼謙嚴鹽嫌」（咸開三四）、「精閉[15]」──「尖潛籤」（咸開三）所收為具 [-i-] 介音的 m 韻尾字。

　　第二類則是「抵閉」的名稱，如真韻「照抵開」──「簪」（咸開一精母）、「審抵閉」──「森參」（深開三疏母），似乎「抵閉」一名指的是不帶細音的 m 尾字，與第一類「閉」的概念不同。引人注意的是，僅真韻內的照系字即分為四類，「照開」收臻開三「真珍」，今讀 [tʂən]，「照閉」收深開三「斟針」，今讀[tʂən]，「照抵開」收臻開二「臻榛」，今讀 [tʂən]，「照抵閉」收咸開一和深開三的「簪森參」，今讀 [tsã]、[sən]。這裡頭含括了兩種概念：一是凡 m 尾稱閉，n˙尾稱開；另一則是原本開口細音三等的

---

14　此處以「見閉」含括見系、曉匣和影喻疑諸聲母。

15　此處以「精閉」含括精系諸聲母。

照系字，凡脫落 [j] 介音的稱為開、閉，若是原本即不帶 [-j-] 介音的則稱為抵開、抵閉，如麻韻「穿抵」收「叉差茶查沙紗」（假開二），即是原本不帶 [-j-] 介音的洪音字。是以，此處對於「抵」的認定，顯然與支韻中的「抵」是兩回事，倒是與尤韻中的「抵」一致。倘若依現今南京音除照抵閉讀音有別外，其餘三類讀音均相同視之，《私編》裡的分法與今音已頗為相近。

### B.《直圖》韻目與中古韻攝的對比

《直圖》中的金、簪、兼、甘四韻屬於閉口呼，其中古來源為：

1. 金韻：深開三（侵韻）
2. 簪韻：深開三（侵韻，僅莊系字）
3. 兼韻：咸開三、四
4. 甘韻：咸開一、咸合三（凡韻，僅非系字）

在《直圖》中列為閉口呼的，其中古來源共同都有 m 韻尾，雖看似與《私編》一致，不過《私編》內已合併 m、n 尾，《直圖》卻仍分立為不同的韻目，二者作法並不相同。其中金、簪二韻更是來自同攝同韻的深攝侵韻開口三等字，二韻之別僅在於「簪韻」內只收二等莊系「簪參岑森譖譖譖滲澀」等字，「金韻」則收莊系之外的例字。因此二韻雖皆列為閉口呼，其差別應在於「金韻」為齊齒閉口韻而「簪韻」屬開口閉口韻。至於「甘韻」所收字為咸開一，僅有非系「凡泛梵范乏」來自凡韻合口三等字，說明這些字已由合口細音轉為開口字了。

另外，值得注意的是，《直圖》內 m、n、ŋ 三者間的界限雖仍清楚分立，但彼此間卻有少數個別例字互混的情形，如中古侵韻

收 m 尾的「蕈浸」二字以及文魂韻收 n 尾的「分墳溫文」[16]四字，都被置於《直圖》收 ŋ 尾的「京韻」中，似乎有 m、n 兩類韻尾變為 ŋ 尾的態勢；而屬於中古寢韻 m 尾的「朕」也被移至收 n 尾的「巾韻」內。特別的是在「金韻」後的註語頗令人玩味「京巾金三韻似出一音，而潛味之，京巾齊齒呼，金閉口呼，京齊齒而啟脣呼，巾齊齒呼而旋閉口，微有別耳。」京、巾、金三韻所收皆是開口細音的齊齒字，不同的是「京」收 ŋ 尾，「巾」收 n 尾而「金」收 m 尾。《直圖》既以「三韻似出一音」來形容，可見當時的確有三類韻尾讀音近似的情況，所以《直圖》裡才會有 m、n、ŋ 三類韻尾互混的跡象。不過，應當只限於個別字例，基本上三類陽聲韻尾仍區分的很清楚，否則，案語中毋須特別強調以「齊齒而啟脣呼」、「閉口呼」、「齊齒呼而旋閉口」三個不同呼名來稱代，也不必加上「微有別耳」的區別性字眼。

　　只是，倘若當時確實已有 m、n、ŋ 混同的現象，《直圖》卻還強調其間區分的話，則顯示其保守的一面。因為楊耐思（1981：22）曾指出「m 韻尾的全部轉化發生在十四世紀至十六世紀末約三百年的一段時間裡」，出現於十六、十七世紀的《直圖》，依楊氏

---

「分墳溫文」四字在《直圖》裡同時出現於收 n 尾的「褪韻」與收 ŋ 尾的「京韻」中，差別在於「京韻」裡的收字外加口以示區別。據梅氏在「京韻」後的註語來看「圖中有聲無字而借字之音相似者填於圖內，則用口（音圍）以別之，學者依口內字熟讀，久之則口中本音自然信口發出，而借填近似之字，不必用矣。後倣此。」顯然「分墳溫文」四字的韻尾雖然仍維持 n 尾型態，實際上在發音時已與收 ŋ 尾的例字相當接近，此由現今歙縣方音即讀成 [ʌŋ]、[uʌŋ] 可證。這也間接說明了 n、ŋ 兩類韻尾在《直圖》中，語音性質頗為相似的音韻事實。

所言應當已完成此項音變，但其實不然，《直圖》卻三類韻尾完具且各自分立。雖然各個語料所呈顯出的語音演化速率快慢不均是語音史上的常態，但從《直圖》在呼口的設立上極為創新的角度來看，在韻尾演化上相對便顯得保守。李新魁（1983：252）在觀察過《直圖》後也指出「十六、十七世紀正是漢語共同語 m 尾消變的時代，有的著重表現口語音的韻書韻圖，將它併入 n 尾；有的表現讀書音或較為保守的韻圖，卻仍將它保存。《韻法直圖》的保存 m 有兩種可能，一是當時確有 m 尾，它的分韻是客觀事實的反映，前引注文為後人所加；一是當時 m 尾已混入 n，但在分韻時為了表現傳統的讀書音，仍將它分立。」顯然李新魁也認為《直圖》裡分立三類韻尾的作法，相對顯得保守，不無遵循讀書音系統的可能。如果證諸現今歙縣與宣城方音來看，這兩地除了把 m 尾併入 n 或 ŋ 尾中外，甚至進而轉成鼻化韻或是脫落鼻音尾、併入陰聲韻中的語音事實相對照，《直圖》所呈顯的語音現象很可能是保守的。

**C.《橫圖》韻目與中古韻攝的對比**

《橫圖》中的金、兼、甘三韻屬於閉口呼，其中古來源為：

1. 金韻：深開三
2. 兼韻：咸開三、四（多數）、咸合三（非系）
3. 甘韻：咸開一

在《橫圖》中列為閉口呼的，一如《私編》、《直圖》般也有 m 韻尾，但《橫圖》雖讓來自中古收 m 尾字尚獨立於 n、ŋ 二類韻尾外，看似此圖仍 m、n、ŋ 三類韻尾兼具，但卻在「金韻」後註明「音悉同上列但旋閉口」，而上一音是「巾韻」；在「兼韻」後也註明「音悉同上列但旋閉口」，而上一音為「堅韻」。李氏註語

似乎意味著金、兼二韻的 m 韻尾已類巾、堅二韻的 n 韻尾,差別僅在於多了閉口的動作。若以李登、李世澤既為父子,所操語音亦當一致觀之,《私編》已將之歸為一韻、僅以開閉區分的作法顯然與《橫圖》韻後的註語有異曲同工之處。再就今南京音金韻讀 [iŋ]、[əŋ],兼韻讀 [iẽ]、[ã]、[ẽ],甘韻讀 [ã] 來看,不但 m、n、ŋ 三類韻尾已轉為鼻化韻、甚而僅剩 [ŋ] 尾一類的演進速率觀察,此類呼口在當時應已是虛設的成分多些。

## 3.3 混呼

此呼名稱不見於《私編》,僅見於《直圖》與《橫圖》,今就二圖討論如下:

**A.《直圖》韻目與中古韻攝的對比**

《直圖》中屬於混呼的韻有扃、江、岡、光四韻,其中古來源為:

1. 扃韻:梗合三、四以及梗開三（僅幫系）
2. 江韻:江開二、宕開三
3. 岡韻:宕開一、宕開三（僅非系字）
4. 光韻:宕合一、三以及宕開一、宕開三（莊系）

在《直圖》裡屬於混呼的類型有三:

①混呼——扃、江二韻屬之。「扃韻」收來自中古梗攝開合口字,其中開口字為清開三「丙酩並病命」等幫系字,合口字為清合三、青合四「扃傾瓊炯頃兄縈榮迥永瑩詠」等見曉系字。因此本韻的「混呼」一名,應是指唇音幫系字的齊齒呼與牙喉音字的撮口呼性質相混所致,亦即是「開合混等」下的產物。

「江韻」所收為中古江開二和宕開三之字,江、宕合流是近代

音階段的大趨勢，外轉的「江攝」與內轉的「宕攝」在《韻鏡》、《七音略》裡原本各自獨立，到了《四聲等子》、《切韻指掌圖》已合為一圖，在《四聲等子》裡並注明「內外混等」、「江陽借形」。趙蔭棠（1985：165）認為「混呼一名恐怕係指開齊混或合撮混而言，要從歷史上來說，恐怕是由《四聲等子》的內外混等一詞沿襲下來的。」以「江韻」的情形來說，符合江、宕二攝「內外混等」的概念，而「扃韻」的「混呼」則顯然是齊撮相混了。

如果再對照現今安徽方音來看，扃、江二韻的讀音是這樣的：

a. 扃韻　　歙縣：iʌŋ 幫系 /　　　宣城：in 幫系 /
　　　　　　　　　yʌŋ 見曉系　　　　　　ioŋ 見曉系

b. 江韻　　歙縣：ɔ,o 幫系 /　　　宣城：ã幫非照系 /
　　　　　　　　　ia 其他　　　　　　　　iã其他

從現今方音或是齊撮混、或是開口與齊齒混來看，此二韻定為混呼實其來有自。

②平入開口呼、上去混呼──「岡韻」裡的列字與光、江二韻有重出情形，輕唇音的非系字處「方房亡罔紡放妄」（宕開三）等字重見於「江韻」（混呼），顯示已失去 [-j-] 介音由細轉洪；而上、去聲處的端、幫、精系（宕開一）字處也重出於「光韻」（未標示呼名）。倘若單從「岡韻」收字來看，應當全韻皆為開口呼，並非如圖後所示般為平入開口呼、上去混呼。即使就「岡韻」與江、光二韻重出的例字來考量，也與「岡韻」呼名有出入。

現今歙縣方言裡，把「岡韻」幫系讀成 [ɔ] 或是 [o]、其他讀 [a]，宣城則一律讀 [ã]，還是全數屬於開口呼的類型，因此顯然從讀音上也無法合理解釋作者的分類。惟從《直圖》與《橫圖》對「岡韻」的呼口命名如出一轍的共同點來看，對「岡韻」不同聲調

間的呼名區分，推測可能作者另有其他語音分類依據吧！

③未標示呼名——「光韻」兼具有來自中古開口呼和合口呼的例字，牙喉音處的「光匡狂汪荒黃王」為宕合一、三；唇、舌、來母處的「幫傍黨宕纇莽喪朗浪」為宕開一；齒音的「莊窓床霜」為宕開三的莊系字。如此同時含括開、合口不同介音性質的韻目，原本作者在圖後並未標示呼名。

特別的是，「光韻」中的某些例字也重出於「岡韻」中，如「光韻」舌音上、去聲處的「黨蕩囊當盪宕」；唇音上、去聲處的「榜莽謗傍」；齒音上、去聲處的「纇莽臟喪」以及來母上、去聲處的「朗浪」等字，都重見於「岡韻」內，而「岡韻」的呼名是平入開口呼、上去混呼。這是否意味著這些上、去聲字的讀音擺盪於開合口之間呢？但令人不解的是，「光韻」的混讀是不同發音部位的開合口字相混，並非如「岡韻」般是不同聲調的混呼，因此「岡韻」處所標示的呼名委實令人不解。

邵榮芬（1998）在觀察過《直圖》、《橫圖》二圖的分韻列字以及呼名內涵後指出「在歸呼問題上《直圖》有沿襲《橫圖》之處，指的主要就是這混呼。」，同時他也認為「『混』呼也是《橫圖》首用之詞，就其所轄的韻來看，大概是指兩韻同列而言。如肱與綱是一合一攝；光和岡上去聲是一合一開；惺和姜上去聲是一撮一齊。」邵氏也認為《橫圖》裡的「混呼」是受《四聲等子》裡「內外混等」、「江陽借形」的影響而來。邵氏所論有兩點值得注意：一是本文對「混呼」的理解與說明，基本上與他對「混呼」的觀點一致；不過，對於「混呼」一名究係由誰首先使用，則還可以

再討論[17]。

　　若再對照《橫圖》的列字，則《直圖》「光韻」分見於《橫圖》光、悝、姜、岡四韻中，牙喉音字列於「光」（合口呼）、「悝」（撮口呼）二韻，唇舌齒音（精系）字列在「岡韻」（開口

---

[17]　邵榮芬（1998）以「《橫圖》作者李世澤受其父李登《書文音義便考私編》（1587）〔筆者按：關於《私編》的成書年代，趙蔭棠、李新魁和耿振生都指出是在萬曆丁亥年（即 1587），惟獨邵榮芬指出是萬曆丙戌年（即 1586）〕影響下而作了《橫圖》，《橫圖》有受《私編》影響的痕跡，應當作於《私編》之後」。邵氏並指出「梅膺祚曾提及他得到《直圖》在先，即在萬曆壬子（1612），得到《橫圖》在後，因而認為《直圖》的成書年代早於《橫圖》。其實這是一個誤解。比較兩書，不難發現，至少在韻的歸部上，《直圖》有明顯抄襲《橫圖》的地方。因而實際上應該是《橫圖》在前，《直圖》在後。倘若這個判斷不錯的話，那麼《橫圖》的成書年代應該在《私編》之後至梅氏發現《直圖》的 1586 年至 1612 年之間」。

　　如果以成書年代來看，《私編》、《直圖》與《橫圖》的排序依次為 1586>1612>1614，《直圖》、《橫圖》二圖的出現時間極為接近；若以彼此受影響的可能性來看，《直圖》作者在受到李氏父子的影響下而跟著做作，也是可能的。問題在於，《直圖》的成書與刊行年代不詳，僅知由梅膺祚於 1612 年在新安取得。至於此圖究竟是早已編就，只是刊行時間與被梅氏取得的時間較晚，抑或即是編於 1612 年並於此年刊行，我們其實無法確定。唯一能確定的是，《橫圖》刻於 1614 年（或以前），較梅氏取得《直圖》的時間大約相當甚或還晚兩年，因此要說究竟是誰抄襲誰的，也不易確定，只知道這兩部韻圖中共同都使用「混呼」這個名稱。趙蔭棠、李新魁二人甚至以《直圖》真正刊行的時間應早於 1612 年，且圖中用了許多創新呼名，因而斷定是《直圖》先開始使用這些呼名的。個人以為，邵氏能不泥於舊說、勇於提出新觀點，很值得學界以及自己這後生晚輩重新省思與參考。只是，若始終無法確定《直圖》的原始成書年代，那麼關於「沿用」的說法，便始終存在著疑點。

呼），齒音（照系）見於「姜韻」（混呼）。其中相當於《直圖》岡、光韻的唇舌齒音字，在《橫圖》僅列於「岡韻」中，呼名分別是：平聲開口呼、上去聲混呼、入聲合口呼，就上去聲的呼口命名視之，《直圖》、《橫圖》二圖的措置是一致的。

　　梅氏曾於《直圖》「光韻」後註明「匡狂王三字，橫圖屬悝韻，莊窓床霜四字，橫圖屬姜韻，此圖俱屬於光，所呼不同，予莫能辨，惟博雅者酌之。」梅氏認為《直圖》「光韻」內之例字，一方面既分見於《橫圖》不同韻目之內，一方面各韻呼名也不同，連他自己也無法確定光韻的呼名為何？個人以為，由「光韻」裡同時並陳宕攝開合口一三等字，而且作者列字是依照牙喉音處列合口字、唇舌齒音處列開口字來看，顯然「光韻」的呼名應訂為「混呼」才是，而此韻的「混呼」是指不同發音部位的開合口混等，並非如岡韻處所言是聲調上的上去混呼。

　　設若再對照歙縣與宣城方音，也可發現：在歙縣一地端精來母讀 [a]、其他讀 [o]，主要元音有別；宣城則幫端系讀 [ã]、其他讀 [uã]，屬於開口與合口混讀的類型。它們的共同點是依據發音部位的不同而呈顯不同讀音，似乎與上文所言頗能符合，是以，個人以為「光韻」的呼名不應如趙蔭棠、李新魁等定為「合口呼」，應標示為「混呼」才是。

　　此外，《橫圖》「岡韻」在上、去聲處的呼名雖也訂為「混呼」（分別與光、悝、姜韻互混），相形之下，《橫圖》對「混呼」的措置，反而更接近《直圖》「光韻」開合混呼的精神。

### B.《橫圖》韻目與中古韻攝的對比

　　《橫圖》中屬於混呼的韻依四個聲調的不同而有所區分，平聲處有肱綱、姜二韻，在上聲處有炯礦、岡廣、誆姜、講四韻，在去

聲處則是肱炯、岡桄、誑姜、絳四韻，於入聲處則只有一個角韻，
以下分述其中古來源：

**平聲**

    1. 肱絅韻：梗合三四以及梗合二

    2. 姜韻：宕開三（多數）、宕合三（非系）、江開二（幫系）

**上聲**

    1. 炯礦韻：梗開三四、梗合二（「礦」）、梗合二（「永兄」）、
        曾合一（「薨」）

    2. 岡廣韻：宕開一、宕合一

    3. 誑姜韻：誑：宕合三；姜：宕開三

    4. 講韻：江開二

**去聲**

    1. 肱炯韻：肱：曾合一（見系）；炯：梗開三四（見系、幫系）、
        梗合三（曉匣影喻）

    2. 岡桄韻：岡：宕開一；桄：宕合一

    3. 誑姜韻：誑：宕合三；姜：宕開三

    4. 絳韻：江開二

**入聲**  角韻：江開二

    在《橫圖》裡屬於混呼的類型有二：

    ①「肱絅韻」在平聲處是梗合二的合口呼與梗合三四撮口呼的
對立；在上聲「炯礦韻」和去聲「肱炯韻」則是梗開三四與梗合二
三、曾合一的對立，說明此韻的混呼係指開合口的互混，情形頗類
似於《直圖》的「扃」、「江」二韻。

    ②在平聲的光（合口）、惺（撮口）、岡（開口）、姜（混呼）四
韻，到了上聲合併成「岡廣」、「誑姜」、「講」三韻且皆屬混

呼，從所收內容看，岡廣是宕開一和宕合一的互混，今讀為 [ã] 和 [uã]；誑姜是宕開三和合合三的互混，今讀為 [iã] 與 [uã] 的對立；講韻則來自江開二，今讀 [iã]；去聲處的「岡桄」、「誑姜」、「絳」三韻亦如此；而入聲處的「角韻」則來自江開二。所以，綜觀平聲至入聲這幾韻標為混呼的內容觀之，除了包含宕攝開合口字間的對立外，亦指涉了江宕二攝的互混而言。江攝中古為外轉韻攝，宕攝為內轉韻攝，二者互混也意味著「內外混等」的含義。是以，開合互混、內外轉互混應是《橫圖》內對混呼的定義。

有趣的是，「姜韻」所收為中古江開二和宕開三之字，一如《直圖》「江韻」，以「姜韻」的情形來說，符合江、宕二攝「開合相混」、「內外混等」概念的情況也與《直圖》如出一轍，難怪梅膺祚會將二圖取來合在一起。

其次，個人發現在姜韻知系處，讓中古陽韻的「張悵長娘」與江韻的「椿惷幢瓏」並立，這是不同韻間的開齊互混；而在姜韻照系處也同讓中古陽韻「莊窓霜」與「章昌商」並立，此為同韻間的莊照相混。若以《直圖》把「莊窓霜」由齊齒江（姜）韻移至合口光韻來看，二者在讀音上的確不同。《橫圖》雖將之置於同圖，卻使之並列且標為混呼，可能也是有意區別的作法。那麼所謂混呼，是否也涵蓋莊照二系對立互混的意思呢？

若再對照《直圖》的列字，則《直圖》「光韻」分見於《橫圖》光、悝、姜、岡四韻中，其中相當於《直圖》岡、光韻的唇舌齒音字，在《橫圖》僅列於「岡韻」中，呼名分別是：平聲開口呼、上去聲混呼、入聲合口呼，就上去聲的呼口命名視之，《直圖》、《橫圖》二圖的措置是一致的。

此外，《橫圖》「岡韻」在上、去聲處的呼名雖也訂為「混

呼」（分別與光、惺、姜韻互混），相形之下，《橫圖》對「混呼」的
措置，反而更接近《直圖》「光韻」開合混呼的精神。

## 3.4 抵與正 VS.咬齒呼

「抵與正」之別僅見於《私編》內，而咬齒呼也僅見於《直
圖》，因二者具同質性，因此放在一起討論。

在《私編》裡的抵與正分別僅存在於精照二系間，其內含有
二：一是出現在支韻裡的抵與正對立，支韻中主要收來自中古止攝
開口字和少數的蟹攝開口字，此韻中除精照二系外，其餘各系聲母
下皆不列呼名，但在精照二系處卻有「抵」與「正」之別，今列舉
如下：

　　精正—擠妻凄西（蟹開四）今讀 [tsi]

　　精抵—資姿茲詞（止開三）今讀 [tsɿ]

　　照正—知蜘（止開三知系）今讀 [tʂ]

　　照抵—支枝之（止開三章系）今讀 [tʂʅ]

《私編》此處的對立，與《中原音韻》支思韻、齊微韻的對立頗為
相似，說明「抵」指今讀為 [ɿ] 韻的精照系字，而「正」則指讀成
[i] 韻的精照系字。值得注意的是，知莊章三系儘管在《私編》裡
已合流為照系，但部分知系字仍未轉入 [ɿ] 韻，《私編》裡既顯示
了支韻同時包含 [ɿ]、[i] 兩類韻母，且 [ɿ] 韻早於捲舌音的產生，
而當時知系還是 [tʃi] 的讀音，與章系 [tʂɿ] 有別，李登也藉此留
下了一段記錄。

二是出現於尤韻的抵與正之分，如尤韻「照抵」—收「搜鄒
愁」（流開三莊系），今讀 [tsəu]，「照正」—收「周州舟抽稠收
柔」（流開三知、章系），今讀 [tʂəu]，聲母不同。支韻的正抵之別

在於 [ï] 韻與 [i] 韻之分，是韻母上的區別；但尤韻的正抵之別乍看之下卻是二等莊系和三等知章系之分，屬於聲母上的差別。同樣的呼名在不同韻內的涵義卻大異其趣，實令人不解。是否存在這種可能呢？倘若從《私編》裡的「抵」在支、尤二韻中的韻母型態都屬零介音的開口字，而「正」則是帶 [-j-] 介音或韻母為 [i] 的細音字來推論，那麼「抵」與「正」在支、尤二韻內的指涉便可獲得一致。不過，這會出現另一個問題，即是 [ï] 韻已產生、但照系三等字的 [-j-] 介音卻尚未脫落，如此也與東韻內已丟失 [-j-] 介音的非、照、精系矛盾。因此，究竟是李登前後標準不一，還是審音不精、自相矛盾，抑或是著眼於照抵與照正在發音時的口型確實略有不同的緣故來區分，個人暫且存疑。

咬齒呼也僅見於《直圖》而不見於另二圖內，《直圖》中屬於此類者僅有「貲韻」，其中古來源為：平上去聲來自止開三，入聲部分則來自臻攝櫛韻開口三等字。本韻僅精系「貲雌斯」、照系「支差詩」和日母「兒耳二」有字，且《直圖》此韻收字內容與《私編》支韻頗為類似。

「貲雌斯」等字在《韻鏡》裡還被擺在齒音四等，到了《切韻指掌圖》時改置一等，提供了我們當時似乎已經產生 [ɿ] 韻的可能，至《中原音韻》時更明確地分立「支思韻」來安置這些例字。從《直圖》在「貲韻」後的註語「各韻空處雖無字皆有聲，惟貲韻乃咬齒之韻，前十二位無聲無字，在十三位讀起。」來看，「貲韻」立為咬齒呼當是著眼於發 [ï] 韻時的舌體狀態而言。換言之，《直圖》不以「捲舌呼」來形容這些和 [ï] 韻相配的精照系字，卻以「咬齒之韻」來描述這些已失去 [-j-] 介音、發音時牙齒部位看似收而不開的洪音字，一如《私編》稱為「抵」般，其實也是描述

發 [i] 韻時的舌齒狀態而言；相反地，反而用「齊齒捲舌而閉」、「齊齒捲舌呼」來指稱現今讀成捲舌音聲母的其他韻字，說明「貲韻」呼名注重的是主要元音的發音狀態而非聲母的發音特徵。

## 3.5 捲 VS.舌向上呼

因《私編》裡的「捲」和《直圖》的「舌向上呼」也有異曲同工之處，是以此處亦合併討論：

《私編》裡的「捲」有兩種不同的名稱與內含：第一類是單純的「見捲」、「溪捲」，如陽韻「見捲[18]」—收「江腔降」（江開二）、「姜僵羌強香羊陽」（宕開三），李登把江攝開口二等的牙喉音字與宕攝三等細音字併為一類，和宕開一的「見開」分立，足見當時的二等牙喉音字已產生 [-i-] 介音讀與三等字同。

其次，在《私編》裡亦有「見開捲」（或「見開捲舌」）此一名稱，如寒韻「見開捲」—「間艱閑」（山開二），所收也是來自開口二等字。實際上，寒韻光牙喉音字的聲母下即列有五種不同呼名，如「見開」收山開一，「見閉」收咸開一，「見開捲」收山開二，「見閉捲」收咸開二，「見開合」收山合二，可見區分相當細微。而不論「見捲」也好，「見開捲」也好，所指皆是部分來自中古二等韻的牙喉音字，從原本的零介音增生 [-i-] 介音後的發音口形描述，李登認為這類字的讀音與開口一等已經不同，故別立「捲」一名來涵蓋他們。

第二類的「見捲」則是指純粹的開口細音三等字，如尤韻「見

---

18 此處以「見捲」含括見系、曉匣和影喻疑諸聲母。

捲[19]」—「糾丘求球休尤郵牛」（流開三）、「端捲[20]」—「丟溜流劉留」（流開三），都是具有 [-i-] 介音的齊齒呼字。因為在《私編》內僅見開合撮等呼名，卻不見與齊齒呼相關的名稱，所以《私編》中的「捲」也可兼指齊齒呼字。是以《私編》裡的「捲」並非我們現今所謂的捲舌音，實際上是指具有 [-i-] 介音的開口二三等字，以及原本具有 [-i-] 介音的開口三四等字。

「舌向上呼」則僅見於《直圖》，「拏韻」來自中古假開二，在《直圖》裡僅幫照泥母「拏巴葩杷麻查又沙」三處有字，與同屬假開二卻只見曉來母有字的「嘉韻」呈互補形態，不同的是「嘉韻」作齊齒呼。拏、嘉二韻在《中原音韻》裡還讀成開口音 [a]，到了《直圖》卻一分為二，說明拏、嘉二韻的讀音已發生變化。「拏韻」在現今歙縣與宣城方音裡都讀成 [a]，與「嘉韻」[ia] 有別，可見《直圖》作者的區分與實際語音相合。

「拏韻」不見於《橫圖》，在《橫圖》裡合併拏、嘉二韻為「加韻」，作齊齒呼。顯然《橫圖》側重的是假攝開口二等字產生 [-i-] 介音後與三等合併為齊齒的細音狀態，而《直圖》著重的則可能是發「拏韻」例字時，舌體上抬接近上顎的發音形態。令人疑惑的是，[a] 是個前低元音，發音時應不致有舌體上抬的徵性，然而此呼既命名為「舌向上呼」，個人推測可能的原因有二：一是可能要求當聲母與 [a] 元音結合時，舌體位置必須上揚使之貼近上顎，尤其是「拏」此字發音時，很明顯地有舌體上抬的徵性，如此方能吻合呼名特性。其次，所謂「舌向上呼」也可能指的是假開二

---

19　此處以「見捲」含括見系、曉匣和影喻疑諸聲母。
20　此處的「端捲」含端系與來母。

未產生 [-i-] 介音的開口字而言，一如《私編》中的「捲」第一類
般，雖與一等字讀音略異，但又尚未產生 [-i-] 介音，讀如三四等
字的中介狀態而言。

## 3.6 齊齒捲舌呼和齊齒捲舌而閉

　　這兩種呼名同時見於《直圖》與《橫圖》內，以下分別論述：
　　「覲韻」的中古來源為山開二，《直圖》列為「齊齒捲舌
呼」；「監韻」則來自咸開二，《直圖》歸為「齊齒捲舌而閉」。
兩韻的共同點為都是二等韻，差別僅在於一為 n 尾、一為 m 尾。
若從兩韻的牙喉音字今音皆讀成細音觀之，符合王力（1988：160-
161）所言之二等喉音字由開變齊的條件。因此，就表面上而言，
「齊齒」在這兒指的是牙喉音字讀成細音的特性；而兩韻中的照系
字今北方官話皆讀為捲舌音，所以「捲舌」應是就照系字的聲母特
性而言；至於「監韻」又加上「而閉」二字，自是指它來自收 m
尾的閉口韻而論。是以，覲、監二韻的呼名，其實各自含括二至三
項要素，「齊齒」指 [-i-] 介音的產生；「捲舌」指照系聲母與主
要元音相拼時的舌齒狀態；「而閉」指的是韻尾。

　　然則，在現今歙縣方音裡，覲、監二韻都讀成 [ie]，宣城都讀
[ĩ]，雖仍保有齊齒特性，但不僅 m、n 尾已消失不見，甚且轉為鼻
化韻或根本已併入陰聲韻中，可見《直圖》強分 m 尾的作法，並
不符合語音實際。值得注意的是，現今宣城與歙縣方音裡皆無捲舌
音聲母，中古精照系字在這兩個地方一律作 ts、ts'、s。因此在
《直圖》中凡是提及捲舌音者，顯然指的並非現今徽語聲母系統，
反倒是江淮官話裡有捲舌音，因此個人推測「捲舌」一名的設立，
可能是受江淮官話影響下的結果。至於，就覲、監二韻所設呼名來

看，同時涵蓋聲母、介音與韻尾，在明清時期的等韻圖裡極為罕見。

另外在《橫圖》裡，「間韻」的中古來源為山開二，《橫圖》列為「齊齒捲舌呼」；「監韻」則來自咸開二，《橫圖》歸為「齊齒捲舌而閉」。有意思的是，不但韻名、收字，連呼名都與《直圖》酷似，即連兩韻的共同點都是二等韻，差別僅在於一為 n 尾、一為 m 尾的特點也與《直圖》如出一轍。就表面上而言，「齊齒」在這兒指的是牙喉音字讀成細音的特性；而兩韻中的知、照系字今南京音皆讀為捲舌音，所以個人推測「捲舌」應是就知、照系字的聲母特性而言，不過，邵榮芬（1998）卻以為「『捲舌』大概指發 -n 時舌尖上翹而言」，意見頗不同；至於「監韻」又加上「而閉」二字，自是指它來自收 m 尾的閉口韻而論。是以，間、監二韻的呼名，其實各自含括二至三項要素，「齊齒」指 [-i-] 介音的產生；「捲舌」或是指知、照系聲母與主要元音相拼時的舌齒狀態而言，也可能是指發 -n 尾時的尾音狀態而言；「而閉」指的是韻尾。

引人注意的是，《橫圖》在「間韻」末註明「間堅安二合，與山叶，餘皆同」，間韻來自山開二，堅韻來自山開三四，今南京音皆作 [iɛ̃]，此處或許意指二韻讀音已一致。另外，《橫圖》在「監韻」末也註明「音與間慳列同但旋閉口」，顯然《橫圖》明確地區分 m、n 二類韻尾間的差別。然則，從間監二韻今讀皆為 [iɛ̃]、[ã] 觀之，今音已合而不分。若就今徽語、南京音鼻音尾多數已混而不分、甚且轉為鼻化韻觀之，《直圖》與《橫圖》強分 m 尾的作法，並不符合語音實際，因此這其間呈顯出的很可能是二圖在方音層外的讀書音色彩。至於，就二圖這兩韻所設呼名來看，同時涵蓋

聲母、介音與韻尾的作法，在明清時期的等韻圖裡極為罕見。

## 3.7 齊齒而啟脣呼與齊齒呼而旋閉口

這兩類呼名亦僅見於《直圖》，「京韻」來自中古梗開三、四以及曾開三（如「繩升興陵仍孕認食力」等為照系、喉音與來母字），「巾韻」則來自臻開三、四。二者都是開口三四等字，符合呼名「齊齒」的特性，只是韻尾有 ŋ、n 之別，因此「啟脣」和「旋閉口」指的應是韻尾發音時的收尾狀態而言。因為舌根鼻音 ŋ 的發音部位比舌尖鼻音來的後且低，共鳴腔較大，口型上看來似乎開口度較大；相形之下，n 尾發音略呈微閉狀，是以才有這樣的描述。

京、巾二韻在《直圖》裡毗鄰而居，梅氏曾在「金韻」後提及「京巾金三韻似出一音，而潛味之……京齊齒而啟脣呼，巾齊齒呼而旋閉口，微有別耳。」倘若對照現今歙縣與宣城讀音，便可發現三者驚人的一致性：

　a. 京韻　　歙縣：iʌŋ　　宣城：in 其他 / ən 照系
　b. 巾韻　　歙縣：iʌŋ　　宣城：in 其他 / ən 照系
　c. 金韻　　歙縣：iʌŋ　　宣城：in 其他 / ən 照系

從現今不管是歙縣或是宣城方音來看，這三韻都頗為一致的讀成同一類韻尾，顯然 m、n、ŋ 三類韻尾在明代正處於合流消亡階段。而由三類韻尾在《直圖》裡儘管仍分別嚴明，也已有韻尾徵性趨於相近、少數例字開始混讀的情形，所以梅氏才在此三韻後加上案語說明。至於其合流方向，應是由 m→n 或是由 m、n→ŋ，如此可與現今徽語的陽聲韻尾演化形態相銜接。而由現今徽語方音多半僅剩一類韻尾 n 或 ŋ 觀之，《直圖》的分立實是嚴守讀書音系統下的保守措置。

## 3.8　開合

　　此一名稱僅見於《私編》，乍看之下令人莫明所以，事實上指的是合口字，如寒韻「見開合」—「關」、「匣開合」—「還環患」、「疑開合」—「頑」、「影開合」—「彎灣」，皆來自山合二。顯然「合」與「開合」二名在《私編》裡的所指是相同的，都指合口洪音一二等字。奇怪的是，倘若都是指合口字的話，只需標示「見合」即可，為何仍別立「見開合」一名呢？

　　查「寒韻」在該韻中所收大多來自中古山、咸二攝開口字，僅極少數山攝合口字被納入，範圍限於山合二牙喉音字和山、咸二攝合口三等的非系字「番翻煩凡帆」等，不過，這些非系字在書中卻注明「敷開」、「奉開」等字眼，顯係這些字在《私編》已讀成開口字，所以屬於本韻真正的合口字便僅剩下山合二的「開合」一類。李登在此韻下注云「古通桓刪覃咸，今通桓，分刪雜元，茲合刪覃咸而寒刪皆開口呼，覃咸皆閉口呼，內凡捲舌音皆與先韻不同，此音惟豫章語音盡與字書合。」寒韻所收向來是開口字，今《私編》因雜入少數桓韻字，故別立「開合」一名以示區別。其實，此名稱實是多餘且易生誤解，個人以為只要維持「合」一類即可。

　　其實，李登曾就書內其中幾種呼名加以說明過：

> 　　諸母所謂開者，開口呼也，呼畢而後開。閉者閉口呼也，呼畢而口畢。捲謂捲舌，舌捲上顎而為聲，「因煙」是也。抵謂抵齒，舌抵上齒而為聲，「之師」是也。撮謂撮口呼，唇聚而出，「聚遇」是也。合謂合口呼，兩頤內鼓，「胡祿」

是也。正謂正齒，別於抵齒也。為其同韻同母而有此分辨，不得不立此字，但一會意，即皆筌蹄。[21]

關於開、閉、合、撮四呼，本文的分析與李登一致，並無問題。此段文字內的正與抵之別僅就支韻而論，未及尤韻，強調由 [i] 韻中分立出 [ï] 韻，李登所述為精照二系與 [ï] 韻相拼時的舌體狀態，也無疑義。較有問題的是「捲」，李登認為捲即「捲舌」，又舉「因煙」二字為例，然而此二字的今讀音卻不與我們所認知的捲舌音 tʂ、tʂ、ʂ 相同，若再據書中所有與捲相關的韻字來分析，更可證明李登概念中的捲舌與現今迥異，其實質內含為具 [-i-] 介音的齊齒呼字。因為 i 的位置很高，接近上顎卻又未觸及，是以李登才有發「因煙」時「舌捲上顎而為聲」的錯覺，實際上是舌體接近上顎而非捲曲觸及上顎發出聲音，這是在理解《私編》內的「捲」名稱時必須留心區別的。反倒是吾人所認知的捲舌音，在《私編》內定為「抵」，以其舌尖略為上拱碰觸上齒後背來命名。

綜合以上分析，我們可初步得悉《私編》、《直圖》和《橫圖》裡呼名訂定所採行的標準與條件：

1. 依據介音的開合洪細來設立──如開齊合撮四呼。
2. 以介音增生或脫落後與聲母的搭配來命名──如捲、抵。
3. 從聲母和介音的發音形狀來命名──如齊齒捲舌呼。
4. 從主要元音與聲母拼合時的舌體狀態以及口唇形狀來命名──如咬齒呼、舌向上呼、正與抵之分。

---

[21]　此段引文不見於個人所見的李登《私編》內，或許是和趙蔭棠見到的版本不同，此處乃轉引自趙蔭棠《等韻源流》（1985：214）。

5. 從韻尾的收音態勢而定——如閉口呼。

6. 考量介音和韻尾特徵來決定——如閉捲、抵閉、開捲、抵
   開。

7. 同時結合聲母、介音以及韻尾特徵來決定——如齊齒啟脣
   呼、齊齒捲舌而閉。

8. 就韻攝間的內外轉合併、開合口互混或是發音部位、聲調歸
   字上的相互混讀來設定——如開合、混呼、平入開口呼，上
   去混呼。

從以上八類呼名條件可知，三圖呼名的設立實際上包羅了音節結構
中聲韻調的各個部分，對韻類與音值的區分和界定，可謂相當精
細。特別的是，傳統開口細音今歸為齊齒呼的字，在《私編》裡卻
不見任何與「齊齒」有關的呼名，反而是以「捲」、「開捲」等名
稱來取代，顯得與眾不同。

　　值得注意的是，這三部韻圖所使用的呼名如此近似，其中是否
具有承傳或模仿的關係呢？由三圖成書年代頗為相近，地理上亦距
離不算太遠，梅膺祚又把《直圖》與《橫圖》取來附於《字彙》之
後來看，這些呼名很可能是由李登開始使用的，到了《直圖》與
《橫圖》時再略做修改而成。只是，倘若要追究《直圖》與《橫
圖》的先後關係，個人尚不敢如邵榮芬般肯定一定是《橫圖》先，
《直圖》模仿，尚需更多證據才行。

# 四、結語

　　介音與等呼間的關係，從宋代的《四聲等子》雖仍維持二呼四
等格局，實際上已開始進行上二等和下二等間的合流，到了袁子讓

和葉秉敬進而提倡合併四等為二等之論,再至清代的四呼,中間經歷了不算短的演進時程。其間,明確地從介音角度把韻母區分為四類的,應以桑紹良《青郊雜著》（1581）為最早,該書雖未用開齊合撮的名稱,而是把它分為四科,卻已粗具四呼規模[22]。到了李登《私編》和無名氏《直圖》、李世澤《橫圖》時,則將呼名的分類與應用達到頂點,此時的呼名可同時包括幾項條件,同時也不限於指介音,可說是呼名演化的高峰期。

個人在檢視過三圖裡的呼名與內容所指後發現,因明代適值由二呼四等過渡至四呼的中介階段,在介音與四呼未定型前的元明時期,許多著作的不同呼名適顯現了當時介音與等呼的過渡與發展痕

---

[22] 此一論點引自耿振生（1992）所言。耿氏並指出「李登《私編》和無名氏《韻法直圖》（1612 以前）此二書皆較《青郊雜著》晚出,但在審辨四呼方面卻不如桑氏。」但趙蔭棠（1985）的觀點卻頗為不同,趙氏認為「真正變等為呼、揭櫫開齊合撮各類呼口之名者,認為乃始自梅氏《字彙》後所附之橫直圖」。趙氏甚至稱許《直圖》設立呼名的作法是韻學史上的大事,「因為舊等韻的四等說的骸骨,到此時才完全埋葬;新等韻的四呼的生命,自此時才算開始」。由此不難看出趙氏認為《直圖》裡的呼名實具有積極性的開創之功。

　　不過,耿振生（1992：63-65）卻持不同看法,他指出「開口、齊齒、合口、撮口這幾種名稱並用始見於李登《書文音義便考私編》（1587）和無名氏《韻法直圖》（1612 年以前）。《直圖》後來流傳很廣,影響較大,而《私編》的流傳範圍和影響較小,所以很多人以為四呼的名稱是《直圖》所發明。問題在於《直圖》的確切成書時間無從稽考,我們既無法證明它比《私編》晚出,也沒有根據說它比《私編》先成書。兩書的呼法如此相似,不大可能是偶合,必有一書是仿效者,但誰模仿誰也無從確定」。因此耿氏由李登在《私編》序中的口氣來判斷,認為十呼之名應是由李登首創。

跡，一如這三部韻圖所展現的多樣化呼名般，透露出等呼在元明階段發展與過渡中混亂而未統合的真實狀態。換言之，即因呼名尚未確立，使得音韻研究者得以在自身韻學基礎上，或是基於審音的考量，或是依據當時標準語或方音的需求加以新創或變造，因此才會出現呼名眾多的紛雜景況。也正因為李登等人勇於嘗試的創新精神，才留下雖不夠完善卻在當時堪稱前衛的可貴記載，使後人得以循線勾勒當時音韻演變的一番景況，記錄指稱「等呼」的「介音」這個部件，曾經在明代階段擴大其音韻徵性，或是單指介音，或是指涉韻尾，或是兼具形容聲母、介音、韻尾的多項特點，顯然此一時期的呼名，已遠遠超出介音此一部件在音節結構中原本所承載的角色與屬性，而達到了無所不包的地步。

當然，這三圖裡眾多呼名同時並陳的結果，也飽受後人批評，勞乃宣、賈存仁、胡垣等人皆曾對《直圖》裡「混呼」、「捲舌」等名稱提出質疑，或是認為除四呼外其餘為蛇足，或是指出「混呼」的設立不當、呼名多似是而非，也正因為如此，所以至潘耒《類音》時，便捨棄其他眾多呼名，僅留下開齊合撮四呼。

相較於清以後介音又回歸中古時期的單純本質，三圖裡精彩紛呈的呼名容或龐雜或不當，也或許審音不精、多混雜、似是而非，但正因呼名的多元化才更突顯出韻與韻之間、聲母與韻母之間的差異與特性。相較於吾人在研究古文獻語料時，常苦於敘述過少、文字缺乏的遺憾下，這三部韻圖裡多樣化的呼名，就展現並記錄明清等韻音韻現象而言，也許反而是更有價值的優點。

# 第三章　介音、等呼的性質與其對聲母和韻母的影響

## 一、前言

在傳統聲韻學的定義中，一個漢字即一個音節，而一個音節又可區分為聲、韻、調三部分，聲指的是「聲母」，由輔音來擔任；韻包含韻頭（介音）、韻腹（主要元音）和韻尾，其中介音固定是由元音來充當，韻尾可以是元音也可以是鼻音性輔音；調指的是聲調，屬於超音段的非音質音位，由具有辨義功能的音高負責。探究古人對於漢語音節結構的分析，實與「反切」的切音規則密切相關，反切的切音方法既然是由二字拼切出一字之音，於是上字管聲母，下字負責韻母和聲調的二分法，無異於宣示由介音至韻尾的整個韻母部分都歸為一個單位，並與聲母截然劃分。是以，以往對於將介音歸屬於韻母，並無疑義[1]。

---

[1] 此處所謂的「以往」是指明代以前，明清時期不少學者開始反省傳統反切切音法的優缺點並提出變革，如吳繼仕、呂坤、李光地、王蘭生等，或是改良反切、或是把介音歸於聲母一起切音，開始意識且注意到介音在音節

　　「介音」既然上接音節開頭的聲母輔音，下承主要元音之前的中介部位，肩負著上可促使聲母發生音變如顎化作用，下也可因本身的洪細開合特質讓韻母產生音變，是以，介音在音節結構中實扮演相當重要的角色。Spencer（1996：96）便指出「所謂『介音』不是用音值來定義的，而是一種音節結構的位置，就是韻核（nucleus）前面的上滑音（on-glide）的意思」，「上滑音指的是雙元音的舌位滑動，滑音舌位的高低唯一的條件是不能比韻核的舌位低。」（洪惟仁 2001：263）在受到上滑音（介音）的舌位不得低於韻核（主要元音）的限制下，漢語音節結構裡的介音便只能由舌面前或舌面後最高的元音如 i、u、y 來出任。因此，只要上滑音如 [-i-] 它的舌位不比韻核低，就是齊齒呼；如 [-u-] 它的舌位不比韻核低，就是合口呼。

　　除了限制上滑音（介音）的舌位不得低於韻核（主要元音）外，如果在音節結構中沒有上滑音，韻核又是高元音 i、u 的單音韻母時，「雖然舌位沒有滑動，我們還是假定這個高元音佔據著介音的位置，它兼具著韻核與介音的角色」（洪惟仁 2001：263）。所以，可把帶有 [-i-] 介音或 [i] 韻核（元音）的稱為齊齒呼；把具 [-u-] 介音或 [u] 韻核（元音）的稱為合口呼；把帶 [-y-] 介音或 [y] 韻核（元音）的稱為撮口呼；而將不具 [-i-]、[-u-]、[-y-] 三者的稱為開口呼，此為現代漢語介音與等呼的實際面貌。這樣的區分方式，實則已經指出介音與元音間既相似卻又有別的雙重關係，亦即上滑音和韻核間既有發音部位高低的限制，當韻核佔據介音位置時又變成元音的介音化。

---

　　結構中的作用與歸屬問題。

倘若由上述說明來看，在音節結構中清楚分立聲、韻、調三者的限制下，介音當歸屬於「韻」的部分。既然語音具有繼承的關係，現代漢語的介音實際上直接繼承自唐宋時期的「四等二呼」而來。唐宋階段把介音分為開、合二呼，復因等韻圖上的位置分為四等，形成四等二呼格局，其中開口洪音一二等為 [ø] 介音，開口洪音三四等為 [-i-] 介音，合口洪音一二等有 [-u-] 介音，合口洪音三四等為 [-iu-] 介音，當時開、合口的三等已具有 [-j-] 介音的存在。若與現代漢語相比，中古階段除了 [-iu-] 介音尚未變成 [-y-] 外，其餘實與現今無異。問題在於「介音」為音節結構的其中一個部件，雖然可影響聲母與主要元音、韻尾，但中介的屬性相當明確；可是「等呼」由中古至今卻不僅僅只是標示介音的性質，甚至還用來指涉整個字的發音屬性與口型，因此在功能與性質上實已遠遠溢出介音的性質與範圍，而可達到涵蓋整個音節的地步。既然中古時期的介音是由等第與開合口來判斷與制定，其中除介音原本的功能與條件外，還牽涉到發音方法與發音開口度的大小，說明自古以來介音與等呼間存在著相互依存與糾葛的關係。因此，清楚區分介音與等呼的性質與範圍實有必要。

## 二、介音與等呼的性質和糾葛

趙蔭棠在《等韻源流》（1985）中把呼名設立之功歸於《橫直圖》上，是著眼於「等呼」歷經唐宋元明的歷時性音變上而言。可是，記錄指稱「等呼」的「介音」這個部件，至明代除了完成開齊

合撮各類呼名外，同時存在著擴大其音韻徵性的跡象[2]，如刊行於明萬曆間的三部韻書韻圖：李登《書文音義便考私編》（1587）、無名氏《韻法直圖》（1612 以前）和李世澤《韻法橫圖》（1614），這三部語料中所使用的如咬齒呼、閉口呼、齊齒捲舌而閉等名稱，同時包括數種語音條件與徵性在內，更是將介音和等呼的概念以及等呼所涵蓋的範圍發揮至極致。這些呼名的設立包羅了音節結構中聲、韻、調的各個部分，對韻類與音值的區分和界定，一方面雖可謂相當精細，另一方面卻也因多具重疊性而有淆亂音節結構各部件的情形，這是只有在明代才出現的極為特殊的現象，也說明了古人對音節結構的屬性與區分並不明確甚或具多重性。由此亦可見出，古人對於「介音」與「等呼」二名的定義與區分雖看似明確，都是指介音而言；不過若提到「呼名」一詞，則似乎便存有溢出介音以外的其他指涉，也因此使得這三個名稱相互間有著既融通又糾葛的現象。

　　本節分就「中古至現代漢語的介音類型」、「介音的性質與歸屬」以及「等呼的概念與範圍」三點來說明中古以來的介音與等呼的變化。

---

2　如成書於萬曆年間吳繼仕的《音聲紀元》（1611），採取「聲母和介音拼合後」的「聲介合母」方式來標聲母系統，因此書中設 66 字母，但可歸納為 30 個聲母音位。而對於將介音歸屬於聲母部分的不同名稱，各學者有別，如李新魁（1983：234-238）稱為「聲母」；耿振生（1992：204）稱為「聲介合母」；董忠司先生（2008：1）稱為「聲元」，意指「聲介同母」。

## 2.1 中古至現代漢語的介音類型

　　本小節探討由中古至現代包括 [-i-]、[-u-]、[-iu-] 的幾種介音類型與發展，並說明這些介音在近代漢語階段的分合狀況。

### 2.1.1 中古至現代的 [-i-] 介音

　　關於中古時期的 [-i-] 介音，多數學者認為當時的開、合口二、四等是具有此一細音成分的，但有些學者則持反對意見，認為 [-i-] 介音只存在三等韻中，四等韻是沒有 [-i-] 介音的，如李榮（1956）認為「在《切韻》音系裡四等沒有 [-i-] 介音，四等的主要元音是 [e]」，他取消了四等的 [-i-] 介音，照樣可以解釋方言的音變；李新魁（1983）也主張「中古時期的四等韻是不帶 [-i-] 介音的，而且三等韻的介音不必作 [i] 與 [-i-] 或 [-j-] 化與否的區別。可以只用 [i] 來表示《廣韻》開口韻的介音，而且重紐字都帶 [-i-] 介音是肯定無疑的」；劉靜（2008：III）更明確指出「中古時期的四等韻是沒有 [-i-] 介音的」，她認為較早的學者認為四等韻是帶 [-i-] 介音的觀點是不可取的。她主張到了元代，「四等韻才從中古時期的不帶 [-i-] 介音發展到帶 [-i-] 介音，並進而與三等韻合流了」。關於中古階段的四等韻究竟是否帶有 [-i-] 介音？個人不擬進行討論與辨明，本小節目的在於論述中古以來的介音演變且著眼於明清時期的演化型態，因此此一問題暫且擱置，容後再論。

　　中古時期的二等韻沒有 [-i-] 介音是確定的，但此一狀態至元代的《中原音韻》內，便可明顯見到部分開口二等見系字已增生了 [-i-] 介音，使得一些原來屬於二等韻的例字如「江腔降巷皆街楷佳崖姦顏交敲教」等便與一等韻如「干看犴高尻敖剛慷昂」等形成對立、而與三等韻「姜羌強驕蹻喬蹺愆乾妍」等混列。此一現象既

然明確見於忠實反映當時北方口語的《中原音韻》內，推估此一音
變當出現於元代。

　　明清階段則把帶 [-i-] 介音的開口三、四等細音字給予「齊齒
呼」此一名稱，這一時期帶有 [-i-] 介音或 [i] 元音的例字除了有
齊齒呼此一名稱外，在《韻法直圖》和《韻法橫圖》內還以「咬齒
呼」、「齊齒呼而旋閉口」、「齊齒而啟唇呼」等名稱來指稱這些
細音字，這些名稱把原應指稱介音屬細音性質的單一條件，擴大至
包括幾個不同部件，說明當時人們對介音和等呼的認知不同。至於
明清的齊齒呼產生後延用至今，用來指現代漢語帶有 [-i-] 介音或
[i] 元音的例字。

## 2.1.2 中古至現代的 [-u-] 介音

　　中古時期的 [-u-]（或作 [-w-]）介音出現於合口一、二等字內，
此時期的合口介音有幾個？有些學者持不同看法。如高本漢
（1940）認為「《廣韻》有 [-u-]、[-w-] 兩個合口介音，[-u-] 為一
等韻和獨立合口韻的介音，[-w-] 是弱的輔音性介音，是二、三、
四等及開、合同韻字的介音」；王力（1998）也認為「《切韻》音
系的合口介音有兩個，[-u-] 介音是合口一等韻的介音，[-w-] 是合
口二等韻的介音」。顯然，高、王二人都主張中古的合口介音或因
等第的不同或因開合口的差異而有不同。但是多數學者還是持一個
合口介音的看法居多，如邵榮芬的《切韻研究》（1982）反對高本
漢之論，主張「《切韻》只有一個合口介音 [-u-]³；李榮（1956）

---

3　邵榮芬（1982）認為《切韻》的唇音字不分開合口，不能標出有無 [u]
　　介音，也就是說合口介音 [u] 不適用於唇音字，只適用於開合韻裡的真
　　正合口字。

認為「高本漢的 [-u-] 與 [-w-] 既然並非用來辨別字之間的區別，可以僅用 [-u-] 表《切韻》開、合韻合口的介音，至於獨韻是沒有開合口對立的」；董同龢（1979）也主張「合口介音只用一個 [-u-] 就夠了，因中古各韻的唇音字都只有開或合一類，不像其他字在一韻之內可同時有開又有合」。

　　相較於其他學者，李新魁（1994）的論點就複雜得多，雖然他也認為中古階段的合口介音不必分為兩個，只要一個就夠了，但他擬的是 [-w-]。他提出「開、合合韻的的合口，不論是一至四等中的哪一等韻，其介音都是 [-w-]，而此介音是由上古時期的『唇化聲母』的圓唇化成分促成的，可稱為『假合口』；至於開、合分韻和獨韻中的合口，它們沒有合口介音，只是主要元音為 [u]，可稱之為『真合口』。假合口才有 [-w-] 介音，真合口不具備介音。真合口韻中所帶的 [-w-]，實際上只表示聲母的唇化做為辨義的音素，主要是韻母中的圓唇元音」。李氏的合口介音雖只有一類，但細分真、假合口的方式卻頗為複雜，論點與其他學者頗為不同。

　　[-u-] 介音在中古以後至元明清階段，還是維持著含括合口一、二等字的範圍並形成「合口呼」此一名稱。至於唐宋時只分屬於開或合一類的唇音字，即使在元代仍保有 [-u-] 介音，可見當時彼此仍可相拼，到了明清時期才逐漸因排斥而轉為開口字。值得注意的是，《中原音韻》裡的齊微韻合口字在當時仍讀成 [uei]，但此韻中的 [n]、[l] 聲母字如「雷纍壘磊蕾餒淚累類酹」等到了現代卻讀成開口字 [ei]，說明 [-u-] 介音的脫落當是元以後的轉變。

## 2.1.3 中古至現代的 [-iu-] 介音

　　中古時期的 [-iu-] 介音涵蓋了合口三四等字，此時不僅 [-iu-] 介音尚未變成 [-y-] 介音，[y] 元音也未形成。即使到了元代的

《中原音韻》，也還是維持著 [-iu-] 介音和 [iu] 元音的局面，此由《中原音韻》裡的魚模韻字仍是 [iu] 可證。究竟 [-y-] 介音和 [y] 元音何時才出現呢？二者的出現時間有先後之別亦或是同時呢？這個問題歷來學者有不同看法。如陸志韋（1988）認為「《五方元音》裡才開始有 [y] 韻母」，但是否也有 [-y-] 介音，陸氏未明言。唐作藩（1991）認為「早在《韻略易通》（1442）時即已有 [y] 韻母」，時間比陸氏提前許多，顯然 [y] 元音形成的時間點比 [-y-] 介音要容易從文獻中觀察到，然而唐氏也未說明是否《韻略易通》時也已形成撮口呼的 [-y-] 介音。而由陸氏與唐氏所論來看，很可能他們是把撮口呼的 [-y-] 介音和撮口韻的 [y] 元音合起來看，並未區分或意識到二者間的分野。

劉靜（2008：IV-V）認為前人基本都同意撮口呼的形成與單韻母 [y]，即撮口韻的形成有密切關係，但是在撮口呼的形成上存在分歧。他引述王力的說法「這個音變最晚在十六世紀已經完成了」；也提到耿振生認為「韻頭 iu 變成 y 的時間跟單韻母 y 形成的時間應該同時或很接近，因此人們認為現代漢語的四呼就是在明初正式形成。」持此觀點的還有寧繼福；他也注意到李新魁主張「大概到十七世紀末，這個 [iu] 才進一步單化為 [y]。」至於劉靜自己則同意李新魁的論點，認為「元代的魚虞韻字讀 [iu]，這個讀音一直保持到十七世紀中葉。大概到十七世紀末年，這個 [iu] 才逐漸進一步單化為 [y]。作於 1674 年的《拙庵韻悟》分〝六獨韻〞，『居』韻也是〝六獨韻〞之一，由此可知，此時的 [iu] 已經單音化為 [y] 了。所以作於《拙庵韻悟》之後的《韻法直圖》、《韻法橫圖》中的撮口呼，擬為 [y] 介音是完全可以的」（劉靜 2008：V）。

　　事實上，劉靜此處的論述看似合理，卻犯了二個錯誤：

　　①引述耿振生「韻頭 iu 變成 y 的時間跟單韻母 y 形成的時間應該同時或很接近」的說法，顯然耿氏很清楚區分了 [-y-] 介音和 [y] 韻母的不同，只是他認為二者形成的時間當很接近。但劉靜卻同意李新魁觀點，李氏只提到 [iu] 變成 [y] 韻母的時間，但究竟是介音的變化或是韻母的變化則未明言，且與陸志韋和唐作藩的論點只有時間上的不同，認知上無異。所以劉靜在看待此一問題時，也與前賢一樣，仍是 [-y-] 介音和 [y] 元音不分。

　　②劉靜所言有時間上的錯誤，因為《韻法直圖》和《韻法橫圖》刊行於明代的 1612 及 1614 年，《拙庵韻悟》則是已入清的 1674 年了，試問就時間上而言，這兩部韻圖怎麼可能晚出於《拙庵韻悟》呢？況且，此二圖中既已出現「撮口呼」此一名稱，何須待清朝才確認？

　　是以，個人較同意耿振生所言，[-y-] 介音和 [y] 元音的形成應當在明代即已完成，且兩者的時間點可能同時或很接近才是，明以後至現代則一直延用不衰。

## 2.2 介音的性質與歸屬

　　關於介音此一部件究竟應當歸於「韻母」還是「聲母」？倘若依照傳統的分類與認知的話，向來是把它納入「韻」的範圍而不屬乎「聲」，性質相當明確。然而在明清的不少音韻材料中，卻不乏有學者開始質疑，除了提出介音當屬乎聲外，並在切音時提出「聲介合母」[4]的觀點，主張反切上字除了管聲母外也管介音的不同。

---

4　如成書於明萬曆年間吳繼仕的《音聲紀元》（1611），即採取「聲母和介

究竟介音當歸於韻還是歸於聲才對呢？此一爭論如果能分別由漢語音節結構組成成分、古漢語押韻行為以及現今聲學實驗的結果來分析，似乎較能取得使人信服的證據。以下分別說明幾位學者的不同觀點：

1.有些學者分別從漢語介音是否獨佔一個時間格著眼，分析漢語三個介音的長短以及究係屬聲還是屬韻。如：

a.任紅模（1988）以現代北京話來實驗，實驗顯示「北京話鼻尾韻中的 i、y 介音韻明顯地長於無介音韻而 u 介音韻卻基本與無介音韻等長[5]」。

b.曹劍芬、楊順安（1984）也以北京話進行聲學實驗，根據聲學分析和語音合成的實驗指出，「北京話的介音必須佔一定的時間長度，如 iao 中各音段時長之比以 4:4:2 為最佳，ua 則以 4:6 為最佳」。從他們的實驗看，u 介音韻同樣較短，但 u 介音韻雖整體較短但 u 介音所佔時間長度並不少。

c.王洪君（2001：39-40）認為在音位學的理論中，「介音分析為單獨的一個音位或是聲母的一個附加特徵，不一定與它的聲學特性相一致」[6]。他根據時間格理論，試圖研究介音是單獨佔一時間格

---

[5] 關於任紅模的論點，此處係轉引自王洪君〈關於漢語介音在音節中的地位問題〉（2001:40）一文，任氏原文為 "Temporal Structure of the Syllable with Nasal Endings in Chinese"，載於 1988 年的《語言研究年報》，北京：中國社科院語言研究所語音研究室內部刊物。

[6] 王洪君（2001：41）指出「即使在音位理論的框架中，介音在音節中的地位也不是與它的聲學特性毫無關係的。如果把聲學上介音的強弱分為幾個等級：①聲母的附加特徵；②獨立的介音屬於聲母；③獨立的介音屬於韻

音拼合後」的「聲介合母」方式來標聲母系統，顯然是把介音歸於聲母內。

還是只是輔音的一個附加特徵？他以聲學的角度來鑒別並提出判斷標準：「(1)介音有無前穩定段；(2)如果有，前穩定段是長還是短。在與清擦音聲母配合時，前穩定段在聲母結束處（聲帶震動起點處）結束者為短，超出聲母結束處還繼續延續超出 1/6 長度的為長；(3)介音滑動段是長是短。在與清擦音配合時，滑動段在聲母結束處（聲帶震動起點處）結束、延續長度只佔音節總長度的 1/5~1/6 者為短，在聲母結束處未結束（包括還未開始），延續長度接近或趨過音節長度的 1/3 者為長。」（王洪君 2001：39）經實驗結果顯示，「漢語介音有前穩定段，在與清擦音聲母配合時，前穩定段在聲母結束處是短的，而滑動段在聲母結束處延續長度接近或超過音節長度的 1/3，且介音是獨佔一時間格的」[7]。所以王氏認為，「北京話的介音與聲調的長短輕重沒有什麼關聯，因此根據音系標準，北京的介音即使是獨佔一時間格，也應該是屬於聲母部分的。」（王洪君 2001：42）所以，王洪君也同意漢語介音應屬於聲而不應歸於韻。

　　d.端木三（1990）曾利用元音與聲調的不同關聯來確定元音所佔時間格的數目，得出「北京話正常聲調的單元音韻實為兩時間格的長元音，輕聲中的韻實為一個時間格的短韻」的看法。可見，元音

---

母：④同時是主要元音；則音系上的過度分析或不足分析頂多可以在鄰近的兩級中做不同的處理，而不能跨越更多級。比如，對於廣州話的 ui 和 iu 中的前一成分是主元音，大家就沒有不同的意見。」王氏認為即使有學者分別從音位理論和聲學分析上來看介音，得出介音的不同歸屬的論點，但實際上在討論介音的性質時，仍與它的聲學特性脫離不了關係。

[7]　必須說明的是，此處的實驗結果並非王洪君文中所論，而是個人就其所附實驗表格歸納出之結論。

與聲調的關聯性可用來判斷 i、u 等成分，究竟是屬於聲母輔音還是該納入韻母部分。

　　其次，端木三（2008）又提出一種分析方法，他認為「音節的最大結構為 CVX，只要將含有介音的漢語音節 CMVX 和 CVX 一比較，就可看出漢語音節多了一個 M」。在他的理論中，「這個多出來的 M 不是和韻母中的 V 結合在一起，而是受到 CVX 模式的限制，和聲母 C 融合成一個 C^M」。由於這樣的音同時具有兩個單一音素的特徵，所以他稱為「複合音」（complex sound）。換言之，他不把介音視為一獨立的音素，而是認為「介音只是複合音的一組特徵束，不具備獨立性」。王靈芝、羅紅昌（2010：79-81）曾以語音實驗方法來檢視端木三的理論，他們以 [-i-] 介音為例觀察漢語的聲韻配合規律，其實驗結果為：「漢語介音 [i] 是依附於前面聲母的，而不是像傳統認為的那樣依附於韻母；音節 CiVX 的結構必然是 CiVX。雖然實驗沒有對其他兩個介音 [u] 和 [y] 做進一步的實驗，但是根據預測，含有介音 [u] 和 [y] 的漢語音節的結構也一定是 CuVX 和 CyVX 的」。顯然，王、羅二人也同意端木三主張介音歸聲母的觀點。

　　可是鄭錦全（2001：34）卻不同意端木三的說法，他指出「端木三認為介音是聲母的一部分，他的理由主要是聲韻學理論的考慮」[8]，鄭氏從介音元音化觀點「證明介音和韻母的關係密切，鼻音聲母在有些方言裡演變成音節性的韻母，但沒有聲母變成元音的現

---

[8]　必須說明的是，此處提到鄭錦全質疑端木三的說法，是指鄭氏就端木三發表於 2000 年的《The Phonology of Chinese》一書中的論點進行反駁，至於上文所提端木三從聲學上分析音節結構的實驗結果，則是後來的事。

象。從這個現象來考慮，把介音歸屬到韻母中才是合理的分析，也只有能夠照顧到語音，感知，音變的理論才能歷久而彌新。」鄭錦全以為僅從聲韻學理論上並不能完全理解並說明介音的歸屬問題，必須從古人對音韻的分析上著手，他觀察介音與韻腳間的關係，發現介音在某些鼻音韻尾的音節中，會取代主要元音的央元音，變成高元音的主要元音。換言之，也就是會進行介音的元音化，因此他主張介音仍應歸在韻母中較合理。

　　2.有些學者則由觀察介音與音節結構中各部件的配合關係著手，希冀釐清介音對聲母與其他部件的影響。如：

　　a.遠藤光曉（2001）曾對漢語介音進行歷史性的考察，他分別從現代北京話、《切韻》音系和由中古至現代所產生的語音變化中，歸納出介音與其他語音成分之間所存在的排斥律與和諧律，從中探測其語音學上的根據和歷史上的成因。經由他的分析研究，得悉「與介音有密切關係的是聲母和韻尾，主要元音和聲調很少與介音發生特殊現象」（遠藤光曉 2001：45）。遠藤氏的研究引人注意的一點是，他提出了「介音影響的範圍除了『聲母』外也包括『韻尾』」，一般學者較少注意到介音對韻尾所產生的變化與影響，但遠藤氏關注到了，並且他也淡化向來認為介音對主要元音產生消變具重要影響的說法。儘管遠藤氏並未明確揭示介音當屬乎韻抑或是屬乎聲，而且他提出的主要元音很少與介音發生特殊現象的觀點，個人以為尚值得商榷[9]，但由他所舉多例在介音影響下使聲母和韻尾產生消變的情況來看，介音與聲母和韻母間的配合關係確實相當

---

9　如由元至清的見系 kia>tɕie 音變以及曾、梗攝的 iəŋ>iŋ，就不能否認介音對主要元音所起的影響。

密切與複雜。

　　b.李存智（2001）則專就介音對漢語聲母系統的影響入手，並以閩方言和其他漢語方言進行比較，從而歸納出「漢語聲母從古至今的變化，多與介音的作用有關，呈現分化、合流或回流的變化模式，且常牽涉三等韻」（李存智 2001：69）。李存智在論文中也未說明介音在音節結構中該歸於聲還是屬於韻，但李氏也同意介音對聲母的影響深遠且舉足輕重。

　　介音的歸屬問題究竟為何？從古代漢語向來將之併入韻母的傳統區分法，再到現今有越來越多學者發現介音與聲母的關係密切，並以聲學語音實驗進行檢測後獲悉介音為複合音的一組特徵束，不具備獨立性，應當歸入聲母的不同論點，可說是對傳統認知的大逆轉，這顯示對介音的定義、認知與歸屬，仍值得再進行深度探索。個人以為人們對介音的認識與界定，標誌著對語音和音節結構分析的進步與轉變，古時無聲學儀器可供實驗分析，但憑語感和對音韻的認知、漢民族的押韻習慣來分析，得出介音為韻母一部分的結論。但隨著音韻知識的豐富、音韻理論的建立與細密化，再輔以先進的科學儀器來檢測，這時便得出異於以往的定論和認知。這之間無所謂對錯，代表的是人類對音韻分析的精亦求精，當然，其中也牽涉到如何詮釋的問題，如鄭錦全（2001）和洪惟仁（2001）都從介音的區別性特徵與介音元音化角度來立論，分別從介音與韻腳字的關係以及漢語方言中存在著介音和主要元音可共用的介音元音化角度切入，主張漢語的介音歸於韻母。是以，認知的不同以及詮釋的不同，恐怕才是眾學者們對介音歸屬不同的徵結所在，而這也是介音歸屬至今仍無法斷定、人言言殊的主要原因。

## 2.3 等呼的概念與範圍

在唐宋時期的韻書如《切韻》、《廣韻》裡，對介音的分類需依靠等呼來判定，然而韻書中是看不出等第的，因此「等」的興起是伴隨著等韻圖的出現進而細分的結果。在等韻圖中原則上把字音依洪細分為四等，又把韻母分為開、合二呼，按等、呼條件來列字，既然在開口圖和合口圖中都細分為四等，因此可用來區分不同等第間音節的細微區別。當時的介音大別為開洪、開細、合洪、合細四類，此即所謂等呼，由此可知，介音與等呼間實存在著密不可分的相互指涉關係。尤其是對「等」的區分，在《切韻》、《廣韻》、《韻鏡》等中古音材料裡，顯然更為重要。

但是在宋元韻圖中的「等」，究竟所指為何？學者間的看法頗有爭議，如清儒陳澧云「等之云者，當主乎韻，不當主乎聲。」（《切韻考外篇》）陳澧明白指出聲母出現在等韻圖上的等第，是由韻母決定，而非聲母。陳澧的說法雖將等歸於韻，但未明示何謂等；江永則言「一等洪大，二等次大，三四皆細，而四尤細。」（《音學辨微》）江永已注意到等第之間的區別並描述發音時有開口度大小的問題；羅常培則在清人基礎上進而解釋說：「今試以語音學術語釋之，則一二等皆無 [i] 介音，故其音大；三四等皆有 [i] 介音，故其音細。同屬『大』音，而一等之元音較二等之元音略後略低，故具『洪大』與『次大』之別……同屬細音，而三等之元音較四等元音略後略低，故有『細』與『尤細』之別。」（《漢語音韻學導論》1956）羅常培的說法即今人判別洪細時常引用的，有 [i] 為細音，無 [i] 為洪音的觀點，而由羅氏的敘述中不難看出，等的洪細不同主宰著發音時的開口度大小。是以，前人對「等」的概念應

是對韻母中的介音與主要元音進行分析後的結果，所以在古人的看
法裡認為等是歸屬於韻的。

　　與「等」關係密切的「呼」，其概念也是在唐宋時期的等韻圖
中跟著出現的，宋元韻圖中把韻母分為開口呼與合口呼兩類。清人
江永曾言「音呼有開口，合口。合口者吻聚，開口者吻不聚也。」
（《音學辨微》）羅常培則說：「若以今語釋之，則介音或主要元音
有 [u] 者，謂之合口；反之則謂之開口。實即『圓唇』與『不圓
唇』之異而已。」（《漢語音韻學導論》1956）從江、羅二人所言來
看，「呼」所指的是口唇的形狀，再搭配上對「等」的解讀，我們
可發現雖然等呼原本指涉的層面相當於介音，但因牽涉到口唇的開
合形狀與發音開口度的大小，因此實際上已關連到整個字的嘴型發
音，讓人感覺不僅僅只是音節中的一個中介部件而已。無怪乎明代
的一些韻書韻圖內，會以不同呼名來標示不同介音、不同聲母甚至
是不同韻尾了。

### 2.3.1 宋元韻圖中對於二呼四等的漸變

　　標誌著中古音「介音」這個部件的「等呼」，其實自宋代已開
始發生變化，原來，宋代的《四聲等子》雖仍維持二呼四等格局，
實際上已「上二等開發相近，下二等收閉相近，須分上下等讀
之。」[10]這意味著當時等和等之間的界限已不那麼清楚了。如果觀
察出現於宋元間的五部韻圖，便可發現《四聲等子》（以下簡稱《等
子》）、《切韻指掌圖》（以下簡稱《指掌圖》）、《經史正音切韻指
南》（以下簡稱《切韻指南》）三圖的列圖形式已與《韻鏡》、《七音
略》有所不同。它們不完全依照原來韻書的分韻列字，也不要求韻

---

10　此語為袁子讓《字學元元》裡〈讀上下等法辨〉所言。

書中的小韻首字都與韻圖相同，反而開始參酌當時實際語音的變化來安排字音，這反映了編纂者對時音意識的抬頭以及編纂原則的改變。其中《指掌圖》和《切韻指南》以開、合標示，《等子》則沿襲《七音略》以輕、重注之，部分韻圖加注開合口。尤其，《等子》開創首先用「攝」此一名稱與概念來涵括不同的數韻，對明清韻圖影響深遠。

倘若比較以上三韻圖，不難獲悉當時開、合口的三、四等字已逐漸合併，亦即二呼四等有趨向於二呼二等的趨勢。今舉出幾個值得注意的音變現象如下：

a.《等子》中的「宕攝」位於第三和第四圖，包括唐（一等）、江（二等）、陽（三等）三韻，第三圖注明「陽唐重多輕少韻，江全重開口呼」，第四圖未注明，但從收字看，應是合口呼字。在這兩圖的一等唐韻後標示「內外混等」，在三等陽韻後標示「江陽借形」。「內外混等」除了指外轉的江韻與內轉的唐、陽韻混而不分外，也說明開口一、二等字已讀成同音，此種措置說明《等子》中已有「江宕合流」的趨勢。「江陽借形」則指江、陽二韻雖分居二、三等位置，但少部分字有混列情形，此由三等都是陽韻字，二等除以江韻字為主外，又雜有陽韻莊系字可知。

b.《指掌圖》對於「蟹攝」的歸字與另二圖頗為不同，其他二圖的蟹攝分列開口與合口兩張圖，但《指掌圖》卻只在十七圖設蟹攝開口，包括一等的「哈海泰代曷」和二等的「皆佳駭蟹夬卦怪黠」諸韻，至於原蟹攝的三、四等字已全部併入止攝，與支、脂、之、微合流了，洪梅（2006：30）認為「這反映了當時北方語音的實際情況」。可資注意的是，《等子》在蟹攝後注明「佳併入皆」、「祭廢借用」；《切韻指南》的蟹攝後則注明「代韻宜併入泰

韻」、「祭韻宜併入薺韻」、「泰韻合口字宜併入隊韻」、「廢韻宜併入薺韻」等字眼。檢視《等子》和《切韻指南》的三等字中確實有齊韻字，這顯示四等齊韻字已與三等祭、廢二韻合流了。

　　c.《指掌圖》內的止攝齒音字「茲雌慈思詞」被改置於一等，連與之相配的入聲字也改為一等德韻字「則城賊塞」，此與《等子》和《切韻指南》仍將之擺在四等的作法迥異，多數學者認為這說明止攝精系「茲雌」等字的韻母已由 [i] 變為 [ɿ]。

　　d.果、假二攝在《等子》與《切韻指南》內都注明「果攝內四、假攝外六」、「內外混等」，除了是內外轉互混外，原居一、三等的果攝字顯然已與二、三等的假攝字逐漸混列。同樣的情形也出現在曾、梗二攝，《等子》把曾、梗二攝同列一圖，並於後注「內外混等」、「鄰韻借用」，這清楚顯示曾、梗二攝已經合流的事實。相形之下，《指掌圖》也曾、梗二攝併圖，與《等子》同；但《切韻指南》卻仍曾、梗分立，清楚不混。這或許是沿襲舊等韻的作法，當然也不排除與《切韻指南》所據音系基礎不同有關。

　　e.中古的「咸攝」所收都是帶有 [-m] 韻尾的開口字，《等子》在此攝下注明「重輕俱等韻」，不知其意為何？若以此攝含有一、二、三、四等字來看，或許是指洪音與細音字兼具。令人感興趣的是，《切韻指南》在咸攝後注明「合口呼」，此攝都是開洪與開細類字，自不應有合口 [-u-] 介音，此處應是就咸攝所收都是閉口的 [-m] 韻尾來說的，而《切韻指南》對合口呼的定義也與後來的明清韻圖大異其趣。

　　從以上五點來看，《中原音韻》裡所呈現出的江宕合流、止蟹合流、曾梗合流等韻部合併情形，其實在宋元韻圖裡已先揭開序幕；而一二等字與三四等字的合併也具現了等第的界線在逐漸泯滅

消失中；內外混等也顯現出某些原本內外轉分立的藩籬在破除；
[ʅ] 韻的產生更進而說明是先有 [ɿ] 韻然後才有捲舌音字。這些或
顯而易見或細微的音變，正逐漸影響著聲母與韻母系統，最終成為
現代漢語的音系面貌。

## 2.3.2 元代《中原音韻》的介音與等第

進入元以後，四等二呼的界限逐漸泯滅，因此從宋代的二呼四
等進展至明代的二等二呼再至清代開齊合撮四呼，除了揭示出介音
的漸變過程外，也顯示出「等」的分際逐漸泯滅後轉而由「呼」來
取代的趨勢。趙蔭棠（1983：122）就曾指出：「在元明之北音系統
中，這四音的歸併，起了很大的變動；即在開圖之一二等往往併為
一個開口的音，三四等變為一個齊齒的音；在合圖之一二等變為一
個合口的音，三四等變為一個撮口的音。《中原音韻》即充分的表
現著這種情形。」顯然趙氏認為《中原音韻》裡已進行大量的等第
合併，且已粗具四呼規模。耿振生（1992：62）也認為「《中原音
韻》時代已奠定 [ø]、[i]、[u]、[iu] 四呼基礎，明初《洪武正韻》
和《韻略易通》魚、模分韻，反映了魚韻由 [iu] 變成 [y] 的事
實」。現代不少學者認為介音 [-y-] 也是在明代由 [-iu-] 變來的，
此為四呼正式形成的時代，只是當時尚未出現呼名，亦即有四呼之
實而沒有四呼之名。

確實，檢視《中原音韻》的分韻列字便可看出，周德清在每一
韻部下以聲調為第一層分類基礎，其次，復於聲調下依不同的小韻
區分音節，小韻與小韻間以圓圈間隔。這些圓圈的作用不僅顯示出
不同音節的讀音，也具備區分不同介音與等呼的功能，因此後代學
者才能由此歸納出該書已粗具 [ø]、[-i-]、[-u-]、[-iu-] 四類介音。
而在探索《中原音韻》一書在等第與介音上的融合與消變時，發現

該書有幾點值得注意的音變現象如下：

a.《中原音韻》「東鍾」韻主要收來自《廣韻》的東、冬、鍾三韻，另外也併入登、耕、庚三韻部分唇音及喉牙合口字。東冬鍾的合併，在《等子》、《指掌圖》、《切韻指南》中已現端倪，《中原音韻》內的東韻一等「工功攻公」與東韻三等「弓躬宮」、鍾韻三等的「供」同列一小韻，足證當時一、三等的界限已經消除。值得注意的是，周氏在《中原音韻》卷下〈正語作詞起例〉中收錄了有關疑似字音辨析的舉例，在東鍾韻項下即列有「宗有蹤，鬆有松，龍有籠，濃有膿，隴有櫳，送有訟，從有綜」等字例，也顯示一三等互混的語音現象；李新魁（1983：104）亦曾提到「東鍾韻中有許多字是一、三等不分了」、「惟 [ts] 組、[k] 組及 [n]、[l] 聲母字尚有一、三等（即 [uŋ] 與 [iuŋ] 的對立）」。另外，東鍾韻內也混入原屬登、耕、庚韻的例字，「這些字在現代北京音中確實也與原來的東鍾韻三等字（如蒙、夢等）合流」（洪梅 2006：42），說明《中原音韻》時代已率先開啟此二類字讀音混同之音變。

b.《中原音韻》「支思」韻收來自《廣韻》支、脂、之三韻開口三等的精系、莊系、照系和日母字，以及少數入聲字「瑟、澀、塞、胝」。後人在提到漢語支思韻的形成年代時，多數皆舉此書為代表，因此大家便以為除了《指掌圖》中已初步形成 [ɿ] 韻外（但僅限精系字），《中原音韻》是最早顯示 [ï] 韻讀音的文獻。然而據趙蔭棠（1965：49）考證：「支思韻也是周特別提出的，然在才老《韻補》中已露端倪，《韻補》的韻字排列，是始『見』終『日』的，而在支韻日母人字之後，忽贅以『資、次、斯、茲』等字，論者疑為後人纂補，不知是吳才老在那裡辨別某該讀 ɿ，某該讀 ʅ。」可見趙氏認為支思韻的出現可能早在南宋時已初露語音端倪

了，否則吳才老不需要特別把「資次斯茲」等字置於日母後，這麼做的唯一理由便是精系字已轉為 [ɿ] 韻。倘若趙氏所言可信的話，那麼 [ɿ] 韻的形成時間點當可提前至南宋。

　　c.《中原音韻》的「皆來」韻和「寒山」韻都有因所收的二等字增生 [i] 介音而與一等對立的情形，像「皆來」收《廣韻》皆、佳、夬、咍、泰等韻，其中皆佳韻的二等喉牙音聲母字「皆解戒揩」此時已增生了 [i] 介音而與一等咍泰韻對立，李新魁曾（1983：151-152）考證「在《中州音韻》中，這些字的切語上字已使用雞、丘、奚、衣等，與三等韻無別。可見，當時的部分喉牙音二等字已產生了 [i] 介音」。「寒山」韻也是如此，此韻主要來自《廣韻》寒、山、刪三韻，開口二等的「奸菅顏間艱閑眼限」此時已帶有 [i] 介音，這使得喉牙音聲母有 [an] 和 [ian] 兩類小韻的對立，此種對立並非主要元音的不同，而是在有無 [i] 介音的問題上。

　　d.《中原音韻》中絕大多數的韻類已完成一、二等合流的音變，但洪梅（2006：48）指出「惟獨『蕭豪』韻的一、二等字，周德清仍強調應有分別」。她根據〈正語作詞起例〉中所舉字例「包有褒，飽有保」證明屬於一等豪韻的「褒」等字應與二等肴韻的「包」等字加以區分，不能混為一談。可知元朝時期中原地區口音中的「褒」與「包」字的讀音當有不同，故有 [ɑu]、[au] 之分。

　　e.《中原音韻》的「車遮」韻主要來自《廣韻》麻韻三等、戈韻合口三等，及入聲薛、屑、業、葉、帖、月、陌韻等。周德清把《廣韻》麻韻二等入家麻、三等入車遮的作法，顯示當時這兩類的讀音已經分途演變，一般我們在觀察車遮韻的形成時也泰半舉《中原音韻》為之。可是趙蔭棠（1965）認為車遮韻的獨立由來已久，

他引《毛注禮部韻略》微韻後案語云:「所謂一韻當析為二者,如麻字韻自奢以下,馬字韻自寫以下,禡字韻自藉以下,皆當別為一韻,但與之通可也。蓋麻馬禡等字皆喉音,奢寫藉等字皆齒音,以《中原雅音》求之,然不同矣。」他又舉韓道昭《五音集韻》麻韻迦字下注云:「居迦切,釋典又音加,此字符在戈韻收之,今將戈韻等三等開合共有明頭八字使學者難以檢尋,今韓道昭移於此麻韻中收之,與遮車蛇者同為一類,豈不妙哉。達者細詳,知不謬矣。」查毛書產生於宋紹興 32 年或 33 年,韓書作於金泰和戊辰,即嘉定元年,所以趙蔭棠根據此二書內所言,推測在南宋、金朝階段車遮韻已有獨立的態勢。

綜合以上五點及《中原音韻》內的介音演化趨向,我們可得悉在元代時的北方口語中,一、二等的洪音已合流、東鍾韻的一、三等已合併,至於三、四等的細音也繼續合流。薛鳳生在〈從等韻到《中原音韻》〉(1992)裡認為「三等韻的主要元音由於受到同化作用的影響而向前移動,這時四等韻母已經產生了顎化介音,因此兩個等就合併了。」,同時多數二等韻如皆佳等的牙喉音字已增生 [i] 介音,為後來的顎化作用奠定基礎,也與一等字形成對立。其次,雖然《中原音韻》內未明列等呼,但此時期確實已初步奠定後來四呼的基礎,只是有其實而無其名罷了,但因該書中還把魚、模合為一韻,魚韻尚未從魚模韻中獨立出來,可見當時不僅 [-y-] 介音還未產生、[y] 元音也未成形,所以合口細音仍然是 [-iu-] 介音型態。另外,在主要元音方面,誠如趙蔭棠(1985:120)所言:「『車遮』韻之獨立,《五音集韻》與《古今韻會舉要》已漸開其端,『支思』韻之分化,《指掌圖》僅表現其一半;此書特表而出之,使人一目瞭然。」趙氏一方面提出車遮與支思二韻早在《中原

音韻》之前已開始發生變化，但同時也肯定《中原音韻》反映時音的進步作法，這對明清韻書韻圖影響甚鉅。

### 2.3.3 明清時期對於等呼的合併與演變

在明代前、中時期，對於介音與等呼間關係的探討，依趙蔭棠（1985）所言當以袁子讓、葉秉敬二人所提相關論點以及李登和附於梅膺祚《字彙》後的《韻法橫直圖》內所用呼名，最具代表性。然而，在明代確切地從介音角度把韻母區分為四類的，從「等」的觀念對舊等韻提出挑戰的，耿振生（1992）指出「大抵以桑紹良《青郊雜著》（1581）為最早，該書雖未用開齊合撮的名稱，而是把它分為四科，卻已具四呼實質」。個人對於李登和《韻法橫直圖》內使用呼名的分析，已於上一章進行過論述，此處不再贅言，本小節主要補充屬於同一時期的袁子讓、葉秉敬二人對等呼的看法，而在談袁、葉二人前，先以桑紹良為引。

《青郊雜著》（1581）的作者桑紹良，籍隸河南濮州（今河南范陽濮城鎮）。濮州在明清時期歸山東省曹州府統轄，民國以後改劃歸為河南。桑氏此書包括兩部分：第一部分是聲韻雜論，體現了桑氏的韻學觀點和該書凡例；第二部分名為「文韻考衷六聲會編」，是一種介乎韻書和韻圖間的同音字表。在對等呼的看法上，他主張用兩等的分析法來代替原來的四等分析法，他按重輕之分把 18 韻部的韻母分為重科（即合口呼）和次重科（即撮口呼）、輕科（即開口呼）和極輕科（即齊齒呼）四種；而他的 20 字母則依「一母攝一音之四科，若見母攝觥、垌、庚、京是也」來區分聲類的，因此聲母就有 74 母。這樣，一個聲母也按四科化為四類，如此聲母四類、韻母四科，這就是他所謂的「重輕相通之法」。洪梅（2006：56）認為「桑紹良主張化四等為兩等，兩等與四呼配合而成的的『四科』其

實就是後來的四呼，這是變等為呼的濫觴」。

耿振生（1992）認為「開口、齊齒、合口、撮口這幾種名稱的使用始見於李登《書文音義便考私編》和無名氏《韻法直圖》，此二書皆較《青郊雜著》晚出，但在審辨四呼方面卻不如桑氏」。耿氏明確地點明了《青郊雜著》應是具四呼實質的先驅者，儘管未訂名稱；至於真正開始使用各種呼名並行諸於世的，則確實是《書文音義便考私編》和《韻法直圖》。

### ①袁子讓《字學元元》中的觀點

袁子讓對於介音與等呼間關係的論述，分別見於其所著《五先堂字學元元》（以下簡稱《字學元元》）中卷一的〈一百五十二音開發收閉〉、〈讀上下等法辨〉以及卷二的〈佐等子〉上下四等議〉內，該書成於明萬曆 31 年（1603）。以下分別列出，以明袁氏觀點：

a.〈一百五十二音開發收閉〉

> 然考《經世圖》，開攝有開發收閉，合攝亦有開發收閉，則闔翕之分非矣。予細玩一音中，古甲九癸，古則見一等，甲則見二，九則見三，癸則見四也。……四音分于水火土石之四象，自宜是四種，然音別于毫微，殊難分辨，嘗反覆以開發收閉四等字，口誦心惟，但覺開與發相類，收與閉相類，至發之別于開，閉之別于收，則不能知也。……又觀《等子》山攝溪母，看慳一讀，愆牽一讀；來母蘭爛一讀，連蓮一讀；見母官關一讀，勸涓一讀；影母剜彎一讀，嬽蜎一讀，以此知發不異開，而閉不異收矣。又觀《經世圖》六七八音中，一等者以開兼發，四以閉兼收，則開即發，而閉即

收也。……又以此知發不異開，而閉不異收矣。故予以意分
四等為上下等，開發總謂之上等，收閉總謂之下等。

由袁氏此則中所言來看，顯然袁氏認為當時口語中實際上已無法細
微區分開、合口中的開、發、收、閉四等之別，反而覺得上二等的
開與發相類，下二等的收與閉相類。因此他把一二等總稱為上等，
三四等總稱為下等，可見在他的觀念裡，二呼四等確實已應改為二
呼二等才是。

　　b.〈讀上下等法辨〉

　　　　等中上下何所別　　　上等宏揚下斂收
　　　　根干若把巾兼例　　　分明上下無他求
　　　　袁氏曰：《等子》雖列為四，細玩之，上二等開發相近，下
　　　　二等收閉相近，須分上下等讀之。讀上等之字，無論牙舌脣
　　　　齒喉，皆居口舌之中，蓋開發之等，其音似宏，故居口中；
　　　　下等之字，無論牙舌脣齒喉，皆居口之杪，蓋收閉之等，其
　　　　聲四斂，故居口杪，便是下等。如根干上也，以根干讀向口
　　　　杪，則為巾兼。試以根干例禁兼，又推而以登單例丁顛，奔
　　　　班例賓邊……皆口中為上，口杪為下，一讀可決。

此則也是呼應上則，說明開、合口中的上二等相近，下二等無別的
等第合併概念，同時袁氏也以「口中」描述洪音屬性，「口杪」描
述細音特點，以明上下二等之別。
　　除了等第的合併外，袁子讓對於開、合口的看法，其實在其
〈讀開合聲法辨〉中也曾提到：

> 袁氏曰：開合之音，總是一攝，恃口分闢翕爾。以其分者視
> 之，開自開，合自合；以其同者會之，則開者即合之開，合
> 者即開之合也。以同音者例之，如根干開也，以根干合口讀
> 之，則為昆官。登單開也，合讀之則為敦端……總只是同一
> 音，特張口讀之，便是闢；合口讀之，便是翕。試以此例讀
> 之，便可得其開合之由。

袁氏開、合口的根據是以有無 [-u-] 介音而定，與前人並無異義，
只是以闢、翕之名來指稱，而他也認為據此可將 16 攝中的「止、
宕、曾、梗、果、假」諸攝分開合，但對於「通、遇、效、流、
深」等攝未分開合者，則以《等子》為底本，在各攝中標註己見，
以明某母某等屬開，而某母某等屬合。因此，袁氏本身雖未編纂韻
圖，但藉由《等子》為底本，實寄託了他自己的諸般韻學理念，也
讓後人得以依此一窺其音韻思想。

　　c.〈佐等子上下四等議〉

> 袁氏曰：四等之設，分于開發收閉，開發者龐而宏，收閉者
> 細而斂。即見母根干高岡巾堅驕姜可別，但愚以各攝每等較
> 之，似有可議者。試以臻曾二攝為主，精等增賾層僧○居一
> 等，津親秦辛○居四等，上下分明，可以無疑。即如蟹攝精
> 等齎妻齊西○居四等，實類臻攝津親秦辛○是也。乃若止攝
> 精等咨雌慈思詞，實類曾攝增賾層僧○則當在一等，而不當
> 在四等。……又試以遇攝為主，見等孤枯○吾居一等，居區
> 渠魚居三等，上下分明，亦可無疑。乃若止攝見等龜虧逵
> 危，宕攝見等惶匡狂○皆類孤枯○吾，不類居區渠魚，則亦

不當在三等而宜在一等，……即音審之，上下昭然，何可混
也。或謂今人呼此數攝三等字，謬呼如一等字，其實當呼如
三等字也，然以三等類呼之，則又難為讀，而讀如一等字，
則幾于四等無辨。予意今古代遠，讀法不同，似未可強探作
者意也。

袁氏此則除了繼承前兩則的四等當合為二等的觀念外，也指出「開
發者麁而宏，收閉者細而歛」的洪細特質。此外，袁氏又進一步指
出某些原本帶有細音的合口三等字，在當時已脫去細音轉為洪音，
如止攝精等咨雌慈思詞由四等改列一等的最主要原因，即為因韻母
由 [i] 前移為 [ɿ] 韻後由細轉洪的結果，這是元音的變化；而止攝
見等龜虧逵危、宕攝見等恇匡狂○等字，袁氏認為不應在三等而宜
改列一等，則是因為三等 [-j-] 介音脫落後轉為合口洪音的結果，
此為介音的變化。因此，由這段文字可同時見出明代當時的介音與
元音的消變情形。

### ②葉秉敬《韻表》內的看法

《韻表》成書於明萬曆 33 年（1605），僅比《字學元元》晚了
兩年，二書對於等呼的看法，也頗為相近，葉氏所論分見於其〈辯
二等〉、〈辯韻有麤細圓尖〉、〈辯韻有開合〉以及〈辯四派祖
宗〉等條例內。以下分別列出：

a.〈辯二等〉

……愚每翻覆於唇舌，往來於心口，灼見其二等之外，毫不
可增，二等之內，毫不可減……如東韻止立一表，表中上等
有公，下等有弓，二等之外，絕無他聲。冬韻亦然。若江陽

韻雖立二表,而前後表止有二等,如陽韻前表上等為岡,下
等為姜;陽韻後表上等為光,下等為△(音居莊切),表則可
增而等則必不可增,此斷然而莫易者也。舊有切字指南,名
曰《等子》,作集韻者祖之,然二十四攝每攝卻立四等,往
往於二等之外,攙用他韻……細查二十四攝一等者既不足為
法,四等者又屬烏有,先生惟不佞二等之法,卓然可定千古
之論。

顯然葉氏與袁氏的看法一致,都認為韻圖中的四等之分實屬多餘,
應兩兩合併才是。而由葉氏所言陽韻分前後表上下等觀之,開、
齊、合、撮四呼之名雖未立,介音分為四類之實已涵蓋於其中。

b. 〈辯韻有麤細圓尖〉、〈辯四派祖宗〉

開合內外居中之韻,各有聲之麤而滿者,有聲之細而尖者,
有聲之圓而滿者,有聲之圓而尖者。麤而滿則為庚干,細而
尖則為經堅,圓而滿則為觥官,圓而尖則為扃涓。試呼上等
東韻公貢……則灌氣寬大而包唇,其為圓而滿可知也。試呼
下等冬韻恭拱……則收聲緊狹而撮唇,其為圓而尖可知也。
試呼上等陽韻岡各……則開豁而齊截,其為麤而滿可知也。
試呼下等微韻機譏……則針鋒而線縷,其為細而尖可知也。
韻中既有此四項之音,非有四派祖宗不足以統攝之。
麤大細尖之庚干經堅,圓滿圓尖之觥官扃涓,各韻俱有之,
故四派祖宗三十母得之,以分母中之血脈;三十韻得之,以
別韻中之低昂,其法密矣。

葉秉敬把四類介音分為「麤滿」、「細尖」、「圓滿」、「圓尖」，其實就是後來的開口、齊齒、合口、撮口，同時又仔細描述發這四類音時的口唇形狀以及氣流呼出的強弱大小，與現今之描述語言學正相符合。

　　c.〈辯韻有開合〉

> 江北之地，昔號中原，有開口音無合口音，故元世周德清作《中原音韻》，為樂府而設，不分開合。而近世金陵李士龍，亦以合口音分附開口音之下，然今吳越歌謳，並有開口，如廢其合口，止宜於北調，未為通論也。假如辛星心三字相類，然辛在真韻，則向外矣；星在青韻，則向內矣；心在侵韻，則合口矣……分別不嚴，所失不小。

袁子讓和葉秉敬都有論開、合的主張，但二者旨趣卻大不同，前者純就「介音」而言，後者卻是論「韻尾」。由此則內容來看，顯然葉氏稱 [-n]、[-ŋ] 尾為開口，稱 [-m] 尾為合口，而在當時的北方方言裡顯係 [-m] 韻尾已轉歸入 [-n] 尾中，更甚者，南京人李登（即李士龍）在其韻書中亦如此安排，證明明代的江淮官話也已 -m、-n 不分了。

　　繼桑紹良、袁子讓和葉秉敬三人相繼提出對於開合等第應合併以符合時代語音的實質後，接續此一風潮的便是李登、李世澤父子以及無名氏所撰之《韻法直圖》中所提出八至十三種眾多且繁複的各式呼名了，當時等第的分際已大抵泯滅，全改由呼名來表示各項語音特點，因此可說是等呼徵性與實質被實驗、擴大的階段。這波風氣延續至明末清初的《元韻譜》、《五方元音》、《切韻聲

原》、《拙菴韻悟》、《等音》等音韻材料中，又逐漸捨棄《韻法橫直圖》內的諸多呼名，重回開、齊、合、撮四呼之實質內涵，最終至潘耒《類音》後四呼之名終於塵埃落定且沿用至今。

　　以上為由中古至現代漢語在介音與等呼上演變之大趨勢，二者間的性質與關係亦緊密連結、相互依存和替代，成為漢語音節結構中最複雜而不易區分的一環。

## 三、明代介音與主要元音間的分立和兼代

　　上一節討論到漢語音韻中呼名與實質內容存在著不相應的狀況，這種現象並非元明時才出現，其實早在《廣韻》卷末所附〈辨十四聲例法〉，上頭便記載著：

　　一、開口聲：阿哥河等並開口聲。二、合口聲：菴甘堪諳等並是合口聲。三、蹴口聲：憂丘鳩休等，能所俱重也。四、撮脣聲：烏姑乎枯，能所俱重。五、開脣聲：波坡摩婆，能所俱輕。六、隨鼻聲：灼萬考姑等，能所俱重也。七、舌根聲：奚雞溪等，能所俱重。八、蹴舌下卷聲：伊酉等能所重。九、垂舌聲：遮車奢者，能所俱輕。十、齒聲：止其始等，能所俱輕也。十一、牙聲：迦佉俄等，能所俱輕。十二、齘聲：鴉嚚等能所輕。十三、喉聲：鴉加痕等，能所俱輕。十四者、牙齒齊呼開口送聲：吒沙拏茶，能所俱輕。

依據《廣韻》的分法與列字，很顯然「開口聲」指發主要元音 a 時的開口動作；「合口聲」指發 am 韻母時由開口度大的 a 出發後再

關閉雙唇的發音動作，此處的合口指的是 -m 韻尾的閉唇狀態，與後來所謂合口指的是介音 -u- 不同；「蹴口聲」指發 iu 韻母時由展唇的 i 至圓唇的 u（或是結合展唇的 i 和圓唇的 u）移動的嘴唇突出動作，即後來之撮口呼；「撮脣聲」指發 u 韻母時突出嘴唇的動作，即合口呼；「開脣聲」指發 pua、mua 等雙唇聲母加 a 韻母時由閉唇狀態移至 a 的開口動作；「舌根聲」、「牙聲」以及「喉聲」都是就聲母為牙、喉音而言；「垂舌聲」和「齒聲」可能是指發舌面音時的狀態而言；「牙齒齊呼開口送聲」則結合聲母與韻母 a 的口型來定；至於「隨鼻聲」則不知所指為何？因為所舉之「灼蒿考姑」四字中，除了「灼」為入聲字外，其他三個都是陰聲字，發音時並不帶有鼻聲，因此所謂的「隨鼻」不知是否指聲母 k 的舌根音因發音部位在後，聽來容易和發鼻音時的共鳴腔，在聽感上也帶有向後特性[11]類似，所以把它們混為一類。

　　從《廣韻》所記如此繽紛多彩的發音法來看，古人對於發音的描述與歸類往往不只一個條件，往往讓主要元音結合韻尾或是聲母與韻母併合為一來區分，很顯然當時對於口唇發音以及對於不同聲母、元音甚或韻尾的闡述與明清時期也有所出入。因此，我們不能從現代的術語出發輕易「校訂」古文獻的記載，而要從古文獻本身出發歸納出古人的意旨所在。

　　其次，在《韻鏡》裡標示各韻的「開」與「合」，也存在著概念上的差異。遠藤光曉（2001：49）就指出「《韻鏡》裡的〝合〞的

---

11　鼻音雖有前、中、後之別，但其實在發鼻音時，往往會讓人有共鳴腔靠後，接近口腔中、後部位的感覺，與其他同樣有前面屬性的雙唇音和舌尖音不同。

概念與現代中國音韻學所說的〝合口〞不完全相同。在《韻鏡》第 26 轉（效攝）、第 38 轉（深攝）、第 40、41 轉（咸攝）分別指定為 〝合〞，但這些攝以唇音 -u，-m 結尾，不可能具有 [-u-] 介音。 那麼，這些攝的〝合〞所說的不可能是介音的語音性質，而是就韻 尾或主要元音至韻尾的整個移動過程而言（同樣是效攝和咸攝，第 25 轉 和第 39 轉指定為「開」）」。遠藤氏觀察到《韻鏡》中的「合」往往 並非指介音，而是用來指稱元音和韻尾。

一如《廣韻》把帶 [-m] 韻尾字稱為合口聲，不約而同的， 《經史正音切韻指南》在咸攝後注明「合口呼」，但此攝所收都是 開洪與開細類字，自不應有合口 [-u-] 介音才是，因此，此處自是 就咸攝所收都是 [-m] 韻尾來說的；因此《切韻指南》對合口呼的 定義當與《廣韻》內的「合口聲」同義，卻與後來的明清韻圖大異 其趣。由此，我們似可得出個小小結論，在唐宋時期對「合」的定 義可指介音、元音和韻尾，使用範圍相當廣。

有趣的是，元以後的合口呼雖指帶有 [-u-] 介音或 [u] 元音 者，但對於收 [-m] 韻尾的韻目卻常稱之為閉口韻，「合口聲 （呼）」和「閉口韻」都是指口型變小的閉合狀態，其實也不能說 完全迥異。其次，若由《廣韻》中多達十四種分析聲母與韻母的發 音狀態來看，顯然不讓明代《韻法直圖》的十三種呼名之多專美於 前，也可體會古人分類之細。因此當我們再來檢視明代的眾多繽紛 呼名時，便可理解實前有所承，也正因古人留下了記錄發音情狀的 文字敘述，才可讓後人按圖索驥來揣摩當時的可能讀音並據此理解 其間的異同。接下來，個人將先就明代的介音與主要元音的分合進 行討論；其次，再來探索在元、明語料中的「介音元音化」現象。

## 3.1 [-iu-] 介音與 [iu] 元音的分與合

　　明初的《洪武正韻》和《韻略易通》這兩部韻書在韻目編排上採取魚、模分韻，與《中原音韻》合魚模為一韻不同，似乎反映了魚韻由 -iu 變成 -y 的可能性。現代學者認為介音 [-y-] 也是在此時由 [-iu-] 變來的，此為四呼正式形成的時代，只是尚未出現呼名，亦即有四呼之實而未有四呼之名。《洪武正韻》和《韻略易通》中的魚、模分韻，既然反映了魚韻韻母由 [iu] 變成 [y]，這是韻母系統中主要元音的變化；然而學者們認為介音 [-y-] 也是在此時由 [-iu-] 變來的，反映的則是介音的變化。那麼，在元明之際甚至是整個明代時期，[iu] 元音變成 [y] 元音和 [-iu-] 介音變成 [-y-] 介音的過程，是否始終處於既分立卻又彼此融合兼代的模糊狀態呢？

　　至於在近代漢語階段是否已產生 [-y-] 介音了呢？劉靜（2008：24、35-36）認為「在元代時沒有 -y- 介音，不單沒有作為主要元音的 -y 也沒有作介音的 -y-，[iu] 只是 [i] [u] 的複合。但是在《韻法直圖》與《韻法橫圖》裡，複合介音 -iu- 已經變為單音的 -y- 介音，還有一個比較特殊的 [ï] 介音，所以形成了四種介音系統」。劉靜所謂的 [ï] 介音所包含的都是挈、艱、監、貲、江等來自中古的二等韻開口字以及後來所謂的支思韻，這些韻的二等字因逐漸滋生出 [-i-] 介音卻又未與三、四等細音合併，是否可視為一類介音，頗有可議之處。不過，劉氏在論及 [-iu-] 介音時也不可避免的需提到 [iu] 元音，顯示出宋元時期所謂的等呼，既包含介音的不同，也包括元音的不同，到了明清則因等第合併之故，等的作用邁向消亡，改用呼名，四呼之名便進而確立。

　　若檢視《中原音韻》裡的介音與元音，則元代尚未產生 [y] 元音和 [-y-] 介音應是可肯定的，中古時期讀 [iu] 韻的魚虞韻，在元代仍是 [iu]；而 [-iu-] 介音也存在於 [iu] 韻母中，有些學者認為 [-iu-] 介音可能一直保存至 17 世紀初年，因為在《西儒耳目資》內仍將撮口呼標示為 [-iu-]，如此可反證元代時的 [-iu-] 介音仍處於複合階段。然則，[iu] 元音和 [-iu-] 介音在元、明二代的屬性與定位究竟如何呢？歷來不乏學者進行探討，以下略舉數家所論來說明：

　　1.王力在《漢語語音史》（1985）〝元代韻部〞處把魚模和東鍾兩部的細音標作 [-u-] 和 [-iu-]，但在〝明清音系〞中指出：「居魚部擬測為 y，與元代魚模部撮口呼 iu 不同，為什麼呢？元代魚模撮口呼必須擬測為 -iu- 然後和合口呼 -u- 押韻；明代居魚部正相反，它和衣期同屬《等韻圖經》的止攝，必須是轉化為 -y，-y 與 -i 才能押韻，正如今天十三轍 y、i 同屬衣期轍一樣。」雖然王力能認清居魚部的 -y 是元音兼代介音屬性，而與元代魚模部撮口呼 -iu- 是指稱介音而有所不同，然而仍把 [iu] 元音和 [-iu-] 介音歸為一類。此外，他也利用「撮口呼」名稱同時指涉了韻母與呼名二屬性。

　　2.李新魁《《中原音韻》音系研究》（1983：97）認為：「這個 -iu- 還沒有發展到單元音 y 的程度，只是元音 u 之前的 i 介音由於受到圓唇元音 u 的影響略帶圓唇的傾向。因此更精確的標音當是 yu，這個 yu 音一直保留到 17 世紀初年。《西儒耳目資》中還是把它標示為 iu，這個 iu 也還不是 y。」似乎李氏分立 [-i-] 為介音 [-u] 為元音，但仍未說明[iu]在元音與介音上的分野。

　　3.陸志韋在〈釋中原音韻〉（1988：22）中認為：「《五方元

音》把魚虞從虎韻移到了地韻，比《西儒耳目資》更近乎現代音，那才是 -y。」陸氏認為《五方元音》裡的虎韻是 -u，地韻是 -i 和 -ei，魚虞是 -y，顯然是由韻母的元音角度立論。

4.寧繼福《中原音韻表稿》（1985：225）指出：「魚字讀 -y，大概要到《韻略易通》的時候。蘭茂把魚模分為居魚、呼模兩韻，居魚的韻母是 -y，呼模是 -u。《中原音韻》無 -y 韻母，也沒有 -y- 介音。凡合口細音，本稿一律寫作 -iu-。」寧氏雖已清楚區分 [y] 韻母和 [-y-] 介音的區別，但在提到《韻略易通》的居魚、呼模兩韻時，還是就韻母立論而未及介音。

5.唐作藩〈《中原音韻》的開合口〉（1991：174）一文觀點近於寧繼福，他認為：「15 世紀的《韻略易通》將《中原音韻》魚模部析為居魚與呼模二部，表明居魚的韻母已不是《中原音韻》那樣讀 -iu，而已變成 -y 了。y 是 i 的圓唇，當居魚還讀 -iu 時，與呼模 -u 同部；而當 iu 演變為 y 之後，則與 -i 同部了。」唐氏依舊是從韻母角度立論，而且似乎有將元音與介音合為一體的意味。

以上五位學者不約而同的把目光聚焦於《中原音韻》以及明代的等韻材料上，除了因元、明二代適值韻母系統和音節結構正經歷著增加、合併、丟失的變化關鍵期外，也因介音在元、明二朝正處於劇烈變化期。而介音和主要元音同屬韻母系統的一員，除了互依互存外又兼具互通有無、相互融合兼代的特性，如此既親密又分立的關係，便使得在探究元、明語料的音韻系統時更增添了模糊性與難度。上列諸位學者在論及《中原音韻》以降的諸多材料時，之所以會把 [-iu-] 介音與 [iu] 元音混合討論，很大一部分原因與古人在區分音節結構時，常讓介音與元音相互兼代或具雙重性有關。

## 3.2 元、明語料中的介音元音化現象

　　既然由介音所衍生的呼名在明代中期呈顯出繽紛多采且遠溢出音節部件屬性的語音現象，那麼處於《中原音韻》之後的明代前、中期，介音和元音間的屬性與變動程度應該也頗為顯著，此由《洪武正韻》、《韻略易通》、《字學元元》、《韻表》等文獻裡或是因見系二等字增生 [-i-] 介音、或是因支思韻的產生導致 [i] 元音的消變、或是因 [y] 韻母是否產生促使 [iu] 元音和 [-iu-] 介音的融合與區分，皆可看出介音在明代實與聲母和元音間處於相互對立卻又可兼代的雙重性。以下列出《中原音韻》、《洪武正韻》、《韻略易通》、《西儒耳目資》以及《重訂司馬溫公等韻圖經》（以下簡稱《等韻圖經》）等代表元、明時期韻書裡部分韻目的韻母擬音，來觀察介音與元音間似乎既有區別卻又共用的情形：

**A.《中原音韻》**（1324）（擬音據陳新雄）

支思韻：齊齒→開口（[ï] 照莊系）　　齊齒→開口（[ï] 精系）

齊微韻：開口 [ei]，齊齒 [i]，合口 [uei]

魚模韻：合口 [u]，撮口 [iu]

真文韻：開口 [ən]，齊齒 [iən]，合口 [uən]，撮口 [iuən]

庚青韻：開口 [əŋ]，齊齒 [iəŋ]，合口 [uəŋ]，撮口 [yəŋ][12]

**B.《洪武正韻》**（1375）（擬音據王寶紅）

支韻：齊齒→開口 [ï]（知茲類），齊齒 [i]（麋皮類），開口 [əi]

---

[12] 陳新雄先生（1990）在對《中原音韻》進行擬音時，似乎對該書中是否已產生 [y] 介音存在著兩套看法，他在庚青韻與車遮韻中顯然認為合口細音字的介音已由 [iu] 轉為 [y]，但在東鐘韻、先天韻與其他數韻中，卻仍然維持 [iu] 的擬音型態。

（非微類）

齊韻：齊齒 [i]（西奚類）

魚韻：撮口 [iu]（於居類）

模韻：合口 [u]（胡都類）

真韻：開口 [ən]（痕臻類），齊齒 [iən]（鄰巾類），合口 [uən]
　　　（昆魂類），撮口 [iuən]（允隕類）

庚韻：開口 [əŋ]（登庚類），齊齒 [iəŋ]（經青類），合口 [uəŋ]
　　　（宏肱類），撮口 [iuəŋ]（榮營類）

**C.《韻略易通》**（1442）（擬音據葉寶奎）

支辭韻：齊齒→開口 [ɿ]、[ʅ]（精、照系）

西微韻：齊齒 [i]，合口 [ui]

居魚韻：撮口 [iʉ]

呼模韻：合口 [u]

真文韻：開口 [ən]，齊齒 [in]，合口 [un]，撮口 [iun]

庚晴韻：開口 [əŋ]，齊齒 [iəŋ]，合口 [uəŋ]，撮口 [iuəŋ]

**D.《重訂司馬溫公等韻圖經》**（1606）（擬音據周賽華）

止攝：齊齒→開口 [ɿ]、[ʅ]（精、照系）/ 日母 [ɚ]，齊齒 [i]

壘攝：開口 [ei]，齊齒 [iei]，合口 [uei]

祝攝：合口 [u]，撮口 [iu̯]

臻攝：開口 [ən]，齊齒 [iən]，合口 [uən]，撮口 [yən]

通攝：開口 [əŋ]，齊齒 [iŋ]，合口 [uŋ]，撮口 [yŋ]

**E.《西儒耳目資》**（1626）（擬音據葉寶奎）

ï 類：即支韻：齊齒→開口 [ï]（精莊組）/ 日母 [ul]

i 類：即齊韻：齊齒 [i]

iụ 類：即魚韻：撮口 [iụ]（tʃ組除外）

u 類：即模韻：合口 [u]

en 類：即真韻：開口 [en]，齊齒 [in]，合口 [un]，撮口 [iun]

em 類：即庚韻：開口 [em]，齊齒 [im]，合口、撮口 [uem]

　　由以上所列諸書部分韻母擬音可看出，元明時期的介音與元音在音節結構上實存在著相互分立與兼代的雙重性，除了在「真文」韻與「庚青」韻中可明確體現四呼四種介音的明確屬性外，在「支思」韻內因著精、照系轉讀為 [-i] 韻之故，導致 [-i-] 介音脫落轉為開口呼；而在「齊微」韻內的開口細音字則直接由 [-i] 元音兼代 [-i-] 介音；同樣的情形也見於「居魚」韻和「呼模」韻，在這兩類韻母中也都是以 [-u] 元音和 [-iu] 元音直接取代 [-u-] 介音和 [-iu-] 介音，顯現出元音（韻核）與介音（上滑音）的相互疊合甚至兼代。如此既可分立又可疊合指稱的語音特性，顯然是漢語音節結構屬性的特點。

　　當然，若從音節結構來看的話，那麼漢語的元音與介音間確實存在著相互共用同一音素且可兼代的情形，前文所謂的相互疊合兼代也正立基於此而言。可是若從元音和介音在發音時所佔時間長短來看，那麼彼此間的區別應該便可區分開來，因為單韻母的元音在發音的時程上較長且穩定（佔據二個時間格），而由元音所充當的介音則發音時程較短（只佔一個時間格）且為聲母與韻腹間的過渡音。即使同樣是元音，低元音的音長也比高元音的音長要來的長[13]。是以，本節所討論介音與元音間的糾葛問題，如藉由語音學實驗介音與元音所佔時間格以及音長的長短來判斷，應可獲得較清楚的判

---

[13]　王士元（1988：46）曾做過實驗，發現在自然說話時，低元音一般比高元音長，有時可相差百分之十五到二十左右。

別，此為從語音層次的音質上來立論。

　　其次，我們也可借以上五部韻書中對同一韻攝的韻母擬音，來觀察介音與元音間的關係。以下僅舉主要由來自中古曾、梗攝所形成的同類韻母其四呼讀音：

　　　　《中原音韻》：真文韻：開口 [ən]，齊齒 [iən]，合口 [uən]，
　　　　　　　　　　　　　　撮口 [iuən]
　　　　　　　　　　庚青韻：開口 [əŋ]，齊齒 [iəŋ]，合口 [uəŋ]，
　　　　　　　　　　　　　　撮口 [yəŋ]
　　　　《洪武正韻》：真韻：開口 [ən]，齊齒 [iən]，合口 [uən]，
　　　　　　　　　　　　　　撮口 [iuən]
　　　　　　　　　　庚韻：開口 [əŋ]，齊齒 [iəŋ]，合口 [uəŋ]，
　　　　　　　　　　　　　撮口 [iuəŋ]
　　　　《韻略易通》：真文韻：開口 [ən]，齊齒 [in]，合口 [un]，
　　　　　　　　　　　　　　撮口 [iun]
　　　　　　　　　　庚晴韻：開口 [əŋ]，齊齒 [iəŋ]，合口 [uəŋ]，
　　　　　　　　　　　　　　撮口 [iuəŋ]
　　　　《重訂司馬溫公等韻圖經》：臻攝：開口 [ən]，齊齒 [iən]，
　　　　　　　　　　　　　　　　　　合口 [uən]，撮口 [yən]
　　　　　　　　　　　　　　　　通攝：開口 [əŋ]，齊齒 [iŋ]，
　　　　　　　　　　　　　　　　　　合口 [uŋ]，撮口 [yŋ]
　　　　《西儒耳目資》：en 類：即真韻：開口 [en]，齊齒 [in]，
　　　　　　　　　　　　　　　　　合口 [un]，撮口 [iun]
　　　　　　　　　　em 類：即庚韻：開口 [em]，齊齒 [im]，
　　　　　　　　　　　　　　　　　合口、撮口 [uem]

從以上所列五韻書中對「真文韻」和「庚青韻」的韻母讀音來看，

前二者的主要元音都是 [ə] 且四呼的介音俱全，在音節結構上並不存在元音兼代介音的情形。但後三者則不同，《韻略易通》的庚晴韻同前二者，但真文韻除開口呼還維持著主要元音是央元音 [ə] 的型態，至於齊齒、合口、撮口三呼的主要元音則是從齊齒介音、合口介音和撮口介音轉變成的。《等韻圖經》則相反，是通攝裡由元音兼代介音；《西儒耳目資》是兩韻各有部分兼代。為什麼會產生這種現象呢？

　　原因可能出在這兩類韻的主要元音是個很弱的央元音 [ə]，當它處在前高介音 [-i-] 和鼻音韻尾中時，受到 [-i-] 介音的展唇性拉扯，為了讓生理上傾向於方便發音，於是造成元音的弱化消失與上移。在《韻略易通》、《等韻圖經》和《西儒耳目資》三書中顯示出「在央元音加鼻音尾的音節中，介音會取代主要元音的央元音，變成高元音的主要元音」（鄭錦全 2001：31），此為介音的元音化現象。換言之，ə 在 i_n 或 i_ŋ 的條件下音值是 i，也就是說 in 韻或 iŋ 韻的實際音值是在介音、主要元音的位置上都是 [i]。在此系統下，不僅是 [-i-] 介音會取代主要元音，[-u-] 介音和 [-y-] 介音也以同樣的變化方式由介音升格為主要元音。

　　值得注意的是，即使在《等韻圖經》通攝擬成的 [iŋ]、[uŋ]、[yŋ] 讀音，延續發展至現今國語也未變，同樣是以前高元音為主要元音，但其實在發音時位於「元音和韻尾間有個接近央元音的過渡音，所謂過渡音，就是不明確的發音，因此也不能算是語音層次的主要元音」（鄭錦全 2001：30）。換言之，現今我們在發 [iŋ] 音時其實仍帶有央元音的過渡音成分，只是這樣的過渡央元音，終究會因著弱化而消失，而在央元音消失後，介音就變成了主要元音。在此音變原則下，我們便可見到現今國語帶鼻音尾的複韻母中，除了

uən 和 yuŋ 兩個原本帶有央元音的韻母沒被介音取代外，其他四個複韻母 in、iŋ、uŋ、yn，它們與其他帶央元音的韻母原本都應帶有央元音的，卻在央元音弱化消失後被迫上移改由介音取代，於是也變成了介音元音化[14]。

那麼為何 uən 和 yuŋ 兩個韻母的主要元音沒被取代呢？個人推測 uən 的組合可能是因〝後高的圓唇音＋央元音＋舌尖鼻音尾〞，因為主要元音和鼻音尾的發音部位都在口腔的中間，於是起頭的後元音發出後舌位跟著往前移動，在移動中削弱了 u 的圓唇性，使它變得與央元音的半圓半展（或不圓不展）近似，於是央元音得以保留下來[15]。yuŋ 則是因 y 和 ŋ 的發音部位都在後面，y 的圓唇性質又比 u 更強烈，在起頭 y 的帶領和影響下，使得原本的央元音便後移、上升並且同化成與 y 同樣具有向後、圓唇、高舌位徵性的 u 元音（ŋ 也是具向後徵性）。

最後，關於前文所提在近代音階段，[y] 韻母究竟是何時形成的？也一直是不少學者們關心並加以研究的問題。周賽華（2005：47）認為「從反映北音的有關語音資料來看，應該是由『魚虞』韻的知、章系字韻母首先從 -iu 變成 -y 的，這在《詞韻》、《正音捃言》和《合併字學篇韻便覽》[16]（以下簡稱《字學便覽》）中，可見

---

14　鄭錦全（2001：32）提到「在此討論中，我們都說介音變成主要元音。另外可能的分析是介音使本來的主要元音從央中的部位提升到前高或者後高的地位，同時帶有介音的展唇或圓唇。我維持前一分析，主要是因為上面提到過渡音，且南昌話也提供了元音和鼻音尾間有個過渡音。」

15　當然，也不排除是央元音 ə 受到圓唇的 u 影響，使得我們在發 uən 時，其中的 ə 也變成帶有圓唇性。

16　徐孝《合併字學篇韻便覽》初刊於 1606 年，此書共包括四部分：一、

到魚虞韻的知、章字 -iu 韻母就有讀 -y 的,然後有些地區發生了
y→u 的演變,如《字學便覽》中的情況就是如此,到《拙庵韻
悟》時北京地區這種音變就基本完成了」。周氏此處提到了兩個重
要的語音訊息:一是由 [iu] 變成 [y] 首先由知、章系字的韻母開
始,再逐漸擴及其他。二是他提到了兩種音變:iu→y 和 y→u,前
者是經過唇化作用的結果,也就是 -iu- 當中的 u 成分失落,卻把
圓唇的性質殘留在 i 上頭,於是這個 i 就轉變成 y 了[17]。後者則是 i
成分失落,變成了合口洪音字。

　　個人目的不在探究 [y] 元音與 [-y-] 介音的產生年代或是出現
順序先後,而是在觀察漢語音韻結構中介音與元音間的相互對立與
兼代。發現在以元音兼代介音的情形下,逢韻母部分僅僅只有單元
音的 -i、-u、-y 時,則 i、u、y 必須同時指稱主要元音以及標示等
呼的介音;然而在有完足 -i-、-u-、-y- 介音時,則又與主要元音
井然分立。古人在發這些音時,只感覺到相似與重疊,尚無法清楚
感知並分析 i、u、y 在當介音和元音時的音長不同,加上古代無精
密儀器以供檢驗,會有如此誤認是可以理解的。只是,如此讓介音
既存在著分立而卻又可取代主要元音的現象,從音節結構的觀點來
看是不可思議的。或許,我們可採取鄭錦全(2001:25)將之分成

---

《合併字學集篇》;二、《合併字學集韻》;三、《四聲領率譜》;四、
《重訂司馬溫公等韻圖經》。其中《合併字學集篇》是以部首序目的字
書,《合併字學集韻》是韻書,《四聲領率譜》是反切總匯,《重訂司馬
溫公等韻圖經》是韻圖。這四部分實際上是相輔相成的,其中《合併字學
集韻》和《重訂司馬溫公等韻圖經》二者關係更是密切,它們是互為體用
的韻書和韻圖,二者音系完全一致。

17　此論點詳參竺家寧〈析論近代音介音問題〉(2001:20)一文。

「語音層次」和「音韻層次」的分法來看，前述真文韻和庚青韻這類帶鼻音尾的韻母為〝介音＋央中元音＋鼻音尾〞的組合，此為在音韻層次上的結構，「因此可和央中元音加鼻音尾的音節押韻」；「但在語音層次上央中元音弱化，介音變成主要元音」，因此二者便能加以統合，「音韻層次的介音能夠變成語音層次的主要元音」。這個說法，或許便能兼顧上文提及為何古人介音、元音可合併為一，相互兼代的理由。

## 四、介音對近代以來漢語聲母和韻尾的影響與轉化

　　本小節想討論介音對聲母與韻尾的影響，主題有四項：1.唇音聲母與 [-u-] 介音的關係；2.牙喉音二等字衍生的 [-i-] 介音；3.捲舌聲母與 [-i-]（或 [-j-]）介音的關係；4.介音與韻尾的關係。

### 4.1　唇音聲母與 [-u-] 介音的關係

　　關於明清時期韻書韻圖中的唇音字是否具有合口介音 [-u-]，一直是眾多學者關注討論的問題，因為從《切韻》音系以及宋元韻圖中對唇音字的開合口判定便相當引人注意。在漢語裡，唇音聲母後面一般沒有開合口的對立，但隨著後面韻母的類型或是接近開口、或是近於合口而被歸入開口字或是合口字中。遠藤光曉（2001：49）即認為「限制唇音聲母分布的條件不是洪細，而是開合。在現代北京話中，唇音聲母除了單元音韻母 u 和 o 以外，不與 -u- 介音相拼，也就是唇音與 -u- 介音之間有排斥關係」。不過，遠藤氏所論畢竟是現代漢語，楊劍橋曾先後於 1994 和 2001 年發表

過兩篇討論近代漢語的唇音字合口問題，通過考察《中原音韻》、《蒙古字韻》、《古今韻會舉要》、《四聲通解》、《交泰韻》、《韻法直圖》、《通雅‧切韻聲原》、《五聲反切正均》、《音韻逢源》等涵蓋元至清的多部文獻材料，總結「由元至清的韻書韻圖中許多唇音字仍帶有 -u- 介音，所以這些唇音字有許多被歸入合口呼中，但也有些被歸入開口呼中」。楊氏的論點顯然打破了一直以來許多學者們認為明清時期的語料中，不少的唇音字因為已不適合與 [-u-] 介音相拼，所以被異化排除轉為開口字的說法。

　　個人在觀察明代李登《書文音義便考私編》（以下簡稱《私編》）以及《韻法直圖》中唇音字的分布情形時，發現這兩部語料的確一如楊劍橋所言，有大量唇音字仍讀合口的例子。因楊氏已討論過《韻法直圖》，個人不擬重覆列舉，以下僅臚列《私編》「平聲韻」中與唇音字合口介音有關的現象如下：

　　(1)上平一東韻有唇音字「蓬篷逢墷芃䕲埄蒙朦幪罞曚夢風楓蜂封豐峰鋒丰烽桻馮縫梵」[18]等。本韻部其他字都是合口字，如「公工弓空窮穹紅雄翁邕東同」等；和本韻相對的開口字是下平八庚韻，如「庚傾亨橫烹騰能爭」等，其音值當是 [əŋ]。李登在庚韻下注明「古通青，今復分，青、蒸而互相雜，茲合而分之。本韻自曉至明諸母下，音要與東韻諸音各各有辨，勿混為一，見合母下亦然。」從李登的話語來看，「自曉至明諸母下」意指牙喉音與唇音字，東韻中的這些唇音字到了現代北京音已轉讀成開口字，既然李登強調庚韻開口字與東韻合口字的讀音有別，應該仔細區分，那

---

[18]　因《書文音義便考私編》中所列的同音字數量不少，本文此處未列舉所有的唇音字，而僅舉部分代表字來說明，下皆做此。

麼很明顯的，東韻內的唇音字應當含有 [-u-] 介音才是。

(2)上平三灰韻有唇音字「悲碑陂罷被丕靡糜縻眉湄嵋楣郿」等。本韻部其他字皆為合口字，如「歸魁回威圍危堆推」等，據此本韻部的唇音字含有 [-u-] 介音。與本韻相對的開口字是上平二支韻，但是對照支韻的唇音字「悲碑陂罷被丕靡糜縻眉湄嵋楣郿」，卻與灰韻唇音字是重出的。李登在支韻下注明「今韻分支微齊，又通灰韻，下諸音古並通用。」原本《私編》裡的支、灰二韻都來自中古止攝字，只是有開、合口之分，不過唇音字卻只有開口字一讀，並不讀成合口。然而《私編》卻出現開與合兩讀的現象，不知是否與文白異讀有關。

(3)上平九文韻有唇音字「分芬紛氛墳焚汾賁文聞紋蚊奔噴盆門」等。本韻部其他字皆為合口字，如「昆坤昏魂溫敦吞屯尊村孫」等。李登在本韻下注明「古通真諄，今雜入元韻，茲除敷奉微三母係本韻，餘皆自元韻分入，不悉注。」查《私編》的文韻字屬合口呼，元韻字屬撮口呼，既然「除敷奉微三母係本韻，餘皆自元韻分入」，可見本韻的唇音字含有 [-u-] 介音，是讀成合口字無誤。這與現代的南京音和北京音，除了「文聞」等字仍作合口外，其餘已皆轉讀成開口不同。

(4)上平十一桓韻有唇音字「般潘番拌拚盤磐蟠槃胖繁樊瞞蹣漫」等。本韻部其他字皆為合口字，如「官觀冠歡桓完丸湍團鑽酸」等，據此本韻部的唇音字含有 [-u-] 介音。和本韻相對的開口呼是上平十二寒韻，如「干肝甘看寒含安煩」等字，其音值當是 [an]。但是對照寒韻的唇音字「般潘番拚繁樊蟠」等字，可以看出這些唇音字在寒韻是重出的。而由李登在桓韻下注明「古通元寒，今通寒，茲自寒分出。」，在寒韻下注「古通桓刪覃咸，今通桓，

分刪雜元，茲合刪覃咸而寒刪皆開口呼，覃咸皆閉口呼。」這似乎說明寒韻內的唇音字讀成開口字，而桓韻內的唇音字則讀成合口字，推測也許在《私編》裡有文白異讀的呈現吧！不過，現今的南京音與北京話已都把這些唇音字讀成開口字了。

　　個人在檢視過《私編》裡的合口唇音字讀音呈現後，發現確實如楊劍橋所言，多數現今已脫落 [-u-] 介音轉成開口字的中古合口唇音字，在明清兩代仍然還是置於合口呼中，即使讀音已發生變化，也會以重出的方式使之互見於開、合口字內。因此若以文獻呈現的觀點來看，便應解讀成它們還帶有 [-u-] 介音，至於實際讀音為何？則是另外一回事。權淑榮（1999：127-128）認為這種現象應從《中原音韻》開始談起，「《中原音韻》將中古合口唇音字（如：反範飯）歸入開口韻（寒山），而不歸於合口韻（桓歡）；中古屬於重唇音的字（如：判瞞盤）仍舊併入合口韻中，而不併入開口韻。這表示：中古合口輕唇音字到了《中原音韻》時代，已變成了開口，而合口重唇音字尚未變成開口」。至於《私編》中的表現，權氏認為正與《中原音韻》相同，「將中古屬於合口輕唇音字的〝反範飯〞等，分別歸入旱部和翰部的開口裡；又將中古屬於重唇音字的〝判瞞盤〞等字，分別歸於合口的桓部和換部裡」（權淑榮 1999：128）。因此，權氏主張在李登的方音裡，已將中古屬合口輕唇音的字讀為開口了，李登是根據當時實際的讀音去編排這些唇音字的，而這也正符合官話方言語音演變的大勢。

　　個人對於權氏提出《私編》中的輕唇音字有由合口改讀成開口的趨勢基本同意，此由李登讓這些字在開合兩韻內重出可證。但是權氏認為重唇音字仍留在合口的解讀，個人則無法苟同。因為從上舉第(2)、(4)兩則都是重唇音字，卻同時重出於開合二韻來看，

《私編》中的重唇、輕唇音字的變化是一致的，亦即不管是重唇或輕唇的合口字，都仍帶有 [-u-] 介音，但是因應讀音的變化，也出現了開口呼的讀音了。

　　至於為何唇音字可以配 [u] 元音卻不適合與 [-u-] 介音相配呢？我們可分別從聲母和韻母二方面來討論。首先，在唇音聲母的發音上，由於發 p-、p-、m- 時是屬於平唇狀態，這和帶圓唇且口型突出的 [-u-] 介音相悖，尤其在發 [-u-] 時，不僅圓唇，舌頭還要後縮[19]，又拉長了與雙唇的距離[20]，使得原本處於平唇狀態的唇輔音無法有足夠的時間來讓嘴唇弄圓並突出[21]，造成發音困難，因此久而久之便因排斥而脫落。遠藤光曉（2001：49）就曾提到「發 p-、ph-、m- 等唇輔音時嘴唇以平唇狀態關閉起來，這個發音動作和元音 u 互相違背，因為發元音 u 時要把嘴唇弄圓並突出，這是與平唇關閉相反的發音動作」，顯然遠藤氏也認為唇音聲母的發音動作與 [u] 是相反的。

　　張光宇在探討現代漢語方言合口介音消失的問題時，主張合口介音是否消失及消失次序是依聲母發音的舌體姿態而定：「a.如果聲母的發音要求舌體後部隆起，合口介音傾向保留。這條規律適用

---

19　吳宗濟認為發漢語 [u] 時，不僅圓唇，舌頭還要後縮，他強調這後一點
　　也很重要。詳參吳宗濟主編《現代漢語語音概要》頁 89。
20　徐通鏘（1994a：4）曾指出「u 介音可使聲母前化為唇齒音或後化為舌根
　　音，因為 u 本身的發音就是舌根上抬，唇齒有輕微的接觸。」所以，徐氏
　　認為 u 有使發音部位「前化」或「後化」的能力。如果搭配吳宗濟強調發
　　[u] 時舌頭要後縮的觀點，顯然意思同徐氏所言的後化。
21　石鋒（2008：166）也提到「元音的前後、高低對雙唇音基本上沒有影
　　響，有影響的主要是圓唇或展唇，它會對雙唇音的唇形產生制約作用。」
　　可見在圓唇 [u] 的作用下，確實不利於雙唇發音。

於捲舌音（舌尖後音）與舌根音；b.如果聲母的發音要求舌尖動作，
合口介音傾向消失。其消失順序根據伴隨的舌體後部狀態而定。這
條規律適用於 [t] 與 [ts] 組；c.如果聲母的發音要求舌體平放、靜
止不動，合口介音更傾向消失。這條規律適用於唇音。」（張光宇
2006）依張氏的研究，漢語方言合口介音消失的聲母條件從易到難
依次為：「唇音聲母 > 舌尖聲母 > 舌尖後、舌根聲母。」，張
光宇不但指出了唇音聲母舌體平放的特質與 [-u-] 相斥外，更進而
提出各類聲母與 [-u-] 介音的相適性與消失先後順序，而對於唇音
聲母的特性描述，與遠藤氏是一致的。

　　但為何唇音可與 [u] 元音相拼可是卻排斥 [-u-] 介音呢？這可
能和前文曾提到的時間長度有關，因元音所佔時間格較長（佔二
個），使得唇音聲母有較足夠的時間來準備發音動作；介音只佔一
個時間格且後頭又緊接著主要元音，在短時間內要由平唇轉為圓唇
相對不易，因此久而久之便被排斥脫落。此由遠藤光曉（2001：49）
曾提及「單元音韻母，與介音相比，分配在該元音的時間長，足夠
形成 u 元音必備的發音動作，因此唇音聲母與元音 u 能相拼」可獲
得印證。雖然遠藤氏只說了唇音字能與 [u] 元音相拼部分，未提
及 [-u-] 介音的相拼，個人以為此與 [-u-] 介音發音時間短，不足
以有足夠的時長與唇音相拼，所以才消失，應當有關。

　　不過，儘管多數學者都主張唇音字與合口介音 [-u-] 是因為在
發音的口型上相悖，導致互斥而脫落了 [-u-] 介音，但仍無法圓滿
解釋為何現今當我們讀「玻波婆頗摩」等字時，雖然音標是寫成
[po]、[pʻo]、[mo]，實際上聽到的音值卻是 [puo]、[pʻuo]、[muo]
呢？查「玻」類字原為果攝戈韻合口一等字，這類字在《韻法直
圖》、《切韻聲原》、《五聲反切正均》、《音韻逢源》等明清語

料中，都還歸在合口呼中而與開口的「歌可何」相對立，可見當時還帶有 [-u-] 介音。到了現代國語，原屬於中古戈韻字的，除掉「玻」類字以及少數如「戈科額」等字因韻母轉為 [ɤ] 變成開口字外，其他的如「朵妥惰過倭和」等都還是合口字。引人起疑的是，既然好不容易因唇音與 [-u-] 介音不合而脫落了 [-u-]，為何在發音時還會帶有 [-u-] 介音成分呢？且此現象只出現在唇音字內。個人推測可能和後接的是 [o] 韻母有關，因為 [o] 為圓唇的半高元音，與圓唇最高元音 [u] 接近，當嘴唇由舌體平放、靜止不動轉為圓唇而突出的 [o] 時，便容易帶出同屬圓唇高元音的 [u]。換言之，[o] 便分裂成複合元音 [uo][22]以因應口唇的變化。其間的 u 可視為 p 和 o 之間的過渡音，亦即為緩和 p 與 o 間相違背的口唇形狀而衍生的過渡成分[23]。但為何在注音符號與音標上不寫成 [uo] 呢？可能與 [uo] 在聽覺上予人的感受其實和實際音值並不等

---

22　王力在《漢語史稿 1998：138》裡當提到歌、鐸兩韻字的今讀音演變時，就曾指出二韻經歷了 -ɑ→ -o→ -uo 的音變過程，並解釋「因 [o] 的部位很高，容易轉化為一種發達的複合元音 [uo]。」

23　竺家寧（2001：21）曾提到「我多駝左羅託諾泊莫作錯索落」這些字原本都不帶有 u 的成分，但現今國語卻都唸成了帶 uo 的音。他認為「這是因為在近代音當中，uo 是個勢力強大的韻母類型，很多其他韻母的字都被它吸引，加入了它的陣容。這是一種滾雪球式的類化音變。」，顯然竺氏將 -o→ -uo 的變化歸為是受到類化音變的影響。那麼，本文所提 po 讀音實際聽起來是 puo，是否也能解釋成是一種類化作用呢？看來似乎可以。但值得注意的是竺氏所舉例中的「泊莫」二字今讀並不帶 u，而其他讀成 uo 類音的字都不是唇音字。所以，若以類化音變來解釋發 po 時聽來是 puo，似乎也不盡貼切。

同有關[24]，在音位上不構成區辨特徵，況且在國語的音節結構中，唇音聲母其實與 [uo] 並不相合，是以，當書寫注音符號和音標時才不標寫 [uo]。

另外，從韻母的角度看，在近代漢語至現代漢語裡，唇音字的合口 [-u-] 介音的脫落是否有順序的先後呢？楊劍橋（2001：118）總結他的觀察後得出結論：「近代漢語唇音字的合口介音 u 是逐步地消失的，就齊微、真文、歌戈和桓歡四個韻部來說，真文韻最早，齊微韻次之，桓歡韻再次之，而歌戈韻的唇音合口介音則直到現代漢語普通話中依然存在」。根據楊氏的研究以及個人對《私編》的印證來看，唇音字的合口 [-u-] 介音的脫落在帶有開口呼和齊齒呼字的真文韻以及齊微韻中是較早出現的，反而在純合口字的桓歡韻和含有合口字的歌戈韻中較能保存，此為明清時期韻書韻圖中唇音合口字的演化現象，也說明當時還有不少唇音字仍能與 [-u-] 介音相拼。因此，張光宇和遠藤光曉所論述的唇音聲母與 [-u-] 介音相斥消失的說法，則是又經過演化後的現代漢語方言中的唇音字面貌了。

## 4.2 牙喉音二等字衍生的 [-i-] 介音

近代漢語中關於牙喉音二等字是否已衍生 [-i-] 介音而與一等字對立，或與三四等合流的語音現象，在《中原音韻》裡已有此區別。李新魁和寧繼福曾先後做過研究，認為「車遮韻只有三個二等

---

24　竺家寧（2001：19）指出「因為雙唇音聲母用到兩片嘴唇來發音，緊接在後面的圓唇元音又都是一樣用到兩片嘴唇來發音，辨析力不夠細密的人自然會感到困惑。」竺氏此言說明唇音聲母和圓唇元音間有著發音上的相似性。

字 "客嚇額"，已與三四等字同音；江陽、庚青二韻的二等字已與
三、四等字同音，且與一等字對立；皆來、寒山、監咸三韻只有
一、二等字，二者形成對立」。在〈正語作詞起例〉所舉辨別字音
第 21 條皆來韻下有「孩有鞋」的辨識，「孩」是中古匣母咍韻開
口一等字，「鞋」是中古匣母佳韻開口二等字，二者在《中原音
韻》裡聲母、韻腹、韻尾都相同，所以二字間的區別應該是在於有
無 [-i-] 介音。陸志韋〈釋《中原音韻》〉（1988：14、20）中曾參
證八思巴字對音，認為「像山刪韻的喉牙開口字在八思巴音已經具
有介音；而肴韻系的喉牙音字在八思巴音也已經具有介音 -i-」，
這正反映出二等牙喉音字已衍生 [-i-] 介音的端倪。

　　問題在於為何在近代漢語中的牙喉音二等字會衍生出這個 [-i-]
介音呢？它是否可能前有所承呢？李方桂（1980）在研究上古音時
指出，「在上古音中有一個在中古時多數情況下業已消失的捲舌介
音，擬作 -r-[25]」[26]。李氏所指的 [-r-] 介音就是後來二等字所衍生

---

[25]　李方桂認為這個 -r- 介音它使前面的舌尖前塞音、塞擦音、擦音變為捲舌
　　音，即將 t-、th-、d-、n-、ts-、tsh-、dz-、s- 變成捲舌音。他認為上古音
　　中的 -r-，不只是對前面的輔音起到捲舌作用，而且對後面的元音也能起
　　到作用。捲舌成分 -r- 介音傾向於把高元音、央元音降低，而把低元音升
　　高並移到中央部位，介音 -r- 有一種中央化的作用。

[26]　對於李方桂所擬的 -r- 介音，並非所有學者都同意，徐通鏘（1994b：5-
　　6）即指出「李方桂用 -r- 介音來解釋聲母的演變，這在方法論上比以往
　　前進了一步，但問題是 -r- 介音的擬測缺乏可靠的基礎，因為知的音值不
　　是 t，而是 ṭ，莊的音值不是 tṣ，而是 tʃ（陸志韋 1947，李榮 1952，王力
　　1985），正由於此，李方桂關於 -r- 的擬測現在受到了一些學者的批評
　　（平山久雄 1993，李娟，待出版）不是沒有道理的。」由徐氏所言，顯
　　然學界對於李方桂所擬的 -r- 介音有不同的評價與看法。

[-i-] 介音的前身，趙克剛（1994）也認為「二等聲母與 -r- 介音相結合，-r- 在中古舌齒音照二系、知二系裡很穩定，即今捲舌音的來源」。張建民（2001：81）解釋趙克剛傾向於將介音與前面的聲母連起來當複聲母來看，認為這樣能更好地理解古人以介音屬聲母的問題。以 [-r-] 為二等介音，在解釋二等音值之外，還在於區別一二等[27]。邢凱（2000：127）也指出「北方話的見組開口二等的 -r- 介音，一直保持到近代才變成 -i-，並造成見組聲母的顎化而最後與精組合流」。除此之外，我們還可以從文獻記載以及其他學者的研究中獲悉由上古到中古曾存在 [-r-] 介音的證據：

　　a.唐釋神珙〈四聲五音九弄反紐圖〉中的「五音聲論」用喉聲、牙聲區別其一等韻和二等韻；《廣韻》後所附「辨十四聲例法」也是用此法來區別喉牙音二等韻和一、三等韻，這顯示不是聲母有別，而是介音不同。

　　b.張建民（2001：83）認為「二等韻見系開口字的顎化音變是不平衡的，也就是有的二等韻開口字並未發生顎化，這被認為是中古二等介音前化和失落合力作用的結果。」

　　c.麥耘（1987）曾指出，「中古以後的語音材料保留了二等韻有介音的證據。明末《韻法直圖》中二等韻開口字有好幾種介音形式，它們不可能來自同樣的介音，也不可能來自零形式，尤其是「齊齒捲舌呼」和「舌向上呼」，更為中古 -r- 介音的存在提供了支持」。

---

[27]　張建民（2001：81）指出，如果依照趙克剛的論點，那麼一二等的區別不在元音，在於一等無介音，二等有介音 -r-，即一二等元音相同，這否定了高本漢二等韻的元音與一等韻不同的說法。但趙氏認為介音屬聲母。

　　d.黃笑山（1992）也指出，「《切韻》音系裡開口界限不太清楚的都集中在二等韻，韻圖中開合重出的現象仍是二等韻居多，這也是二等韻有某種介音的原因」。同時黃氏還發現，「梵漢對音中經師們在對譯梵文 da、dha 或 ksa 等時，常加上反切或二合音作注釋，其下字都是二等韻字，這是利用二等韻字的介音來使整個音節更好地對應梵文的捲舌作用[28]」。

　　綜合以上或是文獻記載、或是前輩學者的研究，當可相信由上古至中古階段，二等韻的開口字曾有過 [-r-] 介音，這個介音中古後逐漸轉化成 [-i-] 介音，並持續著對近代漢語中的二等牙喉音字發生作用，終於使二等字增生了 [-i-] 介音進而與三四等合流。如果我們觀察明中葉李登《私編》（1586）裡的牙喉音字，便可發現中古開口一、二等字已大抵合流，惟有牙音和喉音的一、二等字仍然對立。如：

　　皆部　開口：該、開、皚、哀、哈（中古一等字），擬音 [ai][29]
　　　　　開捲：皆、揩、崖、挨、諧（中古二等字），擬音 [iai]
　　寒部　開口：干、看、麆、安、暵（中古一等字），擬音 [an]
　　　　　開捲：間、慳、顏、黶、閑（中古二等字），擬音 [ian]
　　豪部　開口：高、尻、敖、蒿、鏖（中古一等字），擬音 [au]
　　蕭部　開口：驕、交、喬、腰、囂（中古二三四等字），擬音
　　　　　　　　[iau]

由以上所舉例字來看，可明顯看出一、二等字間的對立，可見在

---

28　此處關於黃笑山所提論點，乃轉引自張建民〈二等韻介音研究綜述〉
　　（2001：83）一文內所載。
29　此處擬音乃依據權淑榮（1999：128）所擬音值。

《中原音韻》以及八思巴字時代所衍生出的二等牙喉音字 [-i-] 介音，到了明代時不但繼續進行著，甚且因此區分成兩個不同的韻部，如《私編》的豪、蕭二韻即因介音的不同而明白的分成二韻部。

另外，再如略晚於《私編》的徐孝《字學便覽》（1606）中也可見到：「開口二等的見組字跟開口三四等字，絕大部分已經合流為細音。合口二等跟合口一等則合流為洪音」（周賽華 2005：186）。至於《韻法直圖》（1612 以前），則將來自於中古的效攝字分置於三圖中，「高韻」來自效開一豪韻，「交韻」是效開二肴韻，「驕韻」則是效開三、四宵蕭韻字。可見在《韻法直圖》裡也已細分因等第不同所產生音韻變化下的例字，而高、驕、交的區別即在於因見、曉系二等牙喉音字產生 [-i-] 介音的情形下，使得編圖作者讓原本應該與一等「高韻」合併成同一類的二等「交韻」字析出，自成一韻。

引人注意的是，為什麼開口二等字衍生 [-i-] 介音的這個變化只在舌根音後面產生，而不產生於其他的聲母發音部位之後呢？以下先列舉幾位前賢的看法：

a.高本漢在《中國音韻學研究》（2003：477-478）中討論到這個問題時便已指出，在大部分方言裡找不到二等 i 介音的痕跡，所以他設想這個 i 應比三四等要弱些，他還懷疑「這個 i 並不是在所有中古方言裡都存在，也許只是由於後面的 a 的淺性引出來的一個中間音，就是一個〝前音渡〞（vorschlag）。」而他的這個擬定「只以開口呼的字為限」。同時高本漢也接受馬伯樂（Maspero）所說的「官話所以有 i 介音是由唐朝時代發生顎化現象所致」，在此基礎上，他又說「這二等字的 [a] 既然是很前很淺（〝aigu〞）的，自有

顎化其前面舌根音的能力。」顯然，高本漢認為由 ka→kia→tɕia 的原因和 a 的前、淺徵性有關。

b.何大安（1987：141）曾提到「a 是前低元音，k、kh、x 是舌根輔音，一前一後，一高一低，k、kh、x 配上單元音 a 的時候，為求發音的簡易，就會把 a 唸得鬆一點，帶出一個介音 i 來，成為 ia。這種複元音化或「元音分裂」（vowel breaking），其實就是一種簡化。」何氏主張是因 k 和 a 之間的前後、高低落差而帶出 [-i-] 介音來。

c.徐通鏘（1994b：9）則以為「現代方言產生 i 介音的條件，不管是四等、二等還是一等，韻母中主要元音一定是前元音。」又說「如聲母為見系字，由於〝前〞（i）與〝後〞（見系聲母）的矛盾，也比較容易產生 i 介音。」徐氏觀點與何大安相同，除認為前 a 元音為必要條件外，也指出是在發音部位的前後矛盾下，才衍生出 [-i-] 介音。

d.遠藤光曉（2001：58）指出由於「中古二等韻的主要元音是屬於前低元音，那麼前面的舌根音聲母的實際發音部位也可能比較靠前面（接近 [c] 的發音部位），由這個位置移到 a 時中間經過 i 的部位，因此中間加上 -i- 介音就更容易過渡。」遠藤氏也認為是前後距離遠因而帶出了具過渡性質的 [-i-] 介音。

由以上四位學者的說法，我們可看出促使開口二等的舌根音聲母產生 [-i-] 介音的條件有二：①聲母的發音部位在後，如發 [k] 時「舌後而咽窄」[30]；②韻母得是前低元音 a。因①②間的距離較遠，為了能順利發音，所以才衍生一個帶有過渡性質的 [-i-] 介

---

30 此語為吳宗濟在《現代漢語語音概要》頁 32 中所言。

音。由於「i 介音具有使聲母發音部位央化的能力」（徐通鏘 1994a：4），所以實際發 kia 時的 [a] 有後移至中間的傾向，這一切都是為了能讓發音和諧、省力的結果，誠如何大安所言，這其實是一種簡化。

　　以上諸說雖能合理說明 k 與 a 間增生 i 介音的原因，不過，當面臨為何在 k 類聲母與 a 元音間容許產生的過渡音，只能是 [-i-] 而非其他介音呢？那麼以上學者則未提及。李千慧（2013：301）注意到此一問題並從中古漢語音節結構著眼，認為「聲母和主要元音間的介音只能有 i 或 u，又撮口呼之 y 介音的形成是在明代，且其形成條件是 i 加 u，即所謂合口細音字，開口二等舌根音所增生的介音第一個就排除 y。剩下的 i 和 u 兩個選項，因舌根聲母具有偏後、偏高特性，與 u 介音發音性質太過相似而產生了『異化作用』，互相排斥無法結合，去除 y 和 u 之後，就僅剩 i 介音能符合當時漢語的音節結構性，成為二等牙喉音與主要元音間所增生的介音類型。」李氏能從音節結構和介音類型與屬性進行考慮，從而提出 k 和 a 間只能是 i 的推論，頗具說服力。不過，李氏太專注於考慮音節結構的合理性卻忘了是先有語言現象、後有音韻理論，而所謂音節結構其實是古人歸納漢語語音時得出的拼音規則，並非一開始即按音節結構來設計如何發音。當人們感覺發 ka 時不順，希望能讓發音順口時，通常憑藉的是語感以及口腔內部各發音器官的諧和性，而非精確估算過漢語有多少介音，而介音的屬性又為何？是否與 k 和 a 相配或相斥？然後再考慮哪個過渡音適合。因此，個人以為若要解釋為何 k 和 a 間只能是 i 介音，還是得回到發音器官層面來考量才行。由於發 k 時舌頭後縮且咽腔的共鳴腔狹窄，而發 a 時口腔張大，舌頭和上顎並無接觸，前後確實形成一段空間上的落

差，造成發音不易。至於發 i 時「舌頭的兩邊會捲起和上顎的大部分接觸」[31]，個人推測因為發 i 時舌位抬高造成共鳴腔的窄狹，形成與 k 類聲母類似的長而狹窄的空間，因此適合當做 k 與 a 間的過渡音。加上 i 具有使前 a 後移、央化的能力，人們感覺加了 i 之後可調整 ka 之間的違和感，此為 i 被選擇為 k 與 a 間所衍生出介音的理由。

　　至於見系與精系的顎化作用，則是因精系 [ts] 和 [-i-] 介音的發音部位都集中在前面，發音部位太過擁擠所以後移至舌面；見、曉系 [k] 和 [-i-] 則因發音部位一前一後、發音不易，所以由後面前移至舌面[32]。換言之，二者都是 [-i-] 介音排斥前面輔音的結果。不過，儘管牙喉音開口二等字在《中原音韻》、《私編》、《字學便覽》和《韻法直圖》裡已經產生，為顎化作用奠定基礎，但舌面前音 tɕ、tɕʻ、ɕ 在這四部文獻材料中還尚未出現，應是可以確定的。

## 4.3 捲舌聲母與 [-i-]（或 [-j-]）介音的關係

　　知、莊、照三系在現今北方方言中普遍合流為舌尖後音 tʂ、

---

31　此語引用自吳宗濟《現代漢語語音概要》頁 28 中所言。

32　必須說明的是，此處提到 k 與 i 間因距離遠而互斥變成 tɕ 的說法，似乎和上一段所言因 k 與 a 間距離遠所以增生 i 的論點相違背。為何都是 k 與 i，一個相似、另一個卻相斥呢？其實二說並不排斥。見、曉系三四等字的顎化是前提已有 i 介音存在，就發音部位而言，k 和 i 確實因一前一後導致發音距離遙遠而作出調整；至於二等牙喉音開口字則是本無介音，為了調整 k 與 a 間的違和感，所以才衍生出與 k 同具有空間狹長且後縮的 i 成分做為過渡，此為發音方法上的相似。因此，一為發音部位上的相異，一為發音方法上的相似，二者並不衝突。

tʂ、ʂ，或舌尖前音 ts、tś、s。以北京話為例，知、莊、照三系絕大部分合流為 tʂ、tʂ、ʂ，少部分知、莊系字例外，如「阻側測廁所色灑擇澤鄒……」等讀成 ts、tś、s。其實，根據中古時期的文獻材料來看，《切韻》音系中精、莊（照二）、照（照三）三系分立，端、知二系可分；邵榮芬（1963）也指出「在唐五代西北方音中，知、莊、章在三等已經合流」；周祖謨（1966）研究宋代汴洛語音時曾提及，「十一世紀宋代汴洛語音中的精組獨立，莊、章合流，知組與照組相次，不再與端組相次，因此知、照組可能已相混」；羅常培（1932）在探索《中原音韻》音系時認為，「元代北方方言知、莊、章合流，一部分莊組字向精組匯流也還在繼續」。從文獻分析來看，知、莊、照三系聲母合流為一並逐漸轉變成捲舌音，是唐五代以後北方漢語方言演變的大趨勢。

　　儘管在《中原音韻》裡已體現知莊章三系合流的情況，但當時是否已有捲舌音？則是各家在為《中原音韻》擬測聲值時意見相當紛歧。問題的關鍵在於捲舌音是否能配三等的細音介音呢？有些學者如董同龢認為「三等韻都有一個特別顯著的介音 j，說他會與捲舌音相配是很不自然的」，他提到：「在北曲語言裡，tʃ、tʃ、ʃ 不與 i 配時，可能舌尖成分較多，因而近於 tʂ、tʂ、ʂ，與 i 拼時則舌面成分較多，近於 tɕ、tɕ́、ɕ」，所以董氏把照系聲母擬為舌葉音 tʃ。而有些學者則從現代漢語方言以及京劇上口字出發，主張實際語音中是存在可能 tʂ＋i 的語音形式，因而認為《中原音韻》裡已有捲舌音聲母。如李新魁（1993：179-180）即指出「現代漢語方言中不乏 tʂ 組聲母與 i 音相拼的例子，袁家驊等著的《漢語方言概要》中就記錄客家方言的廣東大埔話，對知、章系字的讀法正是如此：

　　tʂin：真珍振鎮征正貞蒸證 ／ tʂin：陳塵辰晨陣，稱程澄呈 ／

　　　　ʂin：升盛乘聖勝

　　　tʂim：針枕　/ tʂim：深沉　/ ʂim：審」

李氏為確認袁氏等人的記載是否正確，曾親至該地進行語音調查，證明《漢語方言概要》中的記音是正確的。同時李氏也對該書中所言「大埔保存了照二和照三的分別，照三讀 tʂ、tʂ、ʂ，照二讀 ts、tś、s。」，同意這個結論也是正確的。所以李氏認為大埔話正保存了元、明時代以來漢語對這些照三組字的實際讀法。不單大埔話如此，廣東興寧客家話也保留了捲舌音與 i 相拼的結構。另外，李氏也舉了近一百多年來京劇「上口字」念「知」為 tʂi、念「日」為 ʐi 等，也都是 tʂ 組聲母與 i 音相拼的實際例子。李氏同時也指出「這些『上口字』的讀音，正是元明清各代以來照系聲母實際讀音的遺留，它與《度曲須知》等著作中所強調的傳統讀音是一脈相承的」（李新魁 1993：180）。

　　　讓我們感到好奇與思索的是，為何捲舌音不能與 [-i-] 相拼呢？理由為何？我們可分別從聲母和 [i] 元音與聲母和 [-i-] 介音兩方面來討論。由於 [i] 元音是舌面前高元音，當元音系統發生變化時會跟著受到其他元音的推擠或拉扯而發生變化，當它由舌面移至舌尖，就會轉化成舌尖前元音 ɿ 或舌尖後元音 ʅ。而 i 的這種變化又會連動到聲母也跟著發生變化，當 [i] 元音轉化成 [ɿ] 時，「和它搭配的聲母 tɕ 就換轉化為 ts」（徐通鏘 1994a：5）；如果 [i]轉化成 [ʅ] 時，「那麼 tɕ、tɕʻ、ɕ 就會轉化為 tʂ、tʂʻ、ʂ」（徐通鏘 1994a：6），此為 i 元音轉成 ɿ / ʅ 韻對聲母的影響。而當 i 元音轉成 ɿ / ʅ 韻時，原來的齊齒和撮口字也都相應地轉化成開口和合口字了。

　　　既然 ɿ / ʅ 韻會造成韻字轉為開口和合口，[-i-] 介音也同樣具

有此能力，因為捲舌音與 [-i-] 介音的發音動作互相違背，直接相拼有困難：「捲舌音是 apical 性質的，而且要把舌尖翹起來；而 i 和普通的元音一樣，是 dorsal 性質的，舌尖不允許翹起來，一定要保持平舌狀態。中古音系裡內轉三等韻有個別莊組字，如「裝」字寬式擬音可以記為 [tʂiaŋ]，不過，按發音動作，[tʂ] 和 [i] 直接連在一起是幾乎不可能的，實際音值應為類似 [tʂɿaŋ] 或者 [tʂʅaŋ] 的音。因此捲舌聲母排斥 -i- 類介音，而且這是非常強的限制，從來不可能有違背這個定律的發音。」（遠藤光曉 2001：47）倘若依照遠藤氏如此確定的言論，捲舌音的前翹與 i 的平放相違背，導致 [tʂ] 和 [i] 發音上的不可能，那麼現代漢語應當不可能存在著捲舌音與 [-i-] 介音或 [i] 元音的結合情況。當我們檢視官話區的捲舌音聲母與韻母的拼合狀態時，確實如遠藤氏所言，不見有捲舌音與 [-i-] 介音組合發音的現象。但官話區沒有或不適合，並不代表其他漢語方言沒有或不適合，至少上文所舉李新魁的例證和論點便推翻了這一不可能存在的定律，因此遠藤氏的理論或許需要略加修改。當然，李新魁也同意如此發音確實有矛盾，但有矛盾不等於不能相拼，唯其因為發音上有矛盾，所以才促使後代消失 [-i-] 介音而使韻母變為開口呼，這完全符合矛盾論的觀點在語音學上的解釋。因此，我們可以說 tʂi 類讀音在語音理論上是不可能的，但實際口語中卻是存在著的。

　　既然 tʂi 類讀音是可能存在語音當中的，我們不妨檢視一下明代的一些語料中是否容許此類音出現呢？在李登《私編》裡已經完成知、莊、章三系合流，所以該書的正齒音一系僅剩「照、穿、審、日」四母。尤其是莊系字有 38 組合流於照系，另有 6 組則併入精系，這 6 組為「戢澁淬笫菹葅瀿眨踫」等，分屬於深攝三等、

遇攝、止攝開口三等以及山攝二等合口和臻、咸攝二等開口。權淑榮根據書中的聲母表現而將之擬為捲舌音 tʂ、tʂʰ、ʂ、ʐ（1999：77-78）。引人注意的是，《私編》內凡遇合口細音字的韻部如一東韻、三灰韻或是有開口細音字的四皆韻、七真韻等韻部時，該韻內的照系字通常不標是「照開」或「照合」，除了收 -m 韻尾時會標示「照閉」、遇ï韻時會標示「照抵」外。這不禁讓人懷疑是否該書內的照系字所帶有的三等細音成分已經脫落了，由於在開細和合細中已無 -i-（或-j-）介音，所以李登才不標示。

　　另外，再如徐孝《字學便覽》內也已具現知、莊、章三系合流讀成捲舌音的語音事實，徐孝在《便覽引證》中說：「聲音由於自然，如平聲梳書之音，生申之音，商山之音，中迡之音，分別自然也。至於生升一音，森深一音，詩師一音，鄒舟一音，舉世皆以韻圖重見析為二音。但言一音者，則有舌音不清之消。」、「夫等韻者，謂以一音而領率眾字……如淄支、展盞、生升、鄒舟之字，既成一音而又析為二音者，……豈足以為等韻之理乎？」徐孝此語已說明知莊章合流為當時讀音趨勢，不應再依舊等韻析為二音；至於生申／商山／中迡之別則是韻尾的不同。周賽華（2005：39）認為「《字學便覽》內知莊章這種合流的大趨勢至為明顯」，他也同意在語音的發展史上，舌尖後音聲母曾經能跟細音韻母相拼，因此他贊同李新魁的論點。另外，在《拙菴韻悟》裡趙紹箕於開、啟、合、撮四呼之外，別立「齊齒」（收 tʂ 類聲母）與「交牙」（收 ts 類聲母）二呼，以區分兩類聲母和所搭配ㄭ/ʅ韻的不同。李新魁（1993：181）認為此乃因「趙紹箕把ʅ這個中隔流音視為介音，所以才於四呼之外另立齊齒（有 ʅ 的流音）、交牙（有 ㄭ 的流音）二呼，以區別

tṣ、ts 組聲母字。[33]」顯然李氏認為趙紹箕誤將流音視為介音，所以多立二呼。其實從《拙菴韻悟》裡看不出來是否有此中隔流音，但趙紹箕別立二呼用來容納 tṣ、ts 組字倒是事實，若以此圖中的照系字只配開口的徵音、合口的宮音以及帶 ʅ 韻的齊齒呼來看，很明顯的，《拙菴韻悟》裡的捲舌音聲母只能配開、合二呼（照系字在齊、撮二呼內都無字），不像精系字還能和細音相拼。這反映出介音與元音的變化會影響到聲母，尤其介音 i、u、y 對聲母系統的演變具有積極的影響。

　　綜上所述，體現出介音在與聲母拼合時，可能因著發音動作的相違背而導致排斥，這種音節結構中的不協調，在理論上不允許但卻在漢語歷史上存在過一段時間，由於音節結構中的語音會自行設法做出協調與讓步，因此在介音上是選擇讓它脫落，至於主要元音上則是使其進一步前化由 [i] 變成 [ï]。而從漢語方言的歷史來看，[ï] 韻母的產生遠早於 [-i-] 介音的脫落，因此王力認為「在發展過程中，韻頭 i 的失落以及 i 韻母變成 ʅ，是受捲舌聲母影響」的論點是有誤的。

# 4.4 介音與韻尾的關係

　　一般我們會注意介音對聲母與主要元音所發生的作用與影響，但卻很少意識到介音對韻尾的影響與作用，其實在元音的系統中，介音和韻尾都會影響主要元音的發音。在對主要元音舌位高低的影

---

33　原來，李新魁（1993：181）認為「tṣ 等與 i 音相拼時，中間有一個中隔流音 ʅ，如 tṣʅi。其實 tṣ 組與任何元音相拼都有這個流音 ʅ，一般的標音沒有把這個 ʅ 寫出來。」清初趙紹箕則把此流音誤認為介音，所以又別立齊齒與交牙二呼。

響中，「韻頭的作用是使舌位升高，韻尾使舌位降低。」（石鋒
2008：55）因此在近代漢語階段，介音對主要元音和韻尾的影響一
點也不少於聲母。如中古的「山攝」原本收寒、桓、刪、山、仙、
先等韻，到了《中原音韻》開口字分屬於「寒山」（擬音為 -an、
-ian）與「先天」（擬音為 -ien、-uen、-yen）二韻，其中寒山韻的開口
牙喉音二等字因衍生了 -i- 介音，首先變成 -ian 與一等分立，然
後在明代合併到山攝開口三、四等的 -ien 內。這個變化產生的原
因便是因 [-i-] 介音的舌位很高，而 [a] 又是最低的低元音，發音
時為免舌位高低落差太大不易調節，因此拉高了主要元音，但這裡
也含有韻尾 [-n] 的作用在內。另外，再如中古「效攝」原本收
豪、肴、宵、蕭等韻，相當於《中原音韻》內的「蕭豪」韻（擬音
為 -au、-iau、-ieu），後來因三四等的 -ieu 與二等牙喉音 -iau 合併，
在這個情況下，主要元音往低、後元音（如 -ɑ）的方向發生變化，
這顯然是受到後面 [-u] 韻尾的影響所致，因此儘管音標是寫成
[-iau]，實際上讀音卻是 [-iɑu]。可見在語音發生變化時，聲母、
介音、主要元音與韻尾間都可能相互之間彼此交叉影響。

　　如果觀察近代漢語中的「蟹攝」字讀音，也會發現介音影響的
力量。中古蟹攝收咍、皆、佳、齊、灰、祭、夬等韻，相當於《中
原音韻》內的「皆來」韻（擬音為 -ai、-iai、-uai），其中的二等牙喉
音開口字因增生 [-i-] 介音變成 [-iai] 而與一等 [-ai] 對立。但是
「皆階街解鞋諧戒械挨矮隘崖捱」這些字在現代北京音除了「崖」
仍讀 [iai] 外，其他多半是如「皆階街解鞋諧戒械」般讀成 [-ie]，
而少數如「挨矮隘」等則是讀 [ai]。這是為什麼呢？而在明代時的
讀音又如何？個人檢視在李登《私編》「皆部」的讀音為 -ai、
-iai、-uai，顯然同《中原音韻》；但在徐孝《等韻圖經》的表現則

略異，「解」字有兩個讀音，在蟹攝中讀 [kiai]，又見於拙攝開口讀 [kiɛ][34]。另外，《合併字學集韻》中的「鞋」字也有兩讀，一音見於蟹攝開口如聲孩韻曉母細音字，讀 [xiai]，另一音見於拙攝開口如聲宅韻曉母細音字，讀 [xiɛ]。從徐孝讓「解鞋」有兩類讀音來看，當時應正處於由 iai 變 iɛ 的過渡階段，可能因口語中這兩類讀音並存，所以徐孝採取兩收的辦法來同時保存兩種讀音。而之所以由 iai 變 iɛ，是因為 iai 前後都是相同的高元音 i，在發音時相互疊合下產生異化作用的結果。

問題在於是否繼《等韻圖經》之後反映北方方言的文獻都如此記音呢？恐怕未必。同樣反映河北方言刊行於明末清初的《五方元音》（1656-1664），時間晚於《等韻圖經》，書中的「豺」韻相當於中古蟹攝，此韻擬音為 -ai、-iai、-uai 與《中原音韻》、《私編》無異，並不見有兩讀或是有由 iai→ie 的趨勢。王平（1996：43、84）也提到「凡是在《中原音韻》裡兩韻並收的字，在《五方元音》中只出現在一韻之下；而在《五方元音》裡讀作 [iai] 韻母的字，在現今北京話中讀作 [ie] 韻母」。周賽華（2005：51）認為「這兩字在徐孝書中重讀的情況當是 iai→iɛ 音變的先聲，很值得注意」。他也指出「但這種音變的大面積出現與完成似乎是比較晚的，在《拙庵韻悟》中『皆諧解戒械』等字與『夜借謝耶茄野姐且寫些』等字分屬於〝八十四〞偶韻中的『皆』韻和『迦』韻」，因此顯然在《拙庵韻悟》裡還存在著 ie 與 ia 兩類韻母之別。另外，再如蟹攝二等開口影母字如「挨矮隘」今音均讀 ai，也是因為在

---

34　此處《等韻圖經》和《合併字學集韻》中所舉例字擬音，是依據周賽華（2005）所擬系統。

iai 中兩個 i 音之間發生了異化音變；「如果聲母不是影母（零聲母）的話，那麼 k-、k$^h$-、x- 曾在介音 i 之前所帶的顎化性質反過來保護了介音 i，使它不易脫落（即聲母顎化與介音 i 互相支持），於是 iai 就變成了 ie 來消除兩個 i 音的重覆，例如「皆」kiai $^{陰平}$ [k$_j$iai] (>kie[k$_j$ie]) >tɕie $^{陰平}$」[35]（平山久雄 2012：98）。

　　遠藤光曉（2001：51-52）則指出在北京話的韻母配合表中可得出一規律：「介音與韻尾間，排斥出現同一半元音（-ü- 介音兼有 -i- 介音與 -u- 介音的性質）比如說，-i-、-ü- 介音不與 -i- 韻尾相配合；-u-、-ü- 介音不與 -u 韻尾相配合。這個定律在現代北京話沒有例外。但早期北京話裡，曾經有過 iai 這種組合，如「崖 yái」等。在《西儒耳目資》裡，除了零聲母以外，還可以與 k、kh 相拼，如「街 kiāi」等。論來歷，這些 -i- 介音是牙喉音二等的條件下滋生的，但這種音節結構還是不穩定，現代北京話裡或者變成 -ia，或者變成 -ai，迴避同一半元音出現在同一個音節。-uau 這種組合，在方言裡或在歷代音系裡出現機會微乎其微，但也不是絕對不可能的，八思巴字資料出現 -uaw 韻母，如「郭 kuaw」。這個 -u 韻是宕攝入聲 -k 變過來的，這種音系反映在現代北京話的口語層，如「藥 yào」等等，但 -uau 這個韻母卻沒有保留下來」。遠藤氏所說的介音與韻尾間，排斥出現同一半元音的論點其實就是上文所提的異化音變，在近代漢語階段曾經出現可容受 iai 或 uau 的韻母型態，但畢竟與發音規律並不相合，於是漸次在韻母系統的變動中做

---

[35]　平山久雄原本舉此例是想說明漢語中產生語音演變規律例外的原因，然卻適可說明 iai 韻母受介音影響下變成 ie 韻母的原因，亦即介音對韻尾具有影響力。

出了協調與轉變，不僅脫落了韻尾，同時也提高了主要元音的位置。此由現今國語韻母系統中，「iai、yai、iei、yei、uau、yau、uou、you 等音節的位置是空格，可證明是受到介音和韻尾位置上不允許同時出現在 [±後]、[±圓] 特徵上相同的元音」（王洪君1999：67）所致，也證明介音與主要元音、主要元音和韻尾以及介音和韻尾間會因相互牽制、相互協調而產生音變，韻母系統中的三個部件間彼此息息相關。

# 五、結語

　　本章所討論的內容分為三部分，首先從介音和等呼的歷史糾葛上著眼，進行介音的定義與作用，分別從音韻層次（音節結構）和語音層次（實際音值）上論述介音在漢語音節結構中的位置與功能，說明介音不僅是音值，更是一種音節結構，也就是韻核（nucleus）前面的上滑音（on-glide）。上滑音指的是雙元音的舌位移動，滑音舌位的高低唯一的條件是不能比韻核的舌位低。接著說明由中古至現代漢語的介音類型與演變；其次，解釋古人對等呼的概念與範圍，說明古人所謂的等呼不但涵括介音，也可指稱聲母和韻尾。

　　第二部分則就明代的介音與主要元音的分合進行討論，闡明 [iu] 元音和 [-iu-] 介音間的差異，個人以為古人因語感上的近似，常將二者混而不分，但若藉由實驗語音學的分析便可釐清二者間的差別：[iu] 元音韻母所佔發音時間涵蓋整個韻母，但 [-iu-] 介音的發音時間則只佔一半，因此由時間格長短可幫助我們辨析明清語料中對於 [iu] 元音和 [-iu-] 介音混而不分的情形；其次，再來探索元明時期的介音與元音在音節結構上實存在著相互分立與兼

代的雙重性，在《韻略易通》、《等韻圖經》和《西儒耳目資》三書
中顯示出在央元音加鼻音尾的音節中，介音會取代主要元音的央元
音，變成高元音的主要元音，此為介音的元音化現象。而之所以如
此的原因，可能出在這兩類韻的主要元音是個很弱的央元音 [ə]，
當它處在前高介音 [-i-] 和鼻音韻尾中時，受到 [-i-] 介音的展唇
性拉扯，為了讓生理上傾向於方便發音，於是造成元音的弱化消失
與上移。在此系統下，不僅是 [-i-] 介音會取代主要元音，[-u-] 介
音和 [-y-] 介音也以同樣的變化方式由介音升格為主要元音。

　　第三部分則探索近代以來介音對聲母和韻尾的影響：

　　1.為何唇音聲母與合口 [-u-] 介音不相拼？此與唇音聲母舌體
平放的特質與 [-u-] 的圓唇且突出的口型相悖有關。但為何唇音可
與 [u] 元音相拼可是卻排斥 [-u-] 介音呢？這可能和時間長度有
關，因元音所佔時間格較長（佔二個），使得唇音聲母有較足夠的
時間來準備發音動作；介音只佔一個時間格且後頭又緊接著主要元
音，在短時間內要由平唇轉為圓唇相對不易，因此久而久之便被排
斥脫落。

　　2.為什麼開口二等字衍生 [-i-] 介音的變化只在舌根音後面產
生，而不產生於其他的聲母發音部位之後呢？這與聲母的發音部位
在後，如發 [k] 時舌後而咽窄，再加上韻母是前低元音 a 的組合
有關。因聲母和韻母間的距離較遠，為了能順利發音，所以才衍生
一個帶有過渡性質的 [-i-] 介音。至於為何在 k 類聲母與 a 元音間
容許產生的過渡音，只能是 [-i-] 而非其他介音呢？由於發 k 時舌
頭後縮且咽腔的共鳴腔狹窄，而發 a 時口腔張大，舌頭和上顎並無
接觸，前後確實形成一段空間上的落差，造成發音不易。至於發 i
時舌頭的兩邊會捲起和上顎的大部分接觸，個人推測因為發 i 時舌

位抬高造成共鳴腔的窄狹，形成與 k 類聲母類似的長而狹窄的空間，因此適合當做 k 與 a 間的過渡音。加上 i 具有使前 a 後移、央化的能力，人們感覺加了 i 之後可調整 ka 之間的違和感，此為 i 被選擇為 k 與 a 間所衍生出介音的理由。

3.為何捲舌音不能與 [-i-] 相拼呢？我們可分別從聲母和 [i] 元音與聲母和 [-i-] 介音兩方面來看。由於 [i] 元音是舌面前高元音，會受到其他元音的推擠或拉扯而發生變化，當它由舌面移至舌尖，就會轉化成舌尖前元音 ɿ 或舌尖後元音 ʅ。而 i 的這種變化又會連動到聲母也跟著發生變化，此為 i 元音轉成 ɿ / ʅ 韻對聲母的影響。既然 ɿ / ʅ 韻會造成韻字轉為開口和合口，[-i-] 介音也同樣具有此能力，因為捲舌音要把舌尖翹起來，而 i 一定要保持平舌狀態，二者的發音動作互相違背，直接相拼有困難，因此現代漢語除粵方言外幾乎看不到捲舌音與 [-i-] 介音或 [i] 元音的結合情況。

4.在元音的系統中，介音和韻尾都會影響主要元音的發音。如中古蟹攝在近代漢語時期讀音為 ai、iai、uai，其中的 iai 因異化作用變成 ie，是因為 iai 前後都是相同的高元音 i，在發音時相互疊合下產生異化作用的結果。而在國語的韻母配合表中可得出一規律：介音與韻尾間，排斥出現同一半元音。由此可知，介音與韻尾間關係密切。

經由以上的探討，個人希望能讓向來複雜且易混淆的介音和等呼問題，獲得爬梳與整理的機會，並試圖盡力理清其間的脈絡源由。同時，也對介音影響聲母和韻母系統下所產生的音變，嘗試提出解釋與辨析。從而獲悉語音系統內部會自動進行調節與修補，而做為中介成分的介音，不僅在音節結構中佔有重要位置，對於聲母和韻母更具有積極性的影響力。

# 第四章　音韻理念與方音呈顯
## ──論清代的幾種方音

## 一、前言

　　明清階段適逢等韻學發展的高峰期，具各式特點的韻書韻圖皆在此一階段大量出現，其中有宗讀書音系者，有走上古音的復古音系者，有展現時音、反映各地方音者，也有折衷幾種音系、融為一爐者，本章選取《韻通》、《拙菴韻悟》以及《等音》三部屬於清代且兼具反映當時標準語以及方音的語言材料進行討論，做為觀察當時語音面貌的幾個不同窗口。此處必須特別說明的是，蕭雲從《韻通》一書刊刻於明末，本應歸於明代文獻才是，但因本章主要討論為清代語料，而蕭雲從的生卒年適橫跨於明清兩代，所以本文將之暫歸入清代。

## 二、語言中「雅俗」觀念的滲透與交融
## ──由蕭雲從《韻通》談起

　　蕭雲從（1596〔明萬曆 24 年〕－1673〔清康熙 12 年〕）是明末清初安

徽蕪湖人氏。原名蕭龍，字尺木，號默思，自名無悶道人、于湖
漁人，明朝滅亡後又稱鍾山老人，寓意仰望鍾山陵閣（明陵）。蕭
氏自幼習詩文書畫，身兼畫家、經學家、音韻學家以及復社[1]成員
等多重身分，而尤其以畫有名於世，所創「姑熟畫派」對後世影響
頗大。在音韻學方面，蕭氏編有等韻圖《韻通》，據李新魁
（1983）和耿振生（1992）的研究，此圖成於明末天啟、崇禎間，在
《字彙》之後，《切韻聲原》之前。此圖因分韻為 44，復依聲調
分為五行，橫列聲母與韻字，就編圖體例而言，頗似無名氏之《韻
法直圖》（以下簡稱《直圖》）；而因其所反映之語音現象，又近於
當時的官方共同語，所以李新魁（1983）將之歸入「表現明清口語
標準音的等韻圖」一系[2]。

---

[1] 復社是明末以江南士大夫為核心的政治、文學團體。明崇禎年間，由於朝
政腐敗，社會矛盾趨於激烈，一些江南士人以東林黨後繼為己任，組織社
團，主張改良。主要領導人為張溥、張采，他們都是太倉人，時人稱為
「婁東二張」。二張等合併江南幾十個社團，成立復社，其成員多是青年
士子，先後共計兩千多人，聲勢遍及海內。張溥等人痛感「世教衰，士子
不通經術，但剿耳繪目，幾幸戈獲於有司，登明堂不能致君，長郡邑不知
澤民」，所以聯絡四方人士，主張「興復古學，將使異日者務為有用」，
因名曰「復社」（陸世儀《復社紀略》）。復社的主要任務固然在於揣摩
八股，切磋學問，砥礪品行，但又帶有濃烈的政治色彩，復社成員後來或
被魏忠賢餘黨迫害致死，或抗清殉難，或入仕清朝，或削髮為僧，清順治
九年（1652）為清政府所取締。

[2] 個人以為李新魁的分類值得商榷，若就「表現明清口語標準音」而言，分
類是正確的，但將之歸入屬於《青郊雜著》一系韻圖的作法，則頗有問
題。《青郊雜著》一書反映的是河南方言，《韻通》則是江淮官話，雖然
在李氏的認定上江淮官話原係來自中原雅音，二者屬於同支，但個人以為
《韻通》的列圖形式更近於《韻法直圖》，所反映的音系也與明清中原官
話頗有不同，二者音系應該不同。

　　自韻書問世以來，歷代君王大都會編纂一部象徵官方並且以之做為科舉取士之用的官韻用書，如《洪武正韻》和《音韻闡微》分別代表明清階段官方讀書音的代表韻書，不管對當時的科舉考試、士子文人或是語音正統而言，其影響力實不容小覷；另外，代表中央政府官話系統的共同語，在當時也是政府官員以及士大夫階層在公共交際場合時所必定使用之語言。是以，讀書音系統的韻書以及官方共同語在當時代表「雅言」一派，而反映地方口語的韻書與方言，則被歸入「俗語」一系，雅俗的糾葛與交融，在歷代文獻史料上皆可見到或多或少、或清晰或模糊的音韻線索。個人擬由觀察《韻通》音系著手，揭示其音系內涵究係複合性抑或是單一性特點？再取漢語方言進行對當，以期明晰當時一部分的語音面貌，並供研究明清語音者參考。

## 2.1　《韻通》的列圖體例

　　《韻通》的列圖方式是由「韻」來決定，全書 44 韻分屬於 44 張圖內，一圖即為一呼。一圖之內橫列 20 聲母，直陳陰陽上去入五聲，縱橫交錯處列所切之字。雖然圖中並未明列呼名，但由其收字內容來看，以「韻」和「呼」來分圖是可以確定的，而不論是韻目名稱的選用或是列圖方式都與《直圖》頗為相似，個人以為當是受《直圖》影響下的產物之一。其次，韻圖中有所謂「陰陽」的分別，意指平聲依清濁分為陰平與陽平二類之意；每圖之後附有此圖的註解說明，但字跡潦草細小，不易辨認。另外，韻圖前有體例說明，韻圖後有「附讀韻法」，「附讀韻法」並非蕭氏所作，而是註明「區湖同學後光極集也識」，字跡同樣潦草難辨。

　　從《韻通》的列圖方式，可以得到兩點訊息：

1.一如《直圖》般改變傳統聲母橫列的方式而改為直排。

2.打破宋元韻圖的等第之分，而僅以分韻、分呼和聲調來區隔。

以下分就《韻通》聲、韻、調的編排特點簡單敘述：

### 2.1.1　《韻通》的聲母特點

《韻通》採用 20 聲母系統，很明顯已完成濁音清化此一基礎音變，若與《直圖》保存全濁聲母，僅將傳統 36 字母裡的「知徹澄」併入「照穿床」內，並把「泥娘」合併成「泥」母，以成 32 之數的「存濁派」來看，同樣出於安徽境內，成書略晚於《直圖》的《韻通》，相形之下，更能反映實際音讀。另外，《直圖》的聲母是用數字來標示，並未明示聲母名稱，必須與《廣韻》比對過反切後，方能定其聲母名稱；而《韻通》卻明立 20 聲母名稱，並附上字母詩一首，作法與蘭茂〈早梅詩〉相類。今先列出字母詩內容，再並列 20 聲母系統以資對照：

貢瓊維　帝統凝　寶丕民　宗蒼雪　瞻春石　華　風舞　浪茸

見溪疑　定透泥　幫滂明　精從心　照穿審　曉　方微　來日

為顯示聲母間的分合關係，蕭氏在 20 聲母旁另標示其他濁聲母，如溪旁注群、疑旁注影喻、定旁注端、泥旁注娘、幫旁注並、從旁注清、心旁注邪、照旁注知、穿旁注徹澄床、審旁注禪、曉旁注匣、方旁注夫鳳等字眼。根據個人的觀察，《韻通》裡的聲母特點有：

　　a. 已完成濁音清化，聲母代表字多數以清聲母為之，少數如「定、從」雖以濁聲母代表，但並不妨礙濁音清化此一事實。

　　b. 泥娘合流，但與來母的分界甚為分明；心、邪合流；曉、匣

合流。

c. 知、莊、照三系合流。

d. 為、喻與影、疑母合流；微母雖獨立，但部分微母字卻已歸
　入疑母中，如關韻處的「晚、萬」屬之。

e. 非敷奉合流。

### 2.1.2 《韻通》的韻目編排

　　《韻通》的韻目排列一如《直圖》般極有特色，44 韻目全部
選用見母字來擔任，內容依序為「公弓觥裩庚根金京巾○（簪）君
肩涓堅兼艱○（龕）關官干甘歌戈佳○（齜）嘉瓜皆該乖規姑居基○
（貲）交驕高鉤鳩光岡江○（毿）」，有些韻首字非見系字者，則以
空圈標之，旁邊以小字示之，以呈顯該韻的韻母與韻尾屬性。聲調
分陰、陽、上、去、入五聲，入聲韻有 35 個，除了巾、歌、戈、
佳、皆、居、驕、鉤、鳩九韻無入聲韻相配外，其餘 24 韻皆同時
與陰、陽聲韻相配，似乎有演化成喉塞音韻尾 -ʔ 的趨勢。44 韻
的前後排列順序是依韻尾的相同與相近來定先後，依序是 -ŋ、
-n、-ø、-i、-u、-ŋ，《韻通》讓同收 -ŋ 尾的「公弓」韻和「光岡
江」韻分列頭尾，不知用意為何？此外，原本中古收 -m 尾的金簪
等韻，其中摻雜有收 -ŋ、-n 尾的韻字，顯然閉口韻已不存在，分
別歸入另兩類陽聲韻尾中。

　　聲調分為陰陽上去入五聲，平聲依聲母清濁分為陰平與陽平二
類。從區分陰陽平以及保留入聲之舉觀之，與現今江淮官話的措置
適相一致，若再由蕭氏籍里今也歸入江淮官話來看，《韻通》音系
在某一程度上頗能如實映現當時的江淮方音。

## 2.2 《韻通》的音系特點

　　《韻通》以 20 聲母、四呼、44 韻以及五調的音系框架面世，與明萬曆間同樣帶有江淮官話色彩的《書文音義便考私編》、《韻法橫圖》相較，在時音的反映上顯得進步。為彰顯《韻通》中存古與創新的部分，今取與中古《廣韻》及現在蕪湖方言相較，觀察其間的演進變化。今蕪湖方言雖屬於江淮官話洪巢片（或是寧廬小片）[3]，此小片主要的語音特點有：「1.大部分地區分平捲舌。2.泥來二母不分。3.部分地區有疑母。4.部分地區分尖團。5.部分地區寒山韻併入宕江攝。」如上五種，下文將依據這些條件來觀察《韻通》一書有多少符合的項目，以期獲得古今語音上的印證。下文中的蕪湖方音係依據《普通話基礎方言基本詞匯》（1995）裡的記音。

### 2.2.1 精照見三系的分野 vs.尖團字

　　1.在《韻通》的 20 聲母裡明立「精從心」與「照穿審」二類聲母，精系收來自中古的精清從心邪五母，照系收來自中古知莊章三系聲母，二者分野相當清楚。《韻通》的措置自是符合中古至今不論是北方官話區、傳統讀書音系以及現今江淮官話洪巢片的語音特點。不過，現今蕪湖方言卻是古精系和見系字逢細音的齊、撮二呼共同讀成 tɕ-、tɕʻ-、ɕ-，在與洪音字相拼時則維持見 k- 精 ts- 二

---

[3]　江淮官話的分區依語音特點而有不同的分類與名稱，如《中國語言地圖集》（1987）是把江淮官話分為洪巢片、泰如片和黃孝片三片，範圍涵蓋湖北、安徽、江蘇、江西和浙江五省，其中蕪湖方言被歸入洪巢片內。另外，也可將江淮官話區細分為兩大片五小片，內容分別是：一、淮東片：1.揚州小片、2.海州小片；二、淮西片：1.寧廬小片、2.淮安小片、3.安慶小片。其中，蕪湖屬於寧廬小片內。

類；精照二系逢洪音的開、合二呼則共同讀成平舌音 ts-、tś-、s-，
遇細音字時則精 tɕ- 照 tʂ-，相當不同，而這顯然是清以後的後起
現象。雖然大部分地區分平舌與捲舌是本片特點，不過有少數地區
卻只唸做平舌一類，而蕪湖市區正是如此。是以，沒有捲舌音正是
現今蕪湖方言的特點，如以下例字：

　　洪音：　公韻　　　　　　　　　甘韻
　　　　　　騣㲳鬆 tsoŋ／中㒹腫 tsoŋ　　簪參二 tsã／產懺疝 tsã
　　細音：　金韻　　　　　　　　　涓韻
　　　　　　浸侵心 tɕin／斟枕深 tsən　　鐫詮宣 tɕyî／專穿轉 tsõ

由上例可知精照二系字逢洪音不變，而逢細音時分讀 ts-、tɕ- 二類
的情形。個人以為，現今蕪湖方言反映在《韻通》內顯示出精照二
系字依洪細二分的型態，應是後起的現象，在明末清初之際，應當
尚未演變至此，否則蕭氏應會在細音處讓見精系混列才是。不過，
既然現今蕪湖方音的特點是不分平舌與捲舌音，倘若在明末清初有
可能已透露某些音變端倪，而蕭氏卻仍讓精照二系分立的話，則也
不排除此舉是依循《洪武正韻》存古下的處理。

　　2.見精二系字在《韻通》裡分立二處，彼此不相雜混，界線相
當清楚，這說明顎化音在《韻通》裡並未出現。若依鄭錦全
（1980）所言「16、17 世紀是顎化作用積極進行的時代，至 18 世紀
上半葉，《團音正考》的出現則標誌著顎化作用的完成」的話，那
麼，《韻通》的出版時間和音韻呈現上都顯示舌面前音尚未出現。
如以下例字：

　　庚韻　見系　庚坑梗 kən　　／精系　增層僧 tsən
　　京韻　見系　京卿景 tɕin　　／精系　精青星 tɕin

在《韻通》中原本壁壘分明的二組字，在今蕪湖卻是逢開、合二呼

時見 k-、精 ts- 二分，逢齊、撮二呼時則見精二系共同讀 tɕ-，若
對照今洪巢片僅部分地區分尖團來看，蕪湖不分尖團的現象與《韻
通》頗一致。

### 2.2.2 零聲母的範圍與觜韻的形成

　　1.中古「影喻為微疑日」六母，現今共同轉化為零聲母，是官
話區的大趨勢，若以此條件來檢視《韻通》，則可見到「影喻為
疑」四母已轉為零聲母自是沒有問題，《韻通》統以「疑」母標
示。問題在於微日二母的語音狀態究竟為何？查《韻通》設立疑
母、微母與日母三類，在歸字上大體明晰。不過，微母處的列字有
些錯亂，如公韻「龐」字、庚韻「兔」字、金韻「桓嬈窗」字、皆
韻「霾」字、姑韻「虎」字、居韻「化」字、基韻「粥」字、鉤韻
「昴」字、光韻「凡」字等，這些不屬於微母字的也被置於微母
處，若以今讀音來看，也與今音不合，故不知是蕭氏另有想法還是
審音不精的緣故。既然微母與疑母分立，是以，微母在本圖中應還
是 v-。值得注意的是，《韻通》也將少數中古微母字置於疑母
處，如關韻「頑、晚、萬、輓」字、規韻「尾」字，這些原屬於微
母字的卻被置於疑母處，反而微母處無字，不知是否意味著有部分
微母字也已經讀成零聲母，到了現今蕪湖方言則皆合而不分了。

　　2.另外，關於日母字在《韻通》裡是否已讀成 ʐ- 看不出來，
但今蕪湖方言來自中古的日母字卻讀 ʐ- 與照系讀 ts- 形成有趣對
比。值得注意的是，在《韻通》裡是否已有日母轉為零聲母的傾向
呢？查《韻通》有一獨立「觜」韻，專收中古止開三的精、照二系
和日母字，此種作法與《直圖》如出一轍。既然，蕭氏把止攝開口
字分為兩類，一類獨立為觜韻，一類歸入基韻，說明這些止開三
精、照系字的韻母已由 -i 讀為 -ï。至於日母字的「兒耳二」也一

併置於此，則應已有 ər 韻產生。不過蕭氏在「兒、耳、二」處也列了「人」字、在本韻其他位置也列了「易、萊」二字，令人費解。值得玩味的是蕭氏在此三字後分別註明：萊，陵之反；人，如支反；易，爻支反，這意指此三字的韻母當屬貲韻 -ï，但人字今讀 [zən]、易今讀 [i]、萊今讀 [lɛ]，與 -ï、ər 韻皆不諧。即使以今北方方言中不乏將「人」字讀成零聲母的 [in]，看似與「兒、耳、二」的聲母同類，但韻母的不同仍無法解釋蕭氏把「人、易、萊」同置於貲韻的理由。不知蕭氏註語是依據何地語音，此處暫且存疑。

### 2.2.3 四十四韻與中古韻攝間的對應

《韻通》雖基本上以韻與呼來列圖，不管是韻目數或是列圖方式，都頗近似於《直圖》，但其實並未明列呼名，所以若想得知該韻屬於何呼，必須與古音對應後方能得悉，此點倒迥異於《直圖》。以下分類係個人依據各韻與中古韻攝對應結果並參酌今蕪湖方言來區分，關於韻母系統的音韻特點則分散至四呼內來說明：

（依四呼排列）

**1.開口呼**

(1)庚韻─梗開二、曾開一

(2)根韻─臻開一

(3)簪韻─咸開一、曾開三

(4)干韻─山開一二

(5)甘韻─咸開一、咸合三（非系）

(6)艱韻─山開二

(7)龕韻─咸開二

(8)歌韻─果開一（見曉系、來母）、果合一（精系）

(9)該韻—蟹開一

(10)皆韻—蟹開二

(11)高韻—效開一

(12)貲韻—止開三（精系、照系、日母）

(13)蛇韻—假開二

(14)鉤韻—流開一、流開三（莊系）

(15)岡韻—宕開一、宕合三（非系）

　　本類所收多半來自中古開口一二等字，今讀開口呼無誤。部分開口三等的精、照系字因丟失 [-j-] 介音也由細轉洪；至於岡韻合口三等的非系字也因異化作用下水，排斥 [-u-] 介音的緣故而轉為開口字。甘韻內雜有少數山攝「散、產、端」等 -n 尾字，透露 -m、-n 兩類韻尾已開始混合；艱、龕二韻分別來自山、咸攝二等，令人懷疑是否已有 [-i-] 介音了呢？但從此二韻同時收見系、照系、非系和來母字觀之，推測「監、艱、簡、眼」等見系字的聲母應該尚未顎化、還是舌根塞音的 k-。

**2.齊齒呼**

(1)金韻—深開三

(2)京韻—梗開三四（多數）、曾開三、臻開三、臻合一（非系）

(3)巾韻—臻開三

(4)堅韻—山開三四、山合三、臻合三（非系）

(5)兼韻—咸開三四

(6)嘉韻—假開二

(7)佳韻—蟹開二、假開二三

(8)基韻—止開三（見曉系、幫系、來母）、蟹開四（端系、精系）

(9)交韻—效開二三四

(10)驕韻—效開三四

(11)鳩韻—流開三

(12)江韻—宕開三、江開二、宕合三（非系、影母）

(13)爹韻—假開三

　　本類所收多半來自中古開口三四等字，今讀齊齒呼無誤。值得注意的是嘉、佳、交三韻的見系與影曉諸母應已產生 [-i-] 介音，為顎化初步奠立基礎。其中嘉韻只收見系、曉影來諸聲母字，蕭氏獨立此韻可能顯示牙喉音字已產生 [-i-] 介音，為顎化做準備；交韻所收涵蓋效攝開口二三四等字，此韻今讀音除照系讀 [tsɔ] 外，其餘皆為細音的 iɔ，見精二系更是皆作 [tɕiɔ]，可見當時即使尚未有顎化音，但見曉系處也應已有 [-i-] 介音。

　　其次，本類也顯示了陽聲韻尾的一些變化，如京韻的 -n、-ŋ 合流，江韻的江、宕合流等都透露出 -n、-ŋ 二類韻尾在《韻通》已逐漸混合，有趨向於 -ŋ 尾的迹象；尤其是金韻，其中同時收入「金、天、南、崩、深、風、嶺、任」等字，此種在一韻內同時兼收 -m、-n、-ŋ 三類鼻音尾的明顯現象，更顯示出《韻通》內三類鼻音尾應已互混的語音事實。

　　本類基韻的止、蟹合流則與齊韻呈現對立局面，情形一如《中原音韻》的支思韻與齊微韻間的對立。此外，本類尚有兩個值得注意的現象：

　　一是江韻不僅顯示江宕合流，也透露有內外混等的意味。巧合的是《直圖》內的「江韻」所收也是中古江開二和宕開三之字，並標明為混呼，江、宕合流是近代音階段的大趨勢，外轉的「江攝」與內轉的「宕攝」在《韻鏡》、《七音略》裡原本各自獨立，到了《四聲等子》、《切韻指掌圖》已合為一圖，在《四聲等子》裡並

注明「內外混等」、「江陽借形」。趙蔭棠（1985：165）認為「混呼一名恐怕係指開齊混或合撮混而言，要從歷史上來說，恐怕是由《四聲等子》的內外混等一詞沿襲下來的。」以《直圖》江韻和《韻通》江韻的情形來說，符合江、宕二攝「內外混等」的概念，可是《直圖》作者採取直接標示呼名的方式，《韻通》作者卻隱而不明，此處僅能暫時依其中古來源置於此呼內。

　　二是兼韻除收咸攝開口字外，在幫系處也也混收山開三「鞭」和臻開三「賓」，則 -m、-n 二類韻尾在《韻通》裡也出現開始合流的迹象了。這兩種語音現象和《直圖》的混呼以及閉口呼的呈現極為相似，或係受《直圖》影響所致。

**3.合口呼**

(1)公韻—通合一三、曾開一、江開二（少數）

(2)觥韻—曾開一、梗開二、梗合二

(3)裩韻—臻合一（多數）、臻合三（非系、來母、少數精系字）

(4)關韻—山合一二三、山開二（幫系）

(5)官韻—山合一

(6)戈韻—果合一

(7)規韻—止合三（見系、非系、影來日母）、蟹合一（端系、幫系）

(8)姑韻—遇合一（多數）、遇合三（照系、日母）

　　本類來自中古合口一二等字，公觥二韻顯示在《韻通》裡曾、梗、通三攝已經有合流為一的傾向。比較特別的是，規韻所收的止、蟹合口字在今蕪湖方言中有三種介音並立的情形，其中又分為端系、幫系、精系、非系與來母讀開口音，見曉系、疑母讀合口音，照系字讀撮口音的三立局面，如以下例字：

規 kuei / 灰 xuei / 為 uei / 追 tɕyei

堆 tei／杯 pei／醉 tsei／飛 fei／來 lei

孫宜志（2006：54-55）注意到蟹攝合口一、三等字與止攝合口三等字的端、精二系在安徽某些地方的白讀音是讀成齊齒呼，但在安徽其他江淮官話裡則多數讀成開口呼，一如上例的呈現。個人（宋韻珊2007）曾觀察過現今漢語方言與 [-u-] 介音的拼合狀態，發現「長江以南的官話與方言區當唇音、齒音與舌音字逢 [-u-] 介音時易脫落介音轉為開口字，而 [-u-] 介音脫落速度的快慢與發音部位和輔音性質有關，發音部位在前者較易脫落，發音部位在後者較易保存，此為見曉系字還保留 [-u-] 介音的原因；而擦音、邊音和塞擦音也比塞音容易丟失 [-u-] 介音」，此為今蕪湖方音之所以止蟹合口字轉為開口字的原因。但是，現今的方音現象不能與明清時期的語音型態等同觀之，蕭氏既將止蟹合口一三等字合為一韻，可能當時還都讀成合口字，開口字的讀音應是後起的現象。

### 4.撮口呼

(1)弓韻─通合三

(2)君韻─臻合三

(3)涓韻─山合三四

(4)居韻─遇合三

(5)局韻─梗合三、臻合一三、山合四、通合三、梗開三四

本類主要來自中古合口三四等字，今讀撮口呼無誤，從居韻所收字來看，-y 韻母已經形成。局韻收字顯示在《韻通》裡不僅曾梗通已合流，連臻攝也一併讓發音部位後移至 -ŋ，因此 -n、-ŋ 二類韻尾在《韻通》裡已有合流成 -ŋ 尾的態勢，若再加上 -m、-n 合流為 -n 尾，則《韻通》裡的鼻音尾有三類併為一類的趨勢。劉祥柏（2007：354）曾指出「-ən 與 -əŋ 不分，-in 與 -iŋ 不分的情況

在江淮官話區普遍存在，古深臻曾梗四攝開口字今讀韻尾多數點合併為 -n，少數點合併為 -ŋ，或者都讀做鼻化韻」。若依劉氏所言，再就《韻通》對照今蕪湖方言，除了古臻梗曾三攝今讀尚維持-n 尾外，其餘已皆轉為鼻化韻，如果以語音演變需經歷較長時期來看，今蕪湖音正說明明清階段是三類鼻音尾混併的時期，到了現今江淮官話多半僅剩一類鼻音尾或甚而轉為鼻化韻。無獨有偶地，明萬曆間反映南京音的《書文音義便考私編》和《韻法橫圖》也都是三類鼻音尾混居，說明這是江淮官話的特點之一。

**5.其他**

(1)乖韻─蟹開二、蟹合二（見曉系）

(2)瓜韻─假開二（幫系）、假合二（見曉系）

(3)光韻─宕開一（幫系、端系、來母）、宕開三（見系、精系、照系）、宕合一（曉、影母）

在《韻通》中有三韻同時並收開合口字，若依《直圖》、《韻法橫圖》二圖的措置，此三韻宜定為混呼，其特徵符合《直圖》裡「混呼」的類型之一：開合互混。倘若對照今蕪湖方音，發現乖韻除見曉系讀合口 -uɛ 外，其他都讀成開口 -ɛ；瓜韻也是見曉系讀合口 -ua，其他讀開口 -a；光韻則是見曉系和照系讀合口 -uã，端系、幫系和來母讀開口 -ã，精系讀齊齒 -iã，呈現三類介音同時並立的局面。從今音也是開合口讀音並陳的型態來看，不禁令人疑惑，若當時一韻內的介音都相同的話，那麼《韻通》的措置便顯得保守，若如《直圖》般也是「混呼」卻又未標示，也許此三韻內之例字在明末清初時確實已開始分化，走上雖同韻卻不同呼口的分歧，然因蕭氏繼承《直圖》體例，仍舊合而未分，在圖中也未具體說明，以致後人產生疑義。此處暫將之歸為一類，以「其他」來代

稱。

### 2.2.4 入聲韻尾的屬性

《韻通》裡的入聲韻不僅兼配陰、陽聲韻，同時在一韻中也有幾類中古塞音尾混併的情形，如庚、京二韻是曾、梗二攝的入聲字合併，瓜、該二韻則是山、咸二攝的 -t、-p 尾相混，基韻是臻、梗、曾三攝的 -t、-k 尾雜居，江韻則是咸、宕、山三攝的 -p、-t、-k 三類韻尾合流，爹韻是咸、山攝的 -p、-t 尾混。由蕭氏的歸字來看，《韻通》裡的入聲韻尾尚存在且獨立一類，但其屬性已是喉塞音韻尾 -ʔ，與今蕪湖方言的入聲韻尾 -ʔ 適相一致。

耿振生（1992：249）曾指出「韻通」韻母分為 44 韻，是模仿《直圖》而定的，但是各韻內容與《直圖》大不相同。」可是，經過個人的比較後，發現《韻通》和《直圖》在分韻的內容和歸屬上也有相似的繼承性，其間差異並不如耿氏所言如此迥異。

## 2.3　雅言和俗語在文獻材料裡的滲透與交融

個人以為《韻通》裡同時並存著代表讀書音系統的雅言以及在當時的共同語裡扮演重要角色的江淮官話雙重色彩，檢視江淮官話的形成，不難看出共同語和方言的消長，對江淮官話的形塑有著莫大影響。在隨著帝王都邑的轉移和經濟文化的發展下，江淮一帶語言歷經了兩次大變動，一是六朝時期的建康話；二是明代的南京話，都曾因政治因素升格為全國性的共同語。

四世紀初，當東晉政權在建康建立後，北方大批南逃的士人和庶民渡江集結於建康，並進而在此定居。這些從以舊都洛陽為中心南來的士人帶來了洛陽話，由於他們在當時的政治和文化方面居於主導地位，使得這種外來方言逐漸成為建康的官方語言，士民在公

共場合須說洛陽話，否則就顯得土俗。原本建康當地說的是吳方言，自從中原來的洛陽話取得優勢後，經過長期的融合，古吳語逐步被吸收，到南北朝時已基本演變為中原通語，因此江淮官話可說是五胡亂華以後，由中原雅言融合江淮一帶古吳語逐漸演變而成的一種方音。顏之推即曾指出：「自茲（指三國魏）厥後，音韻鋒出，各有風土，遞相非笑，指馬之喻，未知孰是。共以帝王都邑，參校方俗，考核古今，為之折衷。権而量之，獨金陵與洛下耳。」（《顏氏家訓・音辭》）此處顏氏將金陵話與洛陽話相提並論，其實金陵話的前身來自於洛陽話，當時南北兩大都邑的語言基本上是相同的，都是高於方言的通語，是在一定程度上可以通行全國的共同語。

　　建康方言自來被稱為南方官話，是早在東晉南朝時期即已奠定基礎的，到了明代初期因建都南京，使得南京又再度成為帝王都邑以及全國的政治經濟文化中心，南京既然是當時的首都，依照歷朝各代習慣以首都當地語言為官方標準語的舊習，南京話也就順勢取得官話的地位，也就是全國性的共同語（即通語），官吏、商人和知識分子必須學會官話，才能較好地到外地進行語言溝通與交際，這是勢所必然的。加上明初官修《洪武正韻》頒行全國，作為考試讀書用韻的標準，此書的語言基礎既是以讀書音為主體又含有南方方言的成分，走的是「參校方俗，考覈古今，為之折衷」的路線，這對於強化南京話作為全國共同語頗具影響力。

　　此外，南京在地理上和語音系統上都接近於中原官話，這由比較《洪武正韻》和《中原音韻》音韻系統上的異同可知，二書的音系差異其實不若我們所想像的那麼懸殊，此乃因中原官話自古為全國通語，而南京話既然一脈相承自東晉中原洛陽話，這就為南京話

可以作為全國共同語奠定重要條件。實際上南京話擁有作為共同語的重要條件：1.帝王都邑、2.接近中原官話、3.保留漢語傳統的四聲，入聲獨立一類。因此明代的傳教士如利瑪竇、金尼閣等，他們認為當時的南京話就是官話，甚至直到清末鴉片戰爭前後，有些傳教士還認為南京話是漢語的代表。雖然明清以來，北京成為政治經濟文化中心，官話的語音系統也逐漸以北京話為標準，但是，就漢語的傳統和歷史地理的地位而言，南京話始終有其重要地位。

　　既然代表讀書音系統的《洪武正韻》和代表官方語言的南京話在整個明代甚至清初都居於領導地位，若以《洪武正韻》和南京音來檢視《韻通》，會發現 20 聲母、五聲調、陽聲韻尾的混併、四呼的逐漸成形、部分牙喉音二等字因出現 -i- 介音而獨立一韻、入聲韻尾獨立一類等，符合今江淮官話與蕪湖音特點，這是「映今」的部分；但精照二分，泥來二分、公弓韻分立、獨立閉口韻的作法則是遷就傳統韻書系統下的折衷措施，無怪乎李新魁和耿振生皆以為《韻通》是部融合讀書音與方音的「混合性音系韻圖」。而雅與俗、復古與創新的雙重色彩，便在《韻通》上徹底呈現，透過對《韻通》抽絲剝繭的探討，便可印證讀書音與方音、雅言與俗語在明清時期的文獻材料內交融滲透並由此產生出融合之作的另類特色。

　　本文由讀書音系統和當代共同語的「雅言」與反映各地方音的「俗語」著手，意欲觀察明清階段同時融合此二特質的等韻文獻，從明末清初的《韻通》身上，我們可見到代表當時頗為進步的音韻現象，如 20 聲母系統、陽聲韻尾合併為一類 -ŋ 尾、聲調分為五等；但同時卻也見到它遵循傳統的一面，如精照二系分立、泥來二分等。就明清時期的等韻著作而言，此種混合兩種甚或三種以上音

系為一爐的語音材料，乍看之下頗不倫不類，但在探討大量出現此
種型態著作的背景下，發現與當時政治經濟文化的發展，首都地理
位置的轉移，通語與土語的融合有密切關係，就雅俗色彩的滲透與
交融從而新創出標誌此一時期的音韻特點而言，此類複合性音系的
音韻著作，應具有相當的時代意義。

## 三、窺探清初河北方音的一扇窗
## ——趙紹箕《拙菴韻悟》

　　《拙菴韻悟》的作者為趙紹箕，字寧拙，河北易水（今保定市）
人[4]，此書成於清康熙甲寅年（即康熙 13 年，1674A.D.）。此書分為兩
部分，前面是音韻理論，後部則是韻圖。前面的音韻理論中洋洋灑
灑分列許多細目與說明，其項目如下：

　　　　十要　六呼　八應　八吸　四經聲　四緯聲　五正音　二變音
　　　　六奇韻　八十四偶韻　六獨韻　二十八通韻　十四通韻　呼字
　　　　提綱　應字提綱

　　　　吸字提綱　聲分經緯叶調圖　音分五正二變　韻分奇偶獨通圖
　　　　經聲分配　緯聲分配　五音分配　直韻分配　橫韻分配　考定
　　　　四聲　考定五音　考定六十六韻　呼字統聲　應字統聲　吸字
　　　　統聲　儀象總圖　韻綱圖　韻目圖

而在第二部分的韻圖之後又附有：

---

4　據趙氏〈自敘〉後自署燕人，書於易水居易齋來看，趙氏當為河北易水
　　人。查清代之易水為現今保定市轄下的一個縣，位於河北省中部偏西，位
　　於太行山東麓，拒馬河和易水的上游，因易水而得名。

入聲韻綱圖　入聲韻目圖　通韻會聲圖　入聲會韻圖

綜觀趙氏所提之音韻理論，主要見於卷首一開始的「十要」中，其內容為「呼、應、吸、聲、音、韻、經、緯、分、合」。其中的「呼」就是指「呼名」，趙氏在書中共分為合口、撮脣、開口、啟脣、齊齒、交牙六呼，比較特別的是趙氏把傳統的齊齒呼叫做啟脣，把 -ɹ 韻以及與捲舌音聲母相配的叫做齊齒，把 -ɿ 韻以及和舌尖前音相配的叫做交牙，分類與前人不同且相對細膩，頗有承繼自《韻法直圖》呼名眾多的餘續。至於「應」是指韻腹而言；「吸」指韻尾；「聲」即是聲調，趙氏分為天（陰平）、平（陽平）、上、去、入五調；「音」指發音部位；「韻」即韻目或韻母而言；「經」是直列之字；「緯」為橫列之字、「分」指聲、韻、調、呼的各種分法；「合」則是奇韻與偶韻的合併之法。由於「十要」是所有音理之總綱，統括後面所有細項，由此「十要」便可一窺趙氏的音理架構。

此外，書中所謂的「六奇韻」和「六獨韻」都是指 6 個單韻母，趙氏雖分用兩個名稱但實際上是重複的；「八十四偶韻」和「二十八通韻」則是指 84 個複韻母也可合併成 28 個韻母之意；「儀象總圖」則是援引《易經》中太極陰陽的觀念、復搭配宮商角徵羽等音樂的音調名稱來分韻。明清許多等韻學者在編韻書韻圖時，都喜歡以《易經》、音調、干支來相比附，趙氏也不例外，且可說是集大成了。

## 3.1 《拙菴韻悟》的列圖體例

在韻圖編排上，趙氏與前人頗為不同的是以「呼名」為第一層級來分韻列圖，依照六呼分為六大類，每一呼名下再依天、平、

上、去四種聲調來細分各圖，此為第二層級。每一圖中，橫列聲母，直排韻目，因此每一聲調內會包括若干韻目，如以第一圖「宮音天聲圖」為例，此圖為合口呼陰平調，內含「烏、溫、威、攓、翁、歐、倭、兒、剦、歪、厄、汪、燷、哇、兒」等韻。所以，《拙菴韻悟》的編圖體例是以呼統調、以調統韻，每一調中復依聲母和韻母以橫推直看來切音。而由每一圖中皆列兒韻欄位但實際上卻不列字來看，似乎當時已有兒化韻產生的事實。李新魁（1983：364）和耿振生（1992：182）就都以為，「此書是最早顯示兒化韻的一部韻圖」。以下分就《拙菴韻悟》聲、韻、調的編排特點簡單敘述：

### 3.1.1 《拙菴韻悟》的聲母特點

　　《拙菴韻悟》的聲母數有 21 個，以宮音天聲為例，聲母內容為：

　　姑枯呼烏　朱初舒如　租粗酥　都璨奴盧　逋鋪模夫　巫夫

這個系統看似接近《韻略易通》和《元韻譜》，但因「夫」母重出，加上「巫」母原本含括來自中古的微母，然而檢視過《拙菴韻悟》後發現各圖中的巫母處都是空位，原本的微母字卻歸入「烏」母內，所以實際上只有 19 個聲母。根據個人的觀察以及和《廣韻》比對分析後，可獲悉《拙菴韻悟》裡的聲母系統已完成如下音變：

　　a. 已完成濁音清化，清化後的全濁聲母平聲送氣，仄聲不送氣，規律同北京音。

　　b. 泥娘合流；心、邪合流；曉、匣合流。

　　c. 知、莊、照三系合流，並已讀成捲舌音，日母為 $z_-$。

　　d. 為、喻與影、疑母合流；微母雖獨立，但其實已歸入烏母

中，一併讀成零聲母；日母的演化則分成兩途，止攝開口字如「而耳二」因 ɚ 韻母的產生而轉為零聲母，止攝開口以外的日母字讀 ʐ。

e. 非敷奉合流。

由《拙菴韻悟》裡所展現的聲母特點來看，顯然與現代北京音或是北方官話系統幾無二致，說明現今的河北方言早在十七世紀時已奠定雛型。

### 3.1.2 《拙菴韻悟》的韻目編排

《拙菴韻悟》的韻目分成兩類：一類是單韻母，共有「姑、格、基、支、咨、居」6 個，趙氏明確地把 -ï 韻的支咨分別獨立出來，而居韻的獨立也說明 [-y] 元音和 [-y-] 介音在《拙菴韻悟》內是明確分開的；另一類是複韻母，共有 84 個，內容為「昆、官、公、光、規、乖 [姑歐] [姑爊]、蟈 [姑胞]、戈、瓜 [姑兒] [瓜兒]、根、甘、庚、岡 [革]、該、鉤、高、格 [格耶]、歌、閣 [格兒] [閣兒]、巾堅、京、姜 [基厄]、皆、鳩、交 [基阨]、迦、角、加 [基兒] [加兒] 、真、占、征、張 [摘]、齋、周、招 [支阨]、遮、灼、查 [支兒] [查兒]、簪、贊、曾、藏 [則]、哉、陬、遭 [宅阨] [咨耶]、作、帀 [咨兒] [帀兒]、君、涓、扃 [居汪] [居威] [居歪] [居攸] [居幺] [居阨]、厥 [居倭] [居哇] [居兒] [厥兒]」，但又可合併成 28 通韻以及 14 通韻，趙蔭棠（1985：227）認為「其實六獨韻與十四通韻就可代表《拙菴韻悟》分韻的大致」，個人相當贊同，其 14 通韻為「昆、官、公、光、規、乖、鉤、高、格、迦、戈、瓜 [姑兒] [閣兒]」。這些韻目除了屬於 -ʅ 韻、與捲舌音聲母相配的韻目以及屬於 -ɿ 韻、和舌尖前音聲母相配的韻目外，全部選用見母字來擔任，不曉得是否受到《韻通》一書的

影響，因為趙氏在書中曾提及蕭雲從。引人注意的是，這些韻目中不乏由兩字合音所構成之韻以及為數可觀的兒化韻，在趙氏原書中凡是此類之韻皆以圓圈圈之，本文此處則以 [ ] 標示。

　　從趙氏所列韻目來看，包含 -ø、-i、-u、-n、-ŋ 五類韻尾，-m韻尾的深、咸攝已併入收 -n 尾的臻、山攝中；其次，趙氏也仿《韻法直圖》獨立讀 -ï 的「貲」韻般，在徵音天、平、上、去四圖中僅收「支摛施咨雌思而耳二」等含 -ï 韻、-ɚ韻以及與 ts-、tʂ-聲母相配的開口韻例字，若再從 84 偶韻中有大量韻母具兒尾來看，-ɚ韻母的確立和兒化韻的產生是可以確定的；再則，《拙菴韻悟》裡的「格」韻也很引人注目，竺家寧（1992：103）認為李新魁將之擬成 ɤ，實際上便是國語中的ㄜ，並提出「這是ㄜ韻母出現的最早語料」。此外，《拙菴韻悟》中的入聲字獨立在四聲之後且或是獨立或是陰入相配，由其收字或是同類塞音尾或是兼具 -p、-t、-k 韻尾觀之，入聲韻尾應已消失。奇怪的是，倘若已無入聲韻尾則入聲字當派入陰聲韻內才是，但趙氏卻又不這麼做，反而讓它獨立成一類。那麼究竟入聲韻尾是否仍存在？趙氏此舉是保守還是為兼顧五方之人語音的需要而設？相關討論見下文 3.2.4。

　　至於《拙菴韻悟》中的聲調分為四：天、平、上、去，其中天即陰平，平為陽平，平聲依聲母清濁分為二類。令人不解的是，趙氏在圖中是把入聲韻擺在四呼之後，各呼內並沒有入聲調，但趙氏卻在《拙菴韻悟·自敘》中言「而疑夾入聲原無數轉，何以五方讀法不同，平聲確有兩音，何以休文命名惟一……又蒙　大人示之曰：入聲讀法不同者，五方取音之異也」，這段文字顯示出兩點：1.趙氏口語中的平聲是分陰陽的；2.趙氏又言入聲在各地的讀法不同，那麼趙氏口中的入聲究竟是指入聲韻尾？還是入聲調呢？倘若

就趙氏列圖來看，個人以為趙氏口中的入聲應是指入聲韻尾而言，並非指入聲調。至於所謂「入聲在各地的讀法不同」，可能是指有些地方讀成喉塞的 [ʔ]，有些地區則是入聲韻尾消失後，保留入聲徵性並將之寄託於入聲調上，所以才有不同讀音的說法。

## 3.2　《拙菴韻悟》的音系特點

　　《拙菴韻悟》以 19 聲母、六呼、6 奇韻和 84 偶韻、數量頗眾的兒化韻以及五調的音系框架面世，與明中期以後至清初年間同樣帶有河北方言色彩的《重訂司馬溫公等韻圖經》（以下簡稱《等韻圖經》）、《五方元音》相較，在時音的反映上顯得更進步。為彰顯《拙菴韻悟》中存古與創新的部分，今取與中古《廣韻》及現在保定方言相較，觀察其間的演進變化。今保定方言屬於北方官話區保唐片下的定霸小片[5]，據《中國語言地圖集》（1987）的記載，此小片主要的語音特點有：「a.保唐片古入聲字今分歸陰陽上去四聲，其中歸陰平、上聲的字比北京多；b.保唐片陰陽上去四聲的調值跟北京話差別顯著；c.定霸小片多數點去聲字加輕聲連讀還分陰去和陽去，與北京話不同；d.保唐片古入聲清音聲母字歸上聲的字比北京多，與東北官話也有相似處等。」而在《普通話基礎方言基本詞匯》（1995）所收錄的保定音系中，則除了聲母、韻母、聲調表外，還列舉了〈兒化韻表〉，並說明保定方言詞彙中的後附加語素「兒」，在口語中因著所接韻母的不同，大體可分「獨立成音節」

---

5　據《中國語言地圖集》（1987）的區分，北方官話區分為保唐片、石濟片和滄惠片三片，保唐片又分為淶阜小片、定霸小片、天津小片、薊遵小片、灤昌小片和撫龍小片六小片，保定則劃入定霸小片中。

和「不獨立成音節」兩種情形。本文本擬依據以上條件來觀察《拙菴韻悟》一書有多少符合的項目，以期獲得古今語音上的印證，可惜礙於 a.b.c.d. 四項音韻特點全為現今的調查結果，調值如何與輕聲連讀甚至是入聲分派皆無法自《拙菴韻悟》裡獲得印證，僅能由趙氏書中所列多個兒化韻來檢驗確實與現在的語音現象一致。是以，下文僅能就《拙菴韻悟》所顯現的音韻特點與今保定方音相印證，觀察其異同。以下所列保定方音，係依據《普通話基礎方言基本詞匯》（1995）裡的記音。

### 3.2.1 精系與見系的分野 vs. 開口二等字的 -i- 介音

　　1.在明清的韻書韻圖中，一個令人矚目的焦點便是舌面前音 tɕ-、tɕ́-、ɕ- 是否已經產生了？就鄭錦全（1980）的研究來看，《拙菴韻悟》的成書年代應位於顎化作用進行中的階段，tɕ-、tɕ́-、ɕ- 應尚未出現於文獻中。那麼實際上的狀況又如何呢？趙氏在圖中明立「精清心」與「見溪曉」二類聲母，精系收來自中古的精清從心邪五母，見系收來自中古見溪群曉匣五母，二者分野相當清楚。如以下例字：

洪音：溫韻　　　　　　　　　　　俺韻

　　　尊村孫 tsuən / 昆坤昏 kuən　儹慘傘 tsan / 桿侃罕 kan

細音：因韻　　　　　　　　　　　運韻

　　　浸侵心 tɕin / 巾欽歆 tɕin　　俊峻 tɕyn / 郡訓 tɕyn

由上例可知精見二系字逢洪音不變，而逢細音時今保定是讀成同音的，但是在《拙菴韻悟》裡卻是分立 ts-、k- 二類的情形。個人以為，現今保定方言反映在《拙菴韻悟》內顯示出精見不分的型態，應是後起的現象，在明末清初之際，應當尚未演變至此，否則趙氏應會在細音處讓見精系混列才是。

　　必須說明的是，基於《拙菴韻悟》是以呼和聲調來分韻的一部韻圖，趙氏又把原是精系與照系（含知莊章三系）的二三四等、應具有 [-i-] 介音或 [-i] 元音，後來卻因韻母為 [-ï] 韻而轉為開口字的這些所轄韻字獨立一類，因此在開口呼的所有圖數內便全不見精照二系字，而只列其他系聲母所屬例字。上舉「俺」韻例字的對比，是個人整理後的結果，否則就圖面上看，洪音處僅能見到合口呼的分立，開口呼處是空缺的。

　　2.見精二系字既然在《拙菴韻悟》裡分立二處，彼此不相雜混，界線相當清楚，這說明顎化音在此圖中並未出現。不過，部分牙喉音開口的二等字是否已有 [-i-] 介音了呢？趙氏在專收開口細音字的啟脣呼內列了「挨、加」二韻，挨韻收蟹開二皆韻的「皆、諧、解、蟹、戒、械」等字，加韻收假開二麻韻的「加、呲、伽、賈、下、駕、暇」等字，這兩韻之所以被置於啟脣呼內，明顯是因增生了 [-i-] 介音使得韻母型態由開口轉為齊齒，既然讀音已與開口呼字迥異，因此趙氏才把他們一併歸入啟脣呼內。倘若印證今保定方言確實「皆」讀 [tɕiɛ]、「加」讀 [tɕia] 來看，趙氏的措置確實是為這些字後來的顎化預留空間。

　　值得注意的是，這兩韻內皆只列見系字（含曉母）和由影喻疑母字等所組成的零聲母，不見其他字，顯然是趙氏刻意把它們由開口呼字獨立出來的結果。那麼是否所有的二等牙喉音開口字都被分出來了呢？事實並非如此，有些二等字至今仍不顎化，如「庚邡梗」等梗開二的字，現今還是讀 [kəŋ]；而另一些的二等字則直接併入開口三四等讀成同音，如山開二的「簡」、梗開二的「幸」以及效開二的「交敲巧」等都與三四等細音字同音，而它們在保定方音的聲母也是 tɕ-。因此，若以演變速度來看，顯然「簡幸交敲

巧」等字是較早因產生 [-i-] 介音而被歸入開口細音字的一群，至
於「皆解蟹」和「加賈下」或是因較晚產生 [-i-] 介音，且還未轉
為舌面前音，因此在《拙菴韻悟》裡才被分出獨立；也可能是這些
字產生 [-i-] 介音的時間與「皆加」是同時的，但主要元音受 [-i-]
介音影響而轉變，使得二等字與三四等字的主要元音不同而分開，
如假開三精系的「姐且寫」讀 [tɕiɛ] 與假開二見系的「加賈」讀
[tɕia]，很明顯是主要元音的差異。究竟是否受到介音的影響，使
得主要元音發生變化，導致二等字與三四等字的韻母不同而分立為
兩韻，個人以為這也是可能的，只是從《拙菴韻悟》裡我們能見到
的就只是這些靜態的現象，並依此推衍出各種可能原因，至於真實
的語音面貌與演化速率快慢，必須承認仍無法確論。

### 3.2.2 零聲母的範圍與 [i] 韻、[ɚ] 韻的形成

　　1.中古「影喻為微疑日」六母，現今共同轉化為零聲母，是官
話區的大趨勢，若以此條件來檢視《拙菴韻悟》，則可見到「影喻
為疑」四母已轉為零聲母應無問題，《拙菴韻悟》統以「烏」母標
示。問題在於微、日二母的語音狀態究竟為何？查《拙菴韻悟》設
立「巫」母與「如」母二類，原本巫母應該是指微母、如母是指日
母，但實際上的情況又是如何呢？其實，趙氏對韻圖中巫母處的列
字頗令人不解，圖中雖設有巫母欄位，但在天、平、上、去四調的
巫母處卻是空缺而未列字，使得此處聲母看來是個虛位。本來應列
字的讓它空著，反而把來自中古的微母字如「文、吻、問、罔、
萬」等字也一併歸入了烏母中，因此，在以上四調的烏母處，實際
上含括「影喻為疑微」五聲母才對。

　　但另一方面，趙氏卻又在入聲巫母處列舉「襪、末、武、務、
勿、微、尾」等兼含有陰聲韻與入聲韻的微母字。前面四調內的微

母字既然併入烏母中，顯示《拙菴韻悟》內的微母字已零聲母化了，後面入聲讓微母字陰、入混列，則顯示入聲韻尾消失讀同陰聲韻。但是，既然已零聲母化，為何又讓「襪、未、武、務、勿、微、尾」這些微母字單獨列在入聲巫母處，且與入聲烏母其他字分列呢？如此前面混而不分而後面卻又彼此分列的作法委實令人不解？究竟在趙氏想法中的微母字是何讀音呢？如對照保定方音，則微母字已經是零聲母，再前推明萬曆年間同樣映現河北方音的《等韻圖經》（1606），書內微母已是零聲母來看，趙氏前四調對微母字的措置應較符合語言事實。

　　2.既然微母已讀成零聲母，那麼日母的型態又是什麼？查《拙菴韻悟》內「如」母收所有來自合口三等的日母字如「如孺戎汝冗蠕閏」等，至於所有的開口三等日母字如「兒耳二仍柔然讓繞」等，則被歸入專列 [-ɿ] 韻以及和 ts-、tʂ- 聲母相配的「徵音」類韻圖中。在徵音的天、平、上、去四圖中，並列了由止開三精系以及其他的精系開口字韻目所組成的「交牙呼」，以及由止開三照系以及其他的照系開口字韻目所組成的「齊齒呼」兩類。既然趙氏讓「咨雌思」和「支摛施」獨立成圖，說明這些原本帶有 [-i-] 介音的開口細音字已經丟失了細音成分轉為開口的 [-ɿ] 韻。其實《拙菴韻悟》裡有「開口呼」，這些已失去 [-i-] 介音的止開三精、照系字可直接改歸入開口呼中即可，但是趙氏卻費事的別立「交牙呼」與「齊齒呼」兩類，說明是為了強調「咨雌思」和「支摛施」與 [-ɿ] 韻相拼時口唇的形狀以及韻母的特殊性而為之。但奇怪的是，如想強調 [-ɿ] 韻的話，大可仿《韻法直圖》和《韻通》別立「觜韻」，韻中專收止開三的精、照二系般。可是，《拙菴韻悟》的徵音範圍卻擴大，連和開口洪音、開口細音相配的精、照系聲母

也有不少韻都被改置於「徵音」內，例字如下：

徵音天聲（舉平以賅上、去）

沘韻：支摛施 / 咨雌思

仁韻：真瞋申 / 簪參森

仍韻：爭崢生 / 曾僧

柔韻：周抽收 / 諏搊搜

壤韻：章昌商 / 臧倉桑

饒韻：招超燒 / 遭操騷

由以上例字不難看出徵音內的韻母除 [-ï] 韻外也包括其他與 ts-、tʂ- 類聲母相拼的開口字韻母。必須說明的是，照系開口字全列於徵音，合口字全列於宮音，相當整齊；但精系除了不見於代表開口呼的商音外，其他呼名都有字。因此，趙氏的列法頗令人費解，不知其取捨的標準為何？我們只能由圖中的列字來確定精、照二系的聲母 ts-、tʂ-，與照系聲母搭配的開、合口三等日母也已是 ʐ-，至於止開三的「而耳二」既然跟著列於「支摛施」之後，合理的推斷是捲舌元音 [ɚ] 也已出現了，而既然「而耳二」已讀 [ɚ] 韻，那麼其聲母應該是零聲母，因此若說日母在《拙菴韻悟》裡已完成零聲母化應不為過。

可是，同樣令人費解的是，趙氏又在徵音日母同一直行下並列如「而仁仍柔然壤饒」等字，其中「而」是零聲母，其他字是 ʐ- 聲母。照理說，同一直行應是同一類聲母才是，但趙氏卻讓 ø-、ʐ- 混列，這讓人搞不清楚聲母該發何音？如果不認為「而」已是零聲母，何必與他韻分立；但若是同意「而」讀零聲母，那麼其他的日母字該怎麼讀？也都讀成零聲母嗎？現今保定方音卻是「而」ø-、「仁」ʐ-，與北京音一致。因此，對於趙氏的舉措只能推測可能是

將兩類都是開口的聲母權宜合併處理，對此疑惑也只能暫時存疑。

　　經由以上的討論，可以確定的是《拙菴韻悟》裡的微、日二母已完成零聲母化，照系聲母讀 tʂ-，-ï 韻已經存在且獨立，ɤ 韻也已產生。

### 3.2.3　ɤ 韻母首度出現

　　在《拙菴韻悟》的 84 偶韻中，某些韻下會注明「南」、「北」和「俗」等字樣，「南」是採自南音的念法、「北」是採自北音念法、「俗」指北方方言的口語[6]。其中與 ɤ 韻母相關的「格」韻分別出現於六奇韻、八十四偶韻、六獨韻、十四通韻內，由此韻不斷重覆出現於或主要、或全面的韻目中，格韻讀音的獨立是毋庸置疑的，問題在於它的音值為何？從〈呼字提綱〉中「格克赫阨」並舉，這些字原屬於中古陌、麥韻牙喉音字；在商音格韻下收字有「根格庚鈎歌甘該岡高梗者肒桿改畎杲艮更妎簡紺蓋告」，這些字原來自果、假、曾、梗、咸、山諸攝的牙喉音字；而〈太陰抑嗓〉下所收之入聲字「虢闊或攉越格克赫阨責拆色德忒蟚勒伯拍陌」，主要來自中古帶 [ək] 韻尾的德、陌、麥三韻。這些字在當時已由入聲轉為陰聲字，「韻母則由 -ə 部位稍後即形成 ɤ 韻母，這種部位後移也可能是受舌根韻尾 -k（或後來轉成的喉塞音韻尾 -ʔ）的影響，至於元音的高低、展圓都不變。」（竺家寧 1992：105）

　　竺家寧（1992：104）認為上文所舉之入聲例字在《拙菴韻悟》中已經讀成 ɤ 韻母，因為這些字具有三個共同特徵：

　　a.聲母都是牙喉音字

---

6　此處對「南」、「北」、「俗」的說明是採自竺家寧（1992：104）所言，趙紹箕在《拙菴韻悟》裡其實並未說明。

b.韻母都是二等陌麥韻的字

c.聲調上都是收 -k 尾的入聲字

以上三條件同時具備時便提供了ㄜ韻母產生的立基點，因為「舌根性的 -k 韻尾有偏後的發音特性，加上牙喉音的聲母，也有偏後的特性，因此在同化作用下造成了舌面後的ㄜ元音韻母。」（竺家寧 1992：104）依據竺氏所言，顯然此一音變最早由聲母屬於牙喉音的某些特定韻目的入聲字開始，然後再漸次擴及其他韻攝，到了現代，「包含中古果、假、咸、山、宕、江、曾、梗等八攝內都有ㄜ韻母的韻字，從ㄜ韻母的演化來看，可稱之為『滾雪球式的語音類化』，此為漢語音變的一個特殊類型。」（竺家寧 1992：115）

竺氏在檢視過清代的多項音韻材料後，認為《拙菴韻悟》是清初最早出現ㄜ韻母的語料之一，他提出了三項理由：「第一，在《拙菴韻悟》的整個韻母體系中，它是獨立於 [-ai]、[-ei]、[-uo] 等韻母之外的一類，而現代國語它主要是念為ㄜ的。第二，在其音系中，沒有 [ə] 與ㄜ的對立，從歷史上看，宋代屬『曾、梗』攝的時代，就已經以 [ə] 為主要元音，說它經歷了元、明，到清代仍是 [ə]，而不是近代的ㄜ，這是很難解釋的。況且還經過入聲消失的變遷，也會對主要元音產生影響。第三，央元音 [ə] 是個弱音，強一點就是ㄜ。當它不是入聲而是陰聲韻時，它就成了單元音作韻母，能獨當一面並成為音節中的主體成分。」（竺家寧 1992：105）

個人在一一檢視過《拙菴韻悟》中與「格」韻相關的各聲調例字後，發現趙氏在安排這些字時確實與其他韻獨立分開，且這些字現今確實都屬於ㄜ韻母，因此認為竺氏所論相當可信。

### 3.2.4 入聲韻尾的屬性 VS.兒化韻的型態

1.《拙菴韻悟》裡的入聲韻雖獨立一類附於前面六呼四調之後，但由圖中凡是出現入聲字時只有兩種情況：(1)如「太極運腭」圖般入聲接在陰聲韻後；(2)如「太陰抑嗓」圖般獨立存在，反而不與陽聲韻相連來看，入聲韻尾是否仍存？是值得考慮的。但入聲韻尾如消失的話，照理應有塞音尾混居的情形，可是考察《拙菴韻悟》裡的入聲韻，卻同時存仕著一韻同一類塞音韻尾以及一韻中有幾類塞音尾混併的狀態，如谷、局二韻是收通攝入聲的 -k 尾，格韻是收曾、梗、宕三攝入聲的 -k 尾，角韻收江、宕二攝入聲的 -k 尾，揭韻收山攝入聲的 -t 尾，吉韻則收臻、曾、梗三攝入聲的 -t、-k 尾，郭韻收江、宕、山三攝入聲的 -t、-k 尾，閤、甲二韻是咸、山二攝的入聲字 -t、-p 尾合併。由趙氏的歸字來看，《拙菴韻悟》裡的入聲韻尾似乎尚存在且獨立一類，且其中多韻不乏仍維持著塞音尾但有些則已開始混併。不過，由現今保定方音並無入聲字，所有入聲字皆併入陰聲韻其他聲調，再證以早《拙菴韻悟》約六十年的《等韻圖經》裡已無入聲來看，《拙菴韻悟》裡之所以設立入聲韻，也許是如樊騰鳳作《五方元音》的考量般，為兼顧當時河北地區尚有不少地方是有入聲韻尾的[7]，所以才保留入聲。只是以本圖反映當時相當進步的語音觀點角度視之，保留入聲韻的想法，相對顯得保守。

2.在《拙菴韻悟》的 84 偶韻中含括了 12 個兒化韻，它們是：姑兒、瓜兒、格兒、閤兒、基兒、加兒、支兒、查兒、咨兒、帀

---

7　其實即使是現今的河北省境內，仍有為數不少的方言點依然帶有喉塞音韻尾 [?]。

兒、居兒、厥兒。儘管趙氏並未列舉或說明這些讀成兒化韻的讀音
與字例，但由這 12 個兒化韻包含 -u、-ua、-ɛ (-ɤ) / ei、-i、-ia、
-ʅ、-a、-ɿ、-y、-yɛ 等韻母，比對現今保定方音中的兒化韻在「本
韻」的韻母即有 34 個之多，而趙氏所列之韻母皆含括在其中，似
可說明今保定音系中兒化韻的形成，早在十七世紀甚或更早已經開
始與成形，隨著時間的演變吸納了更多的韻母加入此一行列。以下
以此 12 韻母與今保定方音相對照，並舉例詞與兒化韻後的讀法，
以呈顯兒化韻的演變型態[8]：

| 趙氏韻母 | 保定本韻 | 例詞 | 兒化韻（老派） | 兒化韻（新派） |
|---|---|---|---|---|
| 姑兒 | u | 胸脯兒 | u:ər | ur |
| 瓜兒 | ua | 小褂兒 | ua:ər | uar |
| 格兒 | ɤ/ei | 小盒兒/手背兒 | ər/ər | ər/ər |
| 閣兒/查(帀)兒 | ɤ/a | 小盒兒/刀把兒 | ər/a:ər | ər/ar |
| 基兒 | i | 三姨兒 | i:ər | iər |
| 加兒 | ia | 豆芽兒 | ia:ər | iar |
| 支兒 | ʅ | 樹枝兒 | ʅ:ər | ər |
| 咨兒 | ɿ | 肉絲兒 | ɿ:ər | ər |
| 居兒 | y | 小魚兒 | y:ər | yər |
| 厥兒 | yɛ | 小雪兒 | yɛər | yɛər |

《拙菴韻悟》裡所舉之兒化韻較偏向陰聲韻和已失去韻尾的入聲
韻，這些韻兒化後除了 -ɤ、-ʅ、-ɿ 傾向轉為 ər 外，大多都是保留
原韻母然後加上兒尾。值得注意的是，趙氏在「吸字提綱」中列有

---

8　此處韻母係依據《拙菴韻悟》，例詞與今保定讀音是根據《普通話基礎方
　　言基本詞匯》（1995）裡的記音。

「而兒」等字，卻注明「而讀作陰平」、「兒讀照俗聲」，個人推
測趙氏的注語也許是要區別「而」讀零聲母的捲舌元音 [ɚ]，
「兒」則是讀成兒化韻尾的 [ər]，這兩者是有區別的。

　　較為特別的是，捲舌元音 [ɚ] 和兒化韻的 [ər] 二者之間是否
一如 [-ɿ] 韻與捲舌音聲母 tʂ- 般，彼此的產生是否有先後的差異
呢？周賽華在研究《合併字學篇韻便覽》（2005：91-95）時曾說，
「《等韻圖經》裡的 [ɚ] 音止在逐步擴散，正處於音變過程之
中，音變還沒有最後完成。」他並因此推論「由於《等韻圖經》是
十七世紀初刊刻的，若說捲舌元音 [ɚ] 的出現是在十六世紀應是
比較合理的」。李思敬在《漢語"兒"[ɚ] 音史研究》（1994）裡也
提到「兒化韻在十六世紀中葉已經成熟」，既然兒化韻在十六世紀
已經產生而捲舌元音卻尚未演化完成，周氏因此推測是先有了兒化
韻，然後才有捲舌元音的出現。倘若周氏所言可信的話，那麼便可
解釋為何《拙菴韻悟》裡會出現為數不少的兒化韻，只是不同於
《等韻圖經》的是，到了《拙菴韻悟》時「而耳二」所讀的捲舌元
音 [ɚ] 也已演化完成。

## 3.3　《拙菴韻悟》的韻母與中古韻攝間的對應

　　《拙菴韻悟》雖基本上以呼和調來列圖，但趙氏所列 84 偶韻
中其實有為數不少的兒化韻以及由二字組成之韻母。就前者而言，
趙氏並未示範和指出兒化韻的讀音與型態；就後者而言，這些韻僅
理論上存在，實際上是虛位。為了能較清楚的顯示《拙菴韻悟》內
韻母與呼名的內容，以下以呼名為分類基礎，同呼內整合天、平、
上、去四聲所屬韻母，再依據各韻與中古韻攝對應結果並參酌今保
定方言來區分，關於韻母系統的音韻特點則分散至六呼內來說明：

### 3.3.1 宮音合口呼

1. 烏吾五悟──遇合一（見曉系、端系、幫系、精系）、遇合三（精系、照系、非母）

2. 溫文吻問──臻合一（見曉系、精系、端系）、臻合三（只有心母「巽」和微母「吻問」）

3. 威危委位──止合三（見曉系、精系、照系）、蟹合一（見曉系、端系）

4. 翁蓊蓊瓮──通合一（見曉系、精系、端系）、通合三（見曉系、精系、照系）

5. 倭訏婐臥──果合一（見曉系、精系、端系）、果合三（見系）、果開一（端系）

6. 剜完盌玩──山合一（見曉系、精系、端系）、山合二三（照系）

7. 歪歪嵔外──蟹合一二、止合三（見曉系、照系僅疏母「衰」一字）

8. 汪王罔旺──宕合一三（見曉系）、宕開三（皆莊系）、江開二（僅「戇」一字）

9. 哇佤瓦窊──假合二（見曉系）

本類來自中古合口一二等以及一三等的字，由以上九組韻的中古來源觀之，可明顯看出等第間的泯滅與合併在清代表現的非常清楚。原本合口呼主要收合口一二等字，但本組除了「哇」韻組是純收二等字外，其餘皆摻雜三等字，而這些三等字多半是原本具 [-j-] 介音後因異化作用被排斥掉的照系、非系、微母等，或是雖是三等卻未顎化的見曉系與精系。當然，本組也顯示了止、蟹合流、江宕合流的韻攝間合併情形。另外，「威」韻組端系字讀音分為兩類，端透二母如「堆推」讀 -uei、泥來二母如「內類」讀 -ei 的二分型態。由於「擦音、邊音和塞擦音比塞音容易丟失 -u- 介音」（宋韻

珊 2007），所以保定方音在此方面的表現與北京音適相一致，都是讓泥來二母丟失 [-u-] 介音，由合口轉為開口，由趙氏的措置看來，內類當時應還帶有 [-u-] 介音，否則當改移入開口呼內。至於「倭」韻組的今讀音也有不同呈現：「戈、科、課」讀 kɤ；「果、火、左、鎖、多、拖」讀 kuo、tsuo、tuo；「靴」讀 ɕyɛ，除了「靴」的讀音特殊之外，似可說明當時正處於由 uo>ɤ 的過渡，可能《拙菴韻悟》裡的 ɤ 元音尚未完成，所以戈類字仍與果等混居。

### 3.3.2 商音開口呼

1.恩垠穩鰮—臻開一（見曉系）、臻合一（幫系）、臻合三（非母）

2.反反反反—蟹合一（幫系、泥來）、蟹合三（非母）

3.韃娃犌瀴—梗開二（見曉系、幫系、來母僅「冷」一字）、曾開一（端系）、通合一（幫系僅「朋蒙」二字）、通合三（非母）

4.歐腢偶漚—流開一（見曉系、端系）、流開三（非母、明母僅「謀」一字）

5.阿娥妸椏—果開一（見曉系）、果合一（幫系）

6.安玵俺暗—咸開一（見曉系、端系）、山開一（見曉系、端系）、山開二（僅幫母「版」一字）、山合三（非母）、咸合三（只有非母「汎」一字）

7.哀皚欸艾—蟹開一（見曉系、端系）、蟹開二（幫系）

8.映昂坱盎—宕開一（見曉系、端系、幫系）、江開二（僅幫母「邦」一字）、宕合三（非母）

9.熝敖媼傲—效開一（見曉系、端系、幫系）、效開二（幫系）

10.始始始始—假開二（端系、幫系）

　　本類所收多半來自中古開口一二等字，今讀開口呼無誤。部分開口三等的非母字因聲母已是 f-，不適合與 [-j-] 介音相拼也由細轉洪；至於「恩」、「厄」、「安」、「映」等韻組的合口三等非系字也因異化作用下排斥 [-u-] 介音的緣故而轉為開口字。「韓」韻組的收字顯示曾、梗、通三攝合流的語音實況；「安」韻組內的咸、山二攝互混，透露 -m、-n 兩類韻尾已經混合；「映」韻組則是江、宕合流。「歐」韻組的見系「鉤苟口」、端系「兜偷樓」、明母「謀」的韻母都是 -ou，唯獨非母「浮副」讀 fu，由複元音轉為單元音。另外，今保定音凡遇開口呼的零聲母字，聲母會變成 n-，所以「歐偶漚」讀 nou、「娥婀」讀 nɤ、「安甜俺暗」讀 nan、「哀皚愛」讀 nai、「爊敖媼傲」讀 nau 等，至於《拙菴韻悟》裡的烏母雖含括影喻疑微諸母，但是否逢開口呼字讀 n- 則看不出來，僅能確定是 ø-，個人以為由 ø>n 應是後起的現象，清代時的保定應該還是 ø- 才是。

　　在本類所收韻母中有一特點，即頗多開、合口互混的情形，但既然是開口呼，為何包含如此多合口字，且皆是唇音字呢？這些原本具合口 [-u-] 介音的幫系與非母字是否已脫落合口成分轉為開口？個人在第二章第二節討論介音對聲母的影響時，曾提到許多的合口唇音字在明清階段正經歷著由合口轉為開口的過程，不少作者的處理方法為開、合口互見，或是單置於合口韻或是單置於開口韻中。楊劍橋（2001）由明清時期不少唇音字仍置於合口或兩見，判斷「此一演變乃漸進且由真文韻的唇音字開始」。檢視本類各組韻母，發現多半同具開口與合口字，而且趙氏的作法並非打迷糊帳的兩見，是直接把原屬於合口的唇音字改移入開口呼內，與現今保定音一致。因此，《拙菴韻悟》對唇音字的措置，顯然是忠於時音

的。

### 3.3.3 角音啓脣呼

1. 依夷倚意—止開三（見曉系、幫系）、蟹開四（見曉系、精系、端系）、止合三（非母）

2. 因寅引印—臻開三（見曉系、精系、幫系、泥來僅「紉鄰」二字）、深開三（見曉系、精系、幫系僅「品」一字）

3. 英迎影映—梗開三四（見曉系、精系、幫系、端系僅梗開四）、梗開二（僅曉母「㜎」一字）、曾開三（僅曉母「興」一字）

4. 攸由有宥—流開三（見曉系、精系、端系、幫母僅「彪」一字）

5. 煙延掩彥—山開三四（見曉系、精系、幫系、端系僅山開四）、咸開三四（見曉系）

6. 挨涯矮隘—蟹開二（見曉系）

7. 耶耶野夜—假開三（見曉系、精系、端系僅知母「爹」一字）、果開三（僅溪母「茄」一字）

8. 央羊庠怏—宕開三（見曉系、精系、泥來僅「娘良」二字）、江開二（僅見母「絳」一字）

9. 么垚杳要—效開二三四（見曉系；幫系效開三、端系效開四、精系效開三四）

10. 加牙雅亞—假開二（見曉系）

本類所收多半來自中古開口三四等字，今讀齊齒呼而趙氏稱為「啟脣呼」，與一般名稱不同。值得注意的是，「挨」韻組、「么」韻組以及「加」韻組的見曉系與影喻疑諸母二等字明顯已具[-i-]介音，雖尚未成為舌面前音，但由「挨」、「加」二韻組僅收見曉系字可看出，這些開口二等的牙喉音字讀音已與三四等細音無異，距離顎化僅一步之遙。不過也有例外，「挨」韻組雖僅有見

曉系，但今保定讀音分為兩類，見溪曉母的「皆解蟹」讀 tɕiɛ（但「楷」讀 k'ai）、烏母的「挨矮隘」讀 nai，說明雖然二等牙喉音字已因增生 [-i-] 介音讀與三四等同，但二等的零聲母字今仍讀開口呼，並未跟著見曉母一起變化。至於「依」韻組的幫母「卑」讀 pei、非母「非菲芾」讀 fei，也是少數的例外。其次，本類也顯示了陽聲韻尾的一些變化，如「因」、「煙」韻組的臻山 -n、深咸 -m 合流；江、宕合流則有內外混等的意義；而本類「依」韻組的止、蟹合流則與徵音「洏」韻組止開三呈現對立局面，情形一如《中原音韻》的支思韻與齊微韻間的對立。

本類另有一特殊現象是，凡是各韻攝原應帶有 [-j-] 介音的開口細音三等照系字（含知莊章三系），因照系捲舌音不適合與細音相拼的特性，很顯然在當時已排斥掉 [-j-] 介音轉為開口字，此由趙氏將這些開口三等照系字改置於「徵音」類可知。趙氏此舉實為大膽之作，因為《等韻圖經》、《五方元音》、《韻通》等文獻內都還是讓照系字與其他細音字混居，即使當時語音對於本類各韻已分為照系開口、其他齊齒的二分狀態，不少編纂者仍是選擇共列一呼的作法，使得後人在研究齊齒呼字時，無法確定照系字與其他系聲母的讀音是否已有別或還帶有 [-j-] 介音？相形之下，趙氏的措置便清楚地告訴我們，本類所收確實為純正的齊齒呼字，所有非此類讀音之字皆轉移至他呼內。趙氏此舉對於映證照系脫落 [-j-] 介音的時間點，有很大助益。

### 3.3.4 徵音齊齒呼（照系ʅ韻）和交牙呼（精系ɿ韻）

1.洏洏耳二—止開三（照系、精系）

2.仁仁忍認—臻開三（照系）、深開三（照系、精系）

3.仍仍仍仍—梗開二三（照系）、曾開一（精系）、曾開三（照

系）

4.柔柔蹂輮—流開一（精系）、流開三（照系、精系）

5.然然染然—咸開一（精系）、咸開二三（照系）、山開一（精系）、山開二三（照系）、深開三（精系僅「簪參」二字）

6.茜茜茜茜—蟹開一（精系）、蟹開二（照系）

7.惹惹惹惹—假開三（照系）

8.壞樏壞讓—石開一（精系）、石開三（照系）

9.饒饒遶繞—效開一（精系）、效開三（照系）

10.髥髥髥沙—假開二（莊系）

本類所收韻母包含兩類：1.由止開三的精、照（含日母）二系所組成的 [-ɿ] 韻；2.由精、照二系聲母與開口一、三等但已脫落 [-j-] 介音轉為開口的韻母。就第一類而言，此類字原本置於三四等，自《切韻指掌圖》移精系至一等後，學者們咸認為代表著 -ɿ 韻的產生。《中原音韻》時更明確獨立止開三的精、照系為「支思」韻，自此便多半以支思韻來指稱 [-ɿ] 韻；《韻法直圖》稱此韻為「貲」韻並定為咬齒呼，說明此類字的讀音與其他開口字不同。趙氏的分法又更細，他把照系與 -ɿ 韻相配的稱齊齒呼，把精系與 -ɿ 韻相配的稱交牙呼，企圖說明精、照二系與 [-ɿ] 韻相拼時口型上的差異。第二類包括照系二、三等字，二等為莊系字，原本就無介音讀成開口不成問題，但二三等既然同音，說明三等的 [-j-] 介音已脫落，精系的走向也與照系一致。至於日母則分為二途：與止開三一類的「而耳二」讀成捲舌元音 [ɚ]，聲母為 ø-，止開三以外的日母讀 ʐ-，也因脫落細音轉成開口。

本類韻目原應歸於 3.3.2 開口呼與 3.3.3 啟脣呼內，趙氏特意將之獨立一類，自是基於本類韻母已無細音成分，不應再勉強併於啟

脣呼內。只是既已無介音成分，實可直接歸入開口呼即可，但趙氏卻大費周章的拆分，實則除 [-ï] 韻一類外，無法解釋其他精、照系聲母之所以硬被分出的理由為何？因此我們便可見到開口呼缺精系、啟脣呼缺照系的特異景象。是以，趙氏的審音能力雖精細，觀念也夠進步，但在分韻上仍有值得商榷處。

### 3.3.5 羽音撮口呼

1.迂于語御—遇合三（見曉系、精系、泥來）

2.氳云隕運—臻合三（見曉系、精系、來母）

3.雍榮勇用—通合三（見曉系、精系）、梗合四（僅見母「迥」一字）

4.淵元遠怨—山合三四（見曉系、精系僅山合三、來母山合一僅「攣」一字，山合三僅「戀」一字）

5.胞胞胞越—果合一（見曉系）、果合三（僅溪母「瘸」一字）

本類主要來自中古合口三四等字，今讀撮口呼無誤，從「迂」韻組收字來看，[-y] 韻母已經形成。由本類所收五組韻幾乎收字限於見曉系和精系，偶爾穿插幾個其他聲母來看，受限於 [-y-] 介音的前、高、圓脣特性，能與之相配的聲母便大受限制，一如現今北京音般撮口呼字的數量最少，趙氏能仔細辨析並將之獨立一類，證明其審音能力相當傑出。儘管《拙菴韻悟》裡的舌面前音應當尚未產生，但由本組幾乎都是見精二系與 [-y-] 介音的搭配來看，如果可能有舌面前音的話，會是由 [-y-] 介音開始，因為齊齒呼的 [-i-] 介音處含括了各類聲母，不若本類來得純粹。至於泥、來二母的今讀音則有不同分歧，「女、呂、慮」讀撮口的 ny、ly；「倫、龍、攣」讀合口的 luən、luŋ、luan，「戀劣」則讀齊齒的 lian、 liɛ，頗不一致。此外，「容」今讀 ʐuŋ[9]、「縱」今讀 tsuŋ、「慫」今讀 suŋ，也都非撮口呼字，推測當時也許這些字還是帶有 [-y-] 介音，後因介音屬性與 ʐ-、ts-、s- 聲母發音部位抵觸，先轉為同樣帶圓唇的舌面後 [-u-] 介音，後來當本類其他見精系的撮口字變成 tɕ-、tɕʻ-、ɕ- 後，因這些字的 [-u-] 介音性質無法與 tɕ- 拼合，因此保持不變至今並進而與本類其他字分開，此由今北京、保定讀音把「容、縱、慫」與本類其他字歸入不同韻母內可獲得印證。

綜上所述，做為展現十七世紀時的保定方音來看，《拙菴韻悟》裡呈顯出的語音現象是相當進步的，如零聲母化的完成、捲舌 [ɚ] 元音的形成、兒化韻的產生、ㄜ韻母的出現以及因聲母與韻母的不同而細分呼名等，都顯示出趙紹箕優秀審音能力與忠實映現時音的特點。雖然舌面前音尚未出現，但趙氏有意識地特別獨立見曉系與精系的撮口字，儼然 tɕ-、tɕʻ-、ɕ- 已呼之欲出。當然，趙氏獨立入聲韻為一類的作法相形之下顯得保守，與今音也不符，雖然趙氏採陰入相配方式且有塞音尾互混情形，明確顯示已無入聲，推測仍保留入聲的原因可能與當時河北省境內有不少地區仍保有入聲相關（其實現在還是如此），為肆應其他地區的需要而留。然而，透過《拙菴韻悟》裡呈顯出的方音現象，卻能夠做為觀察十七世紀河北方音面貌的一扇窗口，也為記錄當時保定語音留給後人可資參考的珍貴材料。

---

9 「容」中古原屬「為母」，後經零聲母化今音應是 yŋ 才對，但今北京音與保定音都是讀 ʐuŋ，為音變例外。

# 四、清初雜揉音系的代表作之一
## ——馬自援《等音》

　　《馬氏等音》（以下簡稱《等音》）是由清初雲南馬自援所編作的一部等韻圖，成書時間據推估可能在清康熙 10 年（1671）至康熙 20 年（1681）之間。根據《續修四庫全書》中所收《等音》在卷首註明「馬氏等音原本不得見，康熙間宣城梅建得其書刊之，有所增刪，故題曰重訂。迨後高奣映併林本裕聲位為一編，題曰等音聲位合彙，兩家主旨不盡相同，雜揉一處，混人耳目。」由這段話來看，似乎馬自援所作之《等音》在他過世後有段時間不見於世，後來經由梅建重刊才得以復見於世，而高奣映又在梅建之後將之重整一次，因此梅、高二人可說是讓《等音》得以傳世的重要推手。至於現今可見的《等音》版本，據池挺欽（2007：146）的研究有三種，分別是：

a. 《馬氏等音》，中國科學院圖書館藏抄本，見於《續修四庫全書》。

b. 《重訂馬氏等音外集一卷內集一卷》，北京大學圖書館藏清康熙 47 年梅建重訂刻本，見於《四庫全書存目叢書》。

c. 《等音聲位合彙》，由清代雲南學者高奣映把馬自援《等音》和林本裕《聲位》合編而成。

本節所據以討論的《等音》音系內容，即為 a. 《續修四庫全書》所收《馬氏等音》手抄本，由於此一版本僅有韻圖內容而無音韻理論，不像 b. 般載有馬氏對音韻的一些看法，因此個人將參照 b. 中所注記之文字記錄為輔，合併一起討論。

　　繼明代蘭茂《韻略易通》（1442）問世後，明清兩代出自雲南

的小學研究者有蘭茂、楊慎、葛中選、馬自援、釋宗常、吳樹聲、高奣映、吳世釪、楊名颺、楊瓊等人，藉由這些小學家的出書與努力，讓世人得以明瞭地處邊陲的雲南方音面貌為何？尤其蘭茂在《韻略易通》所建立的「早梅詩」聲母系統以及列圖型制，對後來韻圖影響深遠，明清兩代只要是屬於「化濁入清」系統且分別四呼的著作，幾乎都不脫蘭茂所建立的韻圖形式架構，可見蘭書的影響力之大。另外，馬氏祖籍為陝西米脂[10]，該地語音今屬於晉方言，但他卻出生在雲南霑益[11]，今屬於雲南方言，因此《等音》裡所呈顯的究竟是雲南方音？晉語？抑或是夾雜兩地方音而成？還是映現當時的讀書音系統或是官方標準語呢？這是本節要進行探究與討論的。

## 4.1　《等音》的韻圖型制

在韻圖編排上，《等音》與《拙菴韻悟》同樣是以「呼名」搭配宮商角徵羽來分韻列圖，依照合口呼、開口呼、閉口混呼、齊齒啟呼、撮口呼五呼分為五大類，每一呼名下再依平、上、去、入、全五調來細分，以「呼」與「調」兩者結合而分出 25 張韻圖。由《等音》和《拙菴韻悟》的列圖形制頗為相似來看，此種韻圖形式在清初應頗為風行。每一圖中，橫列 21 聲母，直排 13 韻目，因此每一聲調內會包括若干韻目，如宮音平聲為合口呼陰平調，內含「光官公裩○乖○規鍋國孤骨瓜」等韻，與《拙菴韻悟》不同的是《等音》中的韻目名稱以每呼的平聲為代表，不像《拙菴韻悟》每

---

10　查米脂為今陝西省榆林縣，古稱銀川，位於無定河東岸。
11　查霑益在雲南省東部、南盤江上游，是曲靖市下轄的一個縣。

一調皆有不同韻目，但相同的則是同樣以呼統調、以調統韻，每一調中復依聲母和韻母以橫推直看來切音。以下分就《等音》聲、韻、調的編排特點簡單敘述：

### 4.1.1 《等音》的聲母系統

　　《等音》的聲母數有 21 個，以馬氏在卷首所列之聲母內容，依照喉、舌、唇、齒、牙順序為：

　　見溪疑　端透泥　邦滂明　精清心　照穿審　曉影　非微　來日

若將《等音》與《韻略易通》相比較，根據個人的觀察以及和《廣韻》比對分析後，可獲悉《等音》裡的聲母系統已完成如下音變：

　　a. 已完成濁音清化，清化後的全濁聲母平聲送氣，仄聲不送氣，規律同北京音。

　　b. 泥娘合流；心、邪合流；曉、匣合流。

　　c. 知、莊、照三系合流，並已讀成捲舌音，日母為 $z_-$。

　　d. 為、喻與影母合流；影、疑、微三母各自分立。

　　e. 非敷奉合流。

這個系統只比《韻略易通》多一個疑母，二書相隔兩百多年，但聲母系統卻早在《韻略易通》時已確實建立，不能不說蘭茂反映時音的進步思想。特別的是，《韻略易通》中的「一」母收來自中古影疑喻為諸母，「無」母為中古微母；但《等音》卻分別獨立影、疑、微三母。照理說既然十五世紀的雲南方言中「影疑喻為」諸母已變成零聲母，沒有理由反而到了十七世紀時還分出疑母，因此《等音》內疑母的真實性頗令人懷疑，究竟是存古或是映今，值得探究。

　　若與現代雲南方音以及晉語相比較，則疑、微二母的保留顯然

更近於晉方言，因為在雲南方言中疑、微二母都讀為零聲母[12]，晉語則疑母讀 ŋ-、微母讀 v-。倘若取刊刻於清乾隆間反映山西方音的賈存仁《等韻精要》來比對，賈氏也是保留疑 ŋ-、微 v- 來看，馬氏受到自身母語的影響而展現於韻圖中的舉措，應是可能的。

### 4.1.2 《等音》的韻目與聲調編排

《等音》的韻目依據五呼的不同而各分 13 韻，但角音閉口混呼卻不列韻目且各韻中空白處不少，因此僅合口呼、開口呼、齊齒啟呼和撮口呼四類可見韻目名。以下依據四呼名稱列出所屬韻目：

A.合口呼──光官公裩○乖○規鍋國孤骨瓜

B.開口呼──岡干庚根高該鉤○歌革○○迦

C.齊齒啟呼──江間京巾交皆鳩○○結○基家

D.撮口呼──悝涓弓君○○樛○○決俱居○

由《等音》內的韻目與中古韻攝對照後可獲悉如下音變現象：

1. 江、宕合流，且一、三等間的界線已泯滅。

2. 山、咸合流；深、臻合流。

3. 曾、梗、通、臻合流

4. 止、蟹合流；果、假合流。

5. 入聲字僅見於陰聲韻中，由陽聲韻入聲處註明「同下第九韻」、「同下第十韻」……等來看，入聲字已讀同陰聲字。如以今霑益方言中陰聲字與入聲字同列一韻的語音現象觀之，馬氏此舉是忠實反映雲南方音特點，而且此一音韻現象由清至今皆如此。

---

12 現今霑益地區古疑、微二母今讀零聲母，疑母開口一、二等讀 ø，三、四等讀 n 或 ø 不定。

特別的是，其他四呼自然是指具有 -ø-、-i-、-u-、-y- 四種介音或主要元音，可是閉口混呼的內容卻相當駁雜，既有收 -ŋ 尾的宕、曾、梗攝；也有收 -m 尾的咸、深攝，雖然閉口此義應指收鼻音尾 -m，很顯然《等音》卻把二類韻尾同歸於此呼中，此舉不知是否受方音影響。

　　關於《等音》中的聲調分為五：平、上、去、入、全，其中平即陰平，全為陽平，平聲依聲母清濁分為二類。如以今霑益方音確實是有入聲調的，且古入聲不論清濁皆為入聲視之，馬氏此舉是忠實反映雲南方音的結果。

## 4.2 《等音》的音系特點

　　《等音》以 21 聲母、五呼以及五調的音系框架面世，與《重訂司馬溫公等韻圖經》、《五方元音》相較，在時音的反映上頗有不同，反倒是在聲母、呼名與入聲韻呈現上與同時的《拙菴韻悟》以及較晚出的《等韻精要》比較相似。馬氏曾自言此圖編纂是以《洪武正韻》為依據，而其列圖形式與呼名使用又頗似《韻法直圖》，關於《等音》的音系內容，應裕康（1972）、劉一正（1990）、張金發（2009）等學者皆先後進行過探討，曾若涵（2007）也從林本裕和梅建重編本《等音》進行過韻圖編纂上的詮釋，個人想在前賢基礎上進一步釐析《等音》裡雜揉互混的一面。由於馬氏的祖籍為陝西米脂，今屬晉語區五台片，而他又出生於雲南霑益（今雲南曲靖市），為進一步瞭解《等音》裡的語音究竟屬於哪一種，今取與中古《廣韻》及現在霑益[13]、綏德[14]方言相較，藉以觀

---

13　霑益方音是依據楊時逢《雲南方言調查報告》（1969）中由丁聲樹所記之音。

察其間的演進變化。

今霑益方言的語音特點主要有：「a. 除極少數入聲字〝橘局鞠菊屈掘曲戌恤畜旭鬱欲玉育郁獄〞等的韻母是 [iu] 外，沒有撮口呼；b. ts、tś、s 與 tʂ、tʂ、ʂ 對立，前者是古精系與一部分知、莊系字，後者是古知莊章系字；c. 尖團不分；d. 深臻曾梗舒聲全收 -n 尾」等[15]。至於綏德方言隸屬於陝西境內的晉語區五台片，晉語區和此小片主要的語音特點為：「a. 入聲多數帶喉塞音韻尾 [-ʔ]；b. 北京 [ən:əŋ | in:iŋ | uən:uəŋ | yn:yŋ] 四對韻母分別合併，多讀 -ŋ 尾韻；c. 五台片今陰平與上聲同調，且入聲不分陰陽入」。以下將先列舉《等音》內的音韻現象，再對比現今二地方音，檢視其間之異同處。

### 4.2.1 影、疑、微三母的分立

　　《等音》分立影、疑、微三母的作法，與十七世紀其他產生自北方地區的等韻著作頗有不同，究竟當時這三個聲母的實際讀音與分界為何？我們看看《等音》宮音中的配置：

疑母：輐渨﨤頑掜餧誤宜枂矔兀刖峴峗俋詭危訛吾伖。

影母：汪灣翁溫歪威倭鳥[16]蛙網椀蓊穩委媒舞瓦望玩甕慍外畏臥悟㖞鑴沃膃空王完韋訏侉娃。

微母：呴武務物無。

---

14　因個人目前尚未收集到陝西米脂的方言調查記錄，因此暫以靠近米脂屬於同一小片的綏德方音來做比較，該地語音係根據《普通話基礎方言基本詞匯》（1995）中之調查。

15　在《雲南方言調查報告》（1969）中所載霑益方音之音韻特點頗多，此處僅略舉幾項，其他請詳參該書頁 763。

16　此處的「鳥」字應是「烏」的誤字。

疑母處所收字為中古疑母無誤，但其中的「輡掗宛」三字不見於《廣韻》，「詭」為見母、「攽」為清母，也顯然是錯置。影母處收字則頗為雜亂，「汪灣翁溫威倭烏蛙梡蓊穩委媒甕慍畏搵沃膃芺訐傽娃」都是古影母字，顯然佔了絕大多數，「王韋」來自為母，說明《等音》中的影母確實包括中古影喻為三母。但「網舞望」來自微母，「瓦玩外臥悟」原屬疑母，顯示出《等音》中的影母實仍摻雜疑微二母字。另外，「**艧**」不見於《廣韻》，「完」原為匣母，今讀零聲母；「歪」不見於《廣韻》，其異體字「𪖈」為曉母，今也讀零聲母，都屬於規律中的例外。馬氏將此二字置於影母處，不知是誤置還是當時此二字的聲母確實已轉為零聲母？只有微母處所收字確實來自中古微母，但轄字因有部分改歸入影母內已大為減少，這顯示出《等音》中的疑微二母字都有趨向於零聲母化的態勢。

在確定《等音》中的疑、影、微三母分立後，個人想探究的是馬氏的作法究竟源自哪種語音的影響？對比今霑益方音，發現古疑、影、微三母不論在開、齊、合、撮各呼中今讀都是零聲母（除了少數疑母三、四等讀 n），因此馬氏的措置似乎並非受雲南方言影響所致。在綏德方言裡此三母的讀音則因介音的差異而有不同的呈現，宮音（合口呼）內的疑影微三母多數讀 [v-] 聲母，如「誤（疑母）」讀 [vu]、「畏（影母）」讀 [vei]、「務（微母）」讀 [vu]；商音（開口呼）則疑影二母讀 [ŋ-]、微母讀 [v-]，如「我（疑母）」讀 [ŋa]、「襖（影母）」讀 [ŋau]、「尾（微母）」讀 [vei]；至於角、徵、羽屬於齊、撮二呼者則讀為零聲母[17]。雖然綏德方言裡疑、

---

17　《等音》羽音微母處僅有「勿」一字，今綏德讀 [vuo]，非零聲母，與其

影、微三母因介音的區別而分立為二，疑、影間的界線已合併，並非如《等音》般整齊分立，但由《等音》裡也已出現疑、影、微互混的語音呈現上來看，馬氏的安排是較接近晉語的。

### 4.2.2 照系字與 [-ï] 韻的分野

1.由《等音》中只列「照穿審」三母且兼收來自古「知莊照」三系來看，知莊照三系合一在《等音》中並無疑義，問題在於是否已產生捲舌音？如依捲舌音化已於十五世紀完成來看，《等音》內應已有捲舌音。倘若觀察照穿審三母在各呼與韻目的出現情形與比例，發現韻字集中於宮（合口呼）、商（開口呼）二呼內；角（閉口混呼）僅「兼金」二韻內有字[18]；徵（齊齒啟呼）僅來自中古止攝今讀 [-ï] 韻內有字，其他韻無字；羽（撮口呼）則全部無字。從捲舌音適合與 ø、u 相配而不易與 i、y 搭配觀之，《等音》中已形成捲舌音，至於角音「兼金」二韻內的「占詹苫枕審」等字，顯然與宮音般已排除 [-j-] 介音，轉為帶 ø、u 介音的字了。

馬自援自己對「照穿審」三母曾提出看法：

> 照穿審三母下字，凡徵音內者今皆歸商音內，羽音內者今皆歸宮音內。援按：前人以方言之，故將此照穿審三母下之字多歸徵羽二音，今援合四方之言正之，而知宮與羽相參，商與徵相參，況五音各母下字皆迥異，必不可以混歸者也。獨照穿審三母下之字同是一字，呼稍輕重而音遂不同，故以此

---

他疑影母字迥異。

[18] 《等音》中的角（閉口混呼）內容混雜，既含有收 -m 韻尾者，又收古開口二、三等字者，也包括陰聲韻，但又不全面。

> 三字下屬徵音字者歸商內，屬羽音字者歸宮內，何則？宮音
> 為合口呼，羽音為撮口呼，合與撮相似也。商音為開口呼，
> 徵音為齊齒啟口呼，開與啟相似也，是以歸之。又按：人言
> 多揚而少抑，角音字係閉口呼，其聲抑，是以字少。今以此
> 照穿審三母下徵羽二音之字提歸宮商二音，蓋為宮商二音聲
> 揚，徵羽二音聲抑，是亦避抑趨揚之意也。至第十二韻內如
> 知痴詩等字，原係抑聲，因仍留徵音內。（《馬氏等音外
> 集》）

由馬氏此段文字來看，當時「照穿審」三母字不論開合已全無 [-j-]
介音，至於「知痴詩」等止攝開口字，馬氏認為這些字在發音時屬
於細音，所以仍將之歸於徵音內。其實 [-ʅ] 韻是由 [-i] 進一步前
化而成，本應歸為開口呼，可能馬氏認為讀這些字時的口型不若其
他開口字般口型較張，反而帶有尖細之音，因此如此安排。雖然這
是馬氏在審音上的誤解，但卻提供當時普遍對照穿審三母字讀音的
看法以及他自己的認知，也說明馬氏在審音定韻上不跟隨主流的一
面。

　　值得注意的是，在《等音》中存在著部分精、照互混的現象，
如：商音「臻」為莊母卻置於精母下；商音「撐」為徹母卻列於清
母下；商音「愁」為莊系字也歸入清母下；宮音「數」為疏母卻列
於心母下；宮音「率」為審母卻置於心母下等等，張金發（2009：
29）認為「照組混入精組，體現了雲南音部分平翹舌不分的特
點」，雖然霑益方音是分平、翹舌的，但的確有部分雲南方言是不
分的，馬氏的互混也許是受到其他雲南方音的影響。

　　2.其次，與捲舌音相搭配的 [-ɿ] 韻又是否一致呢？《等音》

中的 [-ï] 韻分為二類，與 [-ɿ] 韻搭配的精系字「斯子此死自次四」歸入商音開口呼中，「而耳二」等止開三日母字也屬之；但與 [-ʅ] 韻相配的照系字則歸入徵音閉口混呼中，彼此分開，頗為不同。《等音》中 [-ï] 韻二分的型態與其他韻圖不同，但卻與《拙菴韻悟》相類，前文曾提及《拙菴韻悟》中也是分列由止開三精系以及其他的精系開口字韻目所組成的「交牙呼」，以及由止開三照系以及其他的照系開口字韻目所組成的「齊齒呼」兩類，趙氏的分類是為了強調「咨雌思」和「支摛施」與 -ï 韻相拼時口唇的形狀以及韻母的特殊性而為之。此二圖在 [-ï] 韻與精照二系二分的型態上如此類似，成書年代也重疊，因此究竟是誰影響誰？或是同樣受到《韻法直圖》的影響？頗難定論。

既然「照穿審」已是 tʂ、tʂʻ、ʂ，那麼日母字是否也一併變成 ʐ 了呢？查《等音》中的日母在五呼內俱有，並未日母字仍能配細音，並未隨著捲舌音化而僅改列於宮和商音內，這是否意味著日母的音值還是 [ʒ-] 呢？劉一正（1990：70）以「捲舌音仍可與細音相配，所以日母才沒有完全從細音韻類中分化出來」的理由，認為日母也是捲舌化了。張金發（2009：29）則言明「並非所有日母都列入宮音商音，大部分字仍殘留在角徵羽中，說明 [i]、[y] 仍存在，日母的發音位置還沒後移到不能與 [i]、[y] 相拼的程度」。因此，張氏認為「日母已開始向 ʐ 過渡，並在發音上已相當接近 ʐ，但總體而言，日母還不是現代意義上的上的 ʐ，其舌位後移的速度明顯要慢於〝照穿審〞三母。」（2009：29）

個人以為，如以馬氏在韻圖中對日母的措置來看，一如張金發所言，日母朝向捲舌化的速度確實慢於照穿審三母，顯然呈現出不平衡的演化速率。但馬氏的安排究竟是反映時音所然？還是有其他

考量呢？如以今霑益和綏德音系中的日母都是 ʐ 來看，馬氏的措置不無泥古成分。

另外，「而耳」等止開三日母字，由改置於商音來看，ɚ 韻母應已產生。奇怪的是，這些字不置於日母處反而擺在「來母」，而與其他日母字分開，不知是否意味著「而耳」的聲母並非讀零聲母而是邊音 [l]。查反映清代山東桓台音系的《等韻簡明指掌圖》，其「而耳」等字就是置於來母處，今桓台音即讀成捲舌邊音 [lə]。無獨有偶的，朱曉農（2006）經由語音分析軟體發現，「今山西晉城話和高平話中也是把『而兒耳二』讀成捲舌邊近音 [ˌl]」，並指出「此音是個罕見的音，出現率不到 7%[19]」。若以朱氏的分析結果來看，既然山西境內現存有此讀音，我們便得承認馬氏的措置可能是有根據的，所以馬氏此處對「而耳」等字的安排，顯然近於山西方音。

### 4.2.3 -m 韻尾的消變與入聲韻的型態

1.《等音》中的帶 -m 韻尾韻母可分為兩方面來討論：一是見於各呼中的 -m 韻尾字；二是置於角音（閉口混呼）內的閉口韻。第一種的 -m 韻尾字已經消變改歸入 -n 尾中，此由商音「簪參三贊粲散」與「干刊安幹看犴」置於同韻可證，因此《等音》中確實是 -m 韻尾已併入 -n 韻尾中。第二種則是馬氏別立角音（閉口混呼）收「姜兼緪金」四韻，此四韻中「姜緪」收 -ŋ 尾、「兼金」收 -m 尾，馬氏混列兩種韻尾不知是認為 -ŋ 尾併入 -m 尾中，還是 -m

---

[19] 朱曉農（2006：467）文中只提到「現今安徽宿松贛語中 [l] 做為自成音節的 [ˌl] 的音位變體出現；遵義話和晉城一帶的方言中也有此音」，但顯然不曉得其實山東境內也有此音。

尾讀同 -ŋ 尾？若是前者，雖符合本呼呼名所指卻無法解釋其他呼名內仍大量保留的 -ŋ 尾字；若是後者，則不但與呼名相悖且本呼實屬多餘，因為大可如 -m 併入 -n 中一般，散入其他各呼即可。無怪乎劉一正（1990：128）認為馬氏「別立〝閉口混呼〞屬於多餘」，「馬氏所以別立是為了要湊足五呼以配天地五行」。究竟馬氏立此呼的目的是仿效《韻法直圖》還是為了湊數？我們無法確定，僅能確定 -m、-n、-ŋ 尾三韻尾已相互混併，-m>-n 以及 -m>-ŋ，其中前者屬於北方類型，後者為南方類型，這似乎顯示馬自援在「正音」觀念下又企圖符合五方各地之人皆能通解的期望。如以《等音》分韻收字係依據《洪武正韻》、列圖形式和呼名採自《韻法直圖》觀之，吳語和徽語都有 -m、-n 尾與 -ŋ 尾混併的現象，那麼馬氏的安排應有所承[20]。問題是今霽益深、臻、曾、梗的舒聲字全收 -n 尾（說明 -m、-ŋ→-n），通、江、宕仍保留 -ŋ 尾，顯示該地有 -n、-ŋ 兩類韻尾，只是 -n 尾中顯然如群一所言有 -m、-ŋ 轉

---

[20]　曾若涵（2007：99-102）以馬氏在〈同源同位解〉中所言：「今每韻五聲，姑取數字一為其驗，如『光官』平聲內『岡干』、『江間』、『莊專』，上聲內『謊緩』、『枉宛』、『兩臉』，去聲內『盍暗』、『放飯』、『望萬』，全聲內『唐覃』、『黃環』、『囊難』等字。……如是同源之字，或有古為韻者，或有方言相錯者，或有語急錯道者，要皆上下易位，錯道其聲耳。援故知其陰陽同源也。」曾氏以馬氏此處所言意指 -ŋ、-n 尾不分，又舉群一（1999：46）對雲南方音的研究，發現「雲南漢語方言中收 -m 尾韻的消失，不是併入 -n 尾，而是先併入 -ŋ 尾」，所以主張《等音》中的鼻音尾消變順序是 -m→-ŋ→-n。曾若涵所言雖有理據且符合雲南方音演變規律，但由《等音》中卻看不出如曾氏所言的消變順序，反而是呈現出 -m>-n 以及 -m>-ŋ 的兩種合流方向，因此，個人對曾氏所論暫持保留態度。

為 -n 的現象。至於今綏德方音更只剩 -ŋ 尾、其他都轉為陰聲韻。是以，《等音》在鼻音韻尾的呈現上與雲南方音較相合。

其次，更特別的是閉口混呼內除陽聲韻外也收效、流、假、蟹等陰聲韻攝，不知是否因此稱為混呼的原因。而馬氏把 [-ï] 韻分成兩類，其中「之痴詩」等 [-ɿ] 韻母卻歸入閉口混呼中的作法，也令人不解[21]。

2.至於入聲字雖獨立在五呼的各聲調內，但由如宮音陽聲韻第1-8韻處的入聲韻目為「郭（同下第九韻）國（同下第十韻）谷（同下第十一韻）骨（同下第十二韻）郭（同下第九韻）國（同下第十韻）谷（同下第十一韻）骨（同下第十二韻）」而內容無字，反而第 9-13 韻處才有列字，並由其收字已是 -p、-t、-k 韻尾互混甚而與陰聲字交互雜列觀之，即使入聲韻尾尚未消失也應是 [-ʔ] 韻尾。

### 4.2.4 其他

由於《等音》列字頗為混雜，其中存在不少問題，如：

a. 徵音齊齒啟呼的第 1-9 韻，平聲處自精系以下無字，相當特別。

b. 《等音》中是否有顎化音？從角、徵、羽三呼屬於 [-i-]、[-y-] 介音處的精系與見系字並列不混，如見系「姜羌兼謙絧傾金欽劍欠禁……」等，精系有「尖僉侵心精津清親星新……」等來看，《等音》中並未產生舌面前音。

---

[21] 賈存仁《等韻精要・總論》裡也說「所謂混呼者，皆謂兩韻相混，非謂開齊合撮之外，別有一呼法為混呼也。」賈氏對混呼的定義頗為清楚，相形之下，馬自援的混呼應主要指 -m、-ŋ 互混，但混入「之痴詩」等 [-ɿ] 韻字，則原因不明。

c. 平聲第 10 韻的收字如「結怯脅葉攝革腳」等與入聲第 10 韻如「結怯業脅腳」等多有重出現象，似乎說明入聲字也讀同陰聲字。

d. 今雲南方音中的一大特點即為沒有撮口呼，凡撮口字一律改讀成齊齒。霭益也不例外，除了前舉少數入聲字外，今皆讀為齊齒。但《等音》內卻仍保留由中古合口三、四等字所形成的撮口呼，此為極大的不同。如以今綏德方音中有撮口呼字來看，馬氏的安排近於晉語和其他官話方言。

e. 不少唇音幫系字（如宕開一、江開二）同時並列於宮音（合口呼）和商音（開口呼）內，顯示《等音》中的唇音字可開、合兩配，並不存在唇音字與 [-u-] 介音不適合搭配的問題。

f. 在《等音》中有不少字例是錯置、誤置或陰入錯置、互混的，不知究竟是作者編圖粗糙或是受方音影響，還是馬氏原韻圖遭梅建、高奣映修訂所致。

綜上所述，《等音》在依據《洪武正韻》以及《韻法直圖》為編纂藍圖下，又加入雲南和山西方音特點，使得我們在《等音》中都各可找到部分相應的語音現象。如濁音清化、捲舌音的形成、[ɚ] 韻的產生、保留撮口呼，符合官話音系；但部分精、照互混，保留入聲韻尾 [-ʔ] 和入聲調，-m>-n 以及 -m>-ŋ 則是雲南方言特點；而日母洪細兩配來自傳統韻書的沿襲；影、喻、微三母分立，「而耳」讀成來母，又是晉語特點。儘管明清時期頗多混雜兩種以上音系而成的等韻著作，但如《等音》般雜揉如此多方音韻特點者卻不多見。是以，馬氏所欲建構的或許是融合傳統韻書系統、映現官話音系統、又折衷雲南和山西方音的一個集大成吧，這也使得《等音》註定成為一部虛實相參的折衷之作。

# 五、結語

　　等韻圖的列圖形制經宋、元的粗具規模，在明代時已漸趨完善定型，因此清代韻圖多半蕭規曹隨，創新體例少，依循明代舊規模較多。此由本章所論《韻通》、《拙菴韻悟》以及《等音》三部韻圖中，《韻通》和《等音》在編圖定呼上受《韻法直圖》影響，而《拙菴韻悟》又受《韻通》影響可見。不過，清代韻圖也不光模仿而另有新創處，如《拙菴韻悟》和《等音》改以「呼」來列圖分韻，即屬創舉；尤其《拙菴韻悟》裡反映了ㄜ韻母音變、[ɚ] 韻的形成以及數量頗豐的兒化韻，其先進的語音觀念以及反映時音的作法，成為提供我們觀察並了解清代河北方音最好的窗口。

　　在這三部韻圖中，《拙菴韻悟》反映的音系相對單純，屬於河北方音，《韻通》和《等音》則是雜揉兩種以上音系的混合之作，雖然後二者所提供的方音訊息不若前者豐富完整（因混雜多方），但亦足以提供後人認識清代各地方音的諸般線索。尤其是三位編纂人雖各自懷抱不同理念來編圖，但想要呈顯自己的音韻理念和審音能力以供他人參酌的動機是一致的。個人也希望透過幾種不同方音的勾勒，能借此更明晰清代語音的部分面貌，並提供其他研究者參考。

# 第五章　清代韻書韻圖編纂與出版的內因外緣——以《五方元音》系列及滿人著作爲論述中心

## 一、前言

　　明清階段適逢等韻學發展的高峰期，大量具各式特點的韻書韻圖皆在此一階段紛紛出籠，其中有宗讀書音系者，有走上古音的復古音系者，有展現時音、反映各地方音者，也有折衷幾種音系、融爲一爐者。其次，一系列具繼承性與開創性的韻書韻圖也在此時相繼問世，如《洪武正韻》系列、《韻略易通》系列、《韻法直圖》系列、《五方元音》系列、《經史正音切韻指南》系列、平水韻系列以及繼承上古音和《廣韻》音系的復古系列，如此多的後繼仿作出現，使得明清階段的等韻學呈現出前所未有的榮景與成果。

　　個人在漸次接觸並研究了明清時期的一些語料中，發現明清階段不但韻學作者與韻學著作數量眾多，其中更不乏出現一系列具繼

承性的仿作,加上明代的刻書業與出版業也極為興盛,不論是官府主持的國子監或是民間私刻的書坊,不僅內容豐富、數量驚人,而且在活字、套版及版畫等方面的技術也都有長足的進進,因此於2012 年曾以〈明代韻書韻圖的編纂與出版傳播〉為題撰寫相關論文。然明清階段的圖書出版與流布雖有其共同點,但因政府政策的迥異以及學術思潮的改變,兩個朝代對於書籍編纂與出版的態度頗為不同,有鑑於此,本章以清代韻書韻圖編纂與出版的內因外緣為題,希冀進行探索與抉發,進而觀察其間之異同。

# 二、清代韻書韻圖編纂的繼承與開展

清代出現為數可觀反映古音與時音的韻書韻圖作品,除了原本漢人著作外,滿人著作的崛起也標誌著滿族對自我意識的抬頭以及對滿文的提倡與重視。以下就個人的初步歸納論述之:

## 2.1 《五方元音》系列的傳承與流衍

自從《五方元音》於清初刊刻印行後,頗受到世人注意,因此得以廣為流布。受此圖影響而編纂者為數不少,其中有直接以其為底本者,有內容受影響者,本小節除《五方元音》外,另列舉《新纂五方元音全書》、《剔弊廣增分韻五方元音》以及《等韻精要》三書來說明。

### 2.1.1 樊騰鳳《五方元音》

在明末清初相當具有影響力的一部韻書是《五方元音》,此書係由直隸堯山(今河北省隆堯縣)人樊騰鳳所編撰,本書的成書年代早先據趙蔭棠(1957:226)的考證,認為當在順治 11 年(1654)至康

熙 12 年（1673）之間；晚近龍莊偉（1988：116-117）據樊氏後代所錄
碑文，得知樊氏卒於清康熙 3 年（1664），遂將成書年代限定於順
治 11 年至康熙 3 年（1654-1664）之間。此書的聲韻調系統為：

　　1. 以「梆匏木風、斗土鳥雷、竹蟲石日、剪鵲系、雲、金橋
　　　　火、蛙」二十字母代表聲類，系統近於《中原音韻》和《韻
　　　　略易通》。

　　2. 以「天人龍羊牛獒、虎駝蛇馬豺地」十二韻代表韻母，系統
　　　　與喬中和《元韻譜》12 佸如出一轍。

　　3. 聲調則分為上平、下平、上、去、入五聲。

　　關於《五方元音》中聲母的安排，前輩學者多認為仿自蘭茂
《韻略易通》「早梅詩」二十字母而來。但韻母則有兩種不同意
見：或以為模仿《韻略易通》，因為從收字內容看，二書頗多雷
同；或以為繼承自喬中和《元韻譜》，倘若從分韻列字觀之，二書
的韻類系統也極為相似。晚近龍莊偉（1996）與王平（1996）都認為
《五方元音》雖看似合併自《韻略易通》，實際上卻與《元韻譜》
的關係更密切，尤其是十二韻部根本直接繼承自《元韻譜》十二佸
而來。尤其是龍莊偉（1996）在比較過《元韻譜》與《五方元音》
的聲韻調系統後，更直言二書除聲母有細微差別外，韻部與聲調幾
乎完全一樣。的確，樊騰鳳在《五方元音》〈十二韻釋・五聲釋〉
中曾稱讚「喬氏《韻譜》實發所未發」；而比較《五方元音》的
〈十二韻釋〉與《元韻譜》〈十二括釋〉、〈五聲釋〉內容也頗多
相同處；再加上喬、樊二人的故里相距不遠，樊氏在編《五方元
音》前，應已先見過《元韻譜》，並在喬書影響下生發編纂《五方
元音》的動機，因此前賢們主張《五方元音》一書是繼承自《元韻

譜》而來的說法應是很可信的[1]。

　　《五方元音》出版後，陸續有增補本的出現，如清代年希堯的
《新纂五方元音全書》及趙培梓的《剔弊廣增分韻五方元音》，二
書皆在樊氏原本的基礎上進一步加以增補修訂。由於年氏本對《五
方元音》內容頗多增補，而趙氏本甚至連聲母系統也改頭換面，使
得後出修訂之作已與原本大異其趣。引人注意的是，《元韻譜》與
《五方元音》二書雖極相似，但就對清代等韻影響論，後者卻遠甚
於前者，此與其編排主旨有關。

### 2.1.2 年希堯《新纂五方元音全書》

　　年希堯（廣甯人，今遼寧省北鎮縣）所編纂的《新纂五方元音全
書》計有康熙四十九（1710）年本與雍正五（1727）年本兩個本子，
其間相距 17 年之久。這兩部書皆前附韻圖、後列韻書，從內容收
字而言，雍正本不但遠多於康熙本，而韻圖中的列字也往往有所出
入，尤其是前六韻無入聲字部分，二個本子皆以「陰文」方式刻上
入聲字，卻又注明「入聲寄某韻」。問題在於二書所寄雖屬同一韻
目，所選例字卻各異，此為較明顯之差別；其次，在康熙本中合口
呼與撮口呼之字尚混同不分，待至雍正本時卻已獨立區別，這說明
年氏在後出版本上實際反映了當時音讀的結果；此外，某些在康熙
本中原本有兩種聲調的例字，至雍正本時卻往往僅餘一讀。因此若
將康熙本視為由樊氏原本（即《五方元音》）至雍正本間之過渡本，
似無不可。至於年氏所以增補此書的原因及經過，則分別在康熙本
和雍正本的敘文裡記載甚詳：

---

1　此處關於《五方元音》的論述，詳參宋韻珊 2012〈明代韻書韻圖的編纂
　　與出版傳播〉一文。

> 近世之所流傳而人人奉為拱璧者莫如《字彙》……而獨不知
> 有所謂《五方元音》者，其審音韻一覽了然，幾幾乎駕《字
> 彙》而上……而予獨惜是書之湮沒不彰，不得與《字彙》並
> 傳，因於公務之餘，重加刪定，付之梓人，庶乎是書之得以
> 廣其傳而當世之留心字學者，亦不無少補也夫。

年氏在第一次增補時即道出《字彙》往昔時流傳與通行的盛況，並
對《五方元音》的湮沒不聞深感遺憾。至於內容上真正的「增廣」
則寄於雍正本：

> 予向思以五聲之字，按等韻之次第，輯成一書，以便顓蒙。
> 會以多冗，未遑暇及。往年宦武安，有遺《五方元音》一
> 本，審音韻，開卷便得，心切喜之，而微病其未廣。丙午
> （1726）秋奉命督權準陰，事集多暇，復取而訂定之。增者
> 十之五，刪者十之一，仍其名曰《五方元音》，存其舊也。

年氏在這段敘文中雖交待了增補目的、時間以及增補比例，但未透
露之所以「事集多暇，復取而訂定之」的原因乃是在雍正三年
（1725）十一月，受二弟年羹堯案所累，與父年遐齡同被革職後所
致。換言之，倘若年氏並非因政治上受累，致使事集多暇，則是否
會進行二度修訂還是未定數。是以，林慶勳先生（1991：106）推測
「年氏此舉有效法司馬遷刑餘、孫臏臏腳後發憤著述」的觀點，應
是可信的。

　　年氏在敘中曾自言「增者什之五，刪者什之一」，若以樊氏原
本與年氏本加以比對，便可發現年氏本在樊氏原本的各音節中增加

許多同音字，使得年氏本收字遠較樊氏原本為多，尤其又收了不少罕用字，似與作者在敘中所言「按等韻之次第，輯成一書，以便顓蒙」的理念相違。除此之外，二書對某些字的措置亦相異，以下即就聲、韻、調三方面來舉例說明。

1.聲母上的不同主要集中在「竹蟲石」與「剪鵲系」六母的互混上而言，此外對清塞音或塞擦音的送氣與否，年氏本和樊氏原本的看法也不一致。如：

| a.韻 | 調 | 例字 | 年本聲母 | 樊本聲母 | b.韻 | 調 | 例字 | 年本聲母 | 樊本聲母 |
|---|---|---|---|---|---|---|---|---|---|
| 虎 | 上 | 阻 | 剪 | 竹 | 天 | 上平 | 潺 | 竹 | 蟲 |
| 虎 | 上 | 詛 | 剪 | 竹 | 天 | 上平 | 孱 | 竹 | 蟲 |
| 虎 | 入 | 俶 | 系 | 石 | 龍 | 上平 | 蜻 | 剪 | 系 |
| 羊 | 上 | 碏 | 鵲 | 蟲 | 龍 | 去 | 請 | 鵲(上) | 剪 |

在樊氏原本中舌尖前塞擦音與擦音 [ts、ts'、s] 和舌尖後塞擦音與擦音 [tʂ、tʂ'、ʂ] 的區別基本上相當清楚，但年氏本卻在某些例字上互混，此由 a 組例字可知。雖然這些字原屬於中古莊系二等，依照音變條例，有部分例字在現今北京音裡讀同精系 ts、ts'、s，但由「阻詛」在北京讀舌尖前音，「俶碏」仍保持捲舌音的參差變化來看，個人以為年氏的安排並非偶然或是審音不精所致，很可能和年氏本身所持方音系統與樊氏有別相關。查廣寧為現今遼寧省北鎮縣，屬於東北官話哈阜片中的長錦小片，該區的語言特色之一正是 [ts、ts'、s] 與 [tʂ、tʂ'、ʂ] 可自由變讀，沒有一定規律。因此在年氏本看似混亂的例字，實際上極可能正是因為在年氏口音中這些字既可讀成 [ts、ts'、s] 而讀作 [tʂ、tʂ'、ʂ] 也無不可的緣故。至於如 b 組例字般將清塞擦音或作送氣或作不送氣的現象，也同時見於唇、舌、牙音等聲母中，此種情形在方言中並不罕見，我

們似可視為年氏於無意中透露自己鄉音之處的例證。

　　2.在韻母上的差異主要呈現在開齊合撮的分類與入聲字的措置上。前者如天韻鵲母下，樊氏原本只有三類，不分合撮，年氏本卻分開了。再如豺韻，樊氏原本分列開合二呼，年氏本卻把合口呼的平、上聲併入開口，同時刪掉去聲字，使得豺韻竹母下僅餘開口呼字。

　　3.在聲調上的差異主要有二書對例字的歸調不同及某些聲調互有短缺。前者如：

| 韻 | 聲母 | 例字 | 年本聲調 | 樊本聲調 |
|---|---|---|---|---|
| 龍 | 雷 | 躘 | 上平 | 去 |
| 龍 | 竹 | 眾 | 去 | 上平、去 |
| 龍 | 日 | 扔 | 下平 | 去 |

「躘、眾、扔」三字在《廣韻》中原來均有平、去二聲，到了樊氏原本和年氏本卻多數僅餘一種聲調，顯示了朝單一聲調發展，而選擇的途徑不同，亦適足以顯示後來區域性的差異。後者如羊韻鳥母「曨、攏」二字樊氏原本歸入上平，但年氏本該處卻無上平此一音節。再如樊氏原本蟲母上聲「碝、俠」亦不見於年氏本相對應之該聲調，而是改入其他聲母或聲調（「碝」改入年氏本鵲母上聲、「俠」改入石母上聲），而使此處形成空位，這些現象說明了年氏本與樊氏原本在編排體例以及音系上大同之下的小異。

　　個人在探究過年氏本後認為，此書得以在當時占有一席之地，除了得力於政治上的優勢外，另一方面，恐怕也和年書中同時融合河北與遼寧兩種音系有關[2]。書中保留的河北方音既屬於北方官話

---

2　依據個人的觀察，年希堯在樊氏原本反映明末清初河北方言實況的基礎

體系，而東北方音的加入也可肆應關外以及內蒙地區的諸多八旗軍民。因此，年書的出現對當時漢滿民族皆具有時代意義。

### 2.1.3 趙培梓《剔弊廣增分韻五方元音》

趙培梓的《剔弊廣增分韻五方元音》（以下簡稱《剔弊元音》），是在樊騰鳳《五方元音》的基礎上進一步加以增補修訂而成[3]。此書分為韻書和韻圖兩部分，韻書處分為上中下三卷，12 韻目依次歸入其中；每卷內以韻為總綱，每一韻下復以 20 聲母領首，就開上、開下、合上、合下四類等呼來區分，各等呼之下再依八個聲調來列字。雖然總韻目僅為 12，實際上在每一呼口下暗藏《佩文韻府》詩韻名稱。韻圖部分取名為〈集韻分等十二攝〉，也是依 12 韻來分圖列字，每一圖內橫列 36 聲母，右面縱排開合等第、左側則縱列 106 詩韻韻目。

趙氏在進行改作時有三項頗大的改變：一是捨棄樊氏本的 20 聲母而恢復中古等韻 36 字母的格局；二是依據平仄、清濁細分樊

---

上，又將東北漢語帶入樊書，也就是把以幽燕漢語為底層，並加入元明時期移居東北的山東、河北及其他各省方言而集大成的雜揉性東北漢語帶進《五方元音》，如此便使得年氏本帶有清初東北語音色彩。而這種色彩與當時居住在北京的滿州人所使用的滿語京語，適共同成為清初旗人的兩支重要語言。

3　趙氏與樊氏皆籍隸河北，樊氏家鄉堯山位於直隸中部，趙氏家鄉繁水在清代時雖屬於直隸南部大名府統轄，民國以後因行政區域劃分的變更，今已改歸入河南省南樂縣。依據《中國語言地圖集》（1987）的劃分，屬於中原官話的鄭曹片。《中國語言地圖集》是一部根據語言事實與語音現象加以界定區分的著作，儘管趙培梓的家鄉清代時在地理上隸屬於河北，現今卻不論行政區劃或語言事實皆改歸入河南，這意味著由清至民國，河北南部鄰近河南邊界一帶的幾個縣份，在語音特徵上應當有相當大的相似性。

氏本的五調為上平、下平、上、濁上、清去、濁去、上入、下入八
調；三是認為樊氏本的 12 韻實簡括《佩文韻府》106 詩韻而來，
故在每一韻下均注明含括詩韻中某幾韻，並一反樊氏本從唇音起始
列字的作法，改為由牙音讀起。

　　此書在聲韻調系統上的特點如下：

　　1.就聲母部分而言，在韻書和韻圖處有不同的安排方式，韻
書裡的聲母數採用《五方元音》的 20 聲母系統，惟更以中古舊
稱；韻圖處則沿用中古等韻 36 字母的概念，以《五方元音》的 20
聲母內藏等韻 36 字母的形式為之。如此矛盾的作法顯然是企圖結
合兩系統[4]，然而根據觀察，此書其實已完成濁音清化此一基礎音
變，其聲母內容為「見溪曉影、端透泥來、幫滂敷、精清心微、
照穿審日」，從這個系統來看，已顯示的音變有：

　　a.非敷奉合流為敷母；影喻疑合併，讀成零聲母；微母獨立為

---

[4]　就聲母部分而言，趙氏在韻書和韻圖處有不同的安排方式，他援用中古三
　　十六字母系統，將之體現在十二攝韻圖上，所以單就韻圖來看的話，與宋
　　元時期五大韻圖極為相似；不過，韻書裡的列字則遵循《五方元音》二十
　　聲母體系，惟更以中古舊稱，顯然企圖結合兩系統。換句話說，趙氏並不
　　以三十六字母來列字，而是以《五方元音》的二十聲母內藏等韻三十六字
　　母的形式為之。以見系為例，中古全濁群母字逢仄聲歸入見母濁上、濁
　　去，平聲字則歸入溪母下平，這和《五方元音》群母仄聲讀同金母清去不
　　同。再如照系字，除了在上平標示中古知母、微母字外，濁上、濁去處也
　　區分那些是澄母字，那些又是床母字和禪母字。由此可知，趙氏雖保留
　　《五方元音》進步的二十聲母系統，卻又在聲調歸字上存留全濁字。如此
　　新瓶裝老酒的用意，一方面在繼承《五方元音》反映時音上的努力，一
　　方面則可讓讀者明瞭中古以來的歷時演化路徑，此為趙氏所以將新（指
　　《五方元音》）舊（指中古等韻）字母體系交融為一的原因。

ｖ。

b.中古知莊照三系合併，除地韻中出現捲舌音外，其餘仍讀舌葉音；少數床母字清化後歸入審母中。

c.泥娘合流讀 ｎ；曉匣合流為 ｘ；心邪併為 ｓ；審禪合一。

d.見曉精系並未顎化，不過趙培梓在〈讀韻訣〉卻透露了「見曉來三句，凡開口下三等同音，合口上二等同音，下二等同音。」的訊息，顯然見曉系的開口二等字已出現 [-i-] 介音，讀音與三四等無異，這可說是為顎化音的產生奠定基礎。值得注意的是，趙氏的說明僅針對見曉系而言，並不包括精系，說明在《剔弊元音》裡就顎化的先後速度來說，見曉系比精系來的優先，而此種演化跡象也與《五方元音》相一致。

2.韻母部分繼承《五方元音》系統，趙氏將 12 韻分為上、中、下三卷，上卷包含天、人、龍三韻；中卷含括羊、牛、獒、虎四韻；下卷則是駝、蛇、馬、豺、地五韻。如此區分係著眼於各韻內容的多寡，並無特殊用意。依據趙培梓在書中所敘條例觀之，表面上雖一如《五方元音》般分韻目為 12，實際卻以詩韻（《佩文詩韻》）106 韻為依歸，因此在聲調下一一以括弧列出每一韻目中含括了哪些詩韻韻目，如此作法還是取反映時音與繼承舊等韻融合為一的折衷手法。此外，書中還存在著入聲韻，但入聲字僅見於後六韻中，亦即採取入聲韻與陰聲韻相配的型態。此書在韻母上所顯示的變化有：

a.韻書處採用開上、開下、合上、合下四呼概念，韻圖處卻回復宋元時期四等二呼形式。

b.止蟹合流，ï 韻已經產生。此由趙氏在地韻中對知、照系的

不同安排，可以看出地韻韻母已分為兩類，一類維持如《中原音韻》齊微韻般仍作 [i]、[ei]，另一類則是與捲舌音相配的 [ɿ] 韻。

c.江宕合流、曾梗通合流。

d.山咸合流、臻深合流，說明 -m、-n 尾已合併為 -n 尾。

e.入聲韻尾在韻書是陰入相配，在韻圖是入聲兼配陰陽。

3.趙氏書中的八類聲調分別為：上平、下平、上、濁上、清去、濁去、上入、下入，與《五方元音》的五調：上平、下平、上、去、入極為不同。趙書既然繼承自《五方元音》，那麼在聲韻調系統上應該不至於有太大幅度的更動才是，若以趙氏本內容來看，至少聲母和韻母系統外表上是沿襲《五方元音》的，唯獨聲調上趙培梓大膽的依據清濁的不同來分類。

個人以為，趙氏書中承襲前人之舊的部分較不足觀，真正能突顯趙氏韻學理念的其實在迥異於《五方元音》處，究竟趙氏的八調是單純的存古心態呢？還是依據實際語音為之。趙氏對聲調的區分，尤其是書中的入聲調究竟屬於何種型態？調值又如何呢？

個人在歸納韻圖內十韻中的入聲韻後，得悉收 -n 尾的天、人韻，與之相配的入聲韻尾收 -p、-t，如：

收 -t 尾：寒—曷、刪—黠、元—月、文—物、真—質、先—屑

收 -p 尾：覃—合、咸—洽、鹽—葉、侵—緝

至於陰聲韻的虎、駝、蛇、馬、豺、地六韻則則含括了-p、-t、-k三類韻尾。如：

收 -k 尾：虞—屋、魚—沃、歌—藥、齊—錫、灰—職

收 -t 尾：麻—屑、麻—黠、支—質、微—物

收 -p 尾的緝、陌、洽諸韻則但有入聲字而缺乏平上去三聲。

顯然在韻圖處入聲是兼配陰陽的。趙氏還在韻圖處天韻下注記了
〈本位入聲說〉條例，指出：

> 韻中有本，有本韻入聲，有借韻入聲……蓋入聲者，平上去
> 之轉也，天人龍羊四韻聲音延長，故能由去轉入；其餘聲音
> 短促，則但去而不轉，或其音與入聲俸合，則為同音入聲，
> 虎駝蛇馬地是也。至牛葵豺三韻，既無轉音入聲，又無同音
> 入聲，但借韻讀之而已。由此觀之，前四韻為本韻入聲，其
> 餘俱非入聲本位，不可不知也。

原本，趙氏是支持中古音階段入配陽的論點，但他在既不願捨棄
《五方元音》陰入相配的系統下，又無法忽視當時入聲韻尾的實際
演變狀態，遂同時出現在韻書處入配陰而韻圖處卻入聲兼配陰陽的
特殊型態。而為了說明自己論點，遂設立〈本位入聲說〉和〈借韻
入聲辨〉來自圓其說[5]。

其實，趙氏既然認為陽聲韻為入聲本位，又主張「虎、駝、
蛇、馬、地」諸韻因「其音與入聲俸合，則為同音入聲」，顯然有
當時入聲已讀同陰聲韻的意味。所以當趙培梓一方面堅持本位入聲
論，一方面又指出陰聲韻與入聲同音，實則入聲韻尾的性質已呼之
欲出。雖然龍莊偉（1990）在探討《五方元音》的入聲時，認為十
七世紀時北方方言裡入聲已消失無存，樊騰鳳或為守舊、或為遷就

---

5　此處關於《剔弊廣增分韻五方元音》的論述，詳參宋韻珊〈試論《五方元
　　音》與《剔弊廣增分韻五方元音》的編排體例〉（1998）以及《剔弊廣增
　　分韻五方元音》音系研究（1999）二文。

合乎「五方之音」才保留入聲韻。然而由明清時期反映河南方音的
材料，如桑紹良《青郊雜著》、呂坤《交泰韻》以及趙培梓三人在
著作中皆入聲兼配陰、陽聲韻的作法看來，入聲韻尾的消失在大北
方官話區裡的消變速度並不一致。

### 2.1.4 賈存仁《等韻精要》

　　賈存仁（河東人，今山西省浮山縣）的《等韻精要》鑴刻於清乾隆
乙未年（即乾隆 40 年，1775 年），據余躍龍（2010：11）的考證，其生
卒年為雍正甲辰年至乾隆甲辰年（1724-1784A.D.）。耿振生（1992：
198）認為「《等韻精要》的聲母系統似《元韻譜》，韻母 12 部則
同《五方元音》」，確實，若比較三書的聲韻調系統，便可見到驚
人的相似與承傳處：

**A.聲母系統的比較：**

　《元韻譜》：幫滂門非微、端退農雷、中揣誰戎、鑽存損、光
　　　　　　　恐外懷翁。

　《五方元音》：梆匏木風、斗土鳥雷、竹蟲石日、剪鵲系、
　　　　　　　　雲、金橋火、蛙。

　《等韻精要》：不普木勿夫、得忒蝞勒、汁尺式日、咨此思、
　　　　　　　　衊刻豤黑餀。

**B.韻母系統的比較：**

　《元韻譜》：骿探奔般、褒幫博北、百八孛卜。

　《五方元音》：天人龍羊、牛獒虎駝、蛇馬豺地。

　《等韻精要》：獅馬蛇駝、牛獒豺龜、龍羊猿麟。

**C.聲調系統的比較：**

　《元韻譜》：上平、下平、上、去、入。

　《五方元音》：上平、下平、上、去、入。

《等韻精要》：中、平、上、去、入。

由上述比較可以見出，除了聲母系統略微有別外（《元韻譜》比《五方元音》多一個聲母，《等韻精要》則保留疑微二母），三書在韻母與聲調系統上極為相似。尤其在龍莊偉（1996）曾考證過《元韻譜》與《五方元音》的繼承關係後，顯然《等韻精要》也是屬於同系列的仿作。

雖然《等韻精要》與《五方元音》有承傳關係，但賈存仁在反映山西方音的前提下，還是展現了以下幾點不同的音韻特點：

1.保留疑、微二母——《五方元音》中微母已與影、喻二母字合流，讀成零聲母；而《元韻譜》與《等韻精要》雖都保留中古微母字，但收字範圍不同，如《等韻精要》把「曼」字收入米母下，此與《元韻譜》迥異。賈氏保留微、疑二母的舉措，剛好反映了山西方言的特點，因現今晉語中仍存在著微 [v]、疑 [ŋ] 二聲母。無獨有偶的，清初馬自援《等音》裡也分立影、疑、微三母，馬氏此舉也是反映了晉語特點。

2.在《元韻譜》和《五方元音》裡，「而爾二」類字仍置於日母下，說明尚未轉成零聲母。喬氏與樊氏的作法究竟反映的是當時河北語音現象？或是存古，無法確定。《等韻精要》裡雖也如法泡製，但賈氏已認知到這些字實際音讀已是零聲母的語音事實，可是「又不知此理如何耳」，所以只能照舊。但賈氏的質疑則顯示出，當時的山西方音對這些字實已讀成零聲母了，而現今晉語也是如此。

3.《等韻精要》麻韻三等字在馬、蛇二韻重出。在《元韻譜》和《五方元音》裡麻二與麻三類字不同音，《元韻譜》麻二歸於「八佸」，麻三歸於「孛佸」；《五方元音》則麻二歸入「十

馬」，麻三歸入「九蛇」，與《中原音韻》家麻、車遮二韻分立相
同。余躍龍（2010：142）認為「《等韻精要》把中古麻三類字在馬
韻與蛇韻重出，出現在馬韻中的，說明麻二與麻三同音，此為山西
方音的體現；至於出現在蛇韻中的，是符合官話的語音實際。而
《等韻精要》中呈顯出的麻三類字文白異讀現象，在現今中原官話
汾河片中依然存在」。

　　4.《等韻精要》的韻圖排列雖承襲自《五方元音》，但比起
《元韻譜》和《五方元音》已有所進步改良，尤其明清韻圖多以陰
陽五行、聲音律呂、天干地支等術數之說將之附會在韻書韻圖中，
且常耗費篇幅來說明，但實際上卻與語音無關。如喬中和喜歡用聲
音牽合陰陽，附會律呂，在《元韻譜・總釋》中即載：「陰中有
陽，陽中有陰，故柔具一律呂，剛具一律呂，所以象四象，三籟以
象三才，又以象三旬，而合三十聲以象月之日，一籟也。而一律一
呂得十聲焉，一象千，佸十二，以象支，聲音各五，象五行之具陰
陽。」由此可看出喬氏用五行附會五聲，四象附會四呼，把許多玄
虛的理論附會到語音上。賈存仁對此則加以批判，他在《等韻精
要》〈音韻總論〉云：「愚謂聲音律呂，理固無二，但言者各
殊。」、「昔人反多於此聚訟，何哉？是書一切刪之，非獨闕疑，
亦使學者少此一番揣摩。」賈氏認為喬氏採用陰陽五行、象數律呂
之說的作法，實徒增煩擾，因此加以刪改。

　　至於樊騰鳳也是結合地支與生肖將韻部分為 12，並以「天地
人」附會「三才」學說，「將天、地位於上下之位，萬物皆置於其
間的作法，則與易學講究『天地定位』的思想有關，《繫傳・序
卦》中就有『有天地，然後有萬物』之說」（余躍龍 2010：142）。賈
氏在《五方元音》基礎上將韻目修改為獅、馬、蛇、駝……等 12

韻，韻目數量雖與前二書相同，韻目名稱也大致同《五方元音》，但在韻目排列上採用先陰聲韻後陽聲韻的順序排列，摒棄易學觀點，由此角度來看，確實比前二書進步許多。

　　從《等韻精要》的編排體例和反映的語音系統來看，它在繼承《元韻譜》和《五方元音》系統之餘，除了剔除二書中附會易學、陰陽五行的部分，也同時加入自身方音成分，使得本書成為清代映現山西方音的重要材料。

　　綜上所述，雖然年希堯對《五方元音》內容頗多增補，而趙培梓甚至連聲母系統也改頭換面，賈存仁則在繼承《五方元音》體例與聲韻調系統下，兼顧映現時音與官話音的融合。以上三書的問世，顯然已與原本大異其趣，但原先係依據《五方元音》為底本的事實，卻是無法否認的。另外，徐桂馨（1852-1899）是歷史上少見的女等韻家，她的《切韻指南》也是改訂《五方元音》而成聲母20個（比樊書多一個微母），至於韻母12韻、四呼、聲調分為五聲，皆同《五方元音》形制[6]。由如此多繼承仿作來看，《五方元音》在清代實深具影響力。

## 2.2 滿人著作崛起所彰顯之意義

　　清初由於滿人入主中土取得政權，清代前期的幾任皇帝又多兼習滿、漢二語，為了怕滿人漸習漢語而逐漸淡忘母語，於是官方積極推動滿文典籍的翻譯與出版[7]。此時期由滿人所編著的等韻著作

---

6　　見耿振生《明清等韻學通論》（1992：201）所收錄。

7　　關於滿文的創制，章宏偉（2006：152-153）有頗詳盡的記載：「滿族起源於遼金時的女真，女真人初無文字，曾使用過契丹字，金太祖阿骨打命

完顏希尹創制女真文字。據《金史》卷 23〈完顏希尹傳〉記載：「金人初無文字，國勢日強，與鄰國交好，乃用契丹字。太祖命希尹撰本國字，備制度。希尹乃依仿漢人楷字，因契丹字制度，合本國語，制女直字。……其後熙宗亦制女直字，與希尹所制字俱行用。希尹所撰謂之女直大字，熙宗所撰謂之小字。」此後，兩種文字並行使用。

金朝後期及其滅亡以後，進入中原的女真人逐漸漢化，皆改操漢語、漢文，女真文字漸無人知曉。但在東北本土的女真人卻仍在使用女真文字，即使到了明代前期東北各衛、所的女真官吏向明朝進貢奏表，仍然使用女真文。但因本土女真人的經濟和文化都比較落後，所以《明英宗實錄》卷 113 記載：「明英宗正統九年（1444 年）二月玄城衛指揮撒升哈、脫脫木答魯等奏：『臣等四十衛無識女直文字者，乞自後敕文之類兼用達達字。』從之。」達達字即是蒙古字，可見到了 15 世紀中葉，女真文字已經失傳而改用蒙古文字了。

16 世紀下半葉，努爾哈赤開始了統一建州女真各部的戰爭，並建立一個以建州女真為主體的民族共同體──滿族。此時女真與漢、蒙古、朝鮮等民族的來往日益頻繁，借用蒙古文字已無法適應迅速發展的軍事、政治、經濟、文化的需要，於是著手創制滿文。在明萬曆 27 年（1599 年），清太祖努爾哈赤為適應滿族社會發展的需要，命額爾德尼和噶蓋以蒙文字母為基礎創制滿文。《滿州實錄》中如此記載：「己亥年……時滿州未有文字，文移往來，必須習蒙古書，譯蒙古語通之。二月，太祖欲以蒙古字編成國語。巴克什額爾德尼、噶蓋對曰：『我等習蒙古字，始知蒙古語。若以我國語編創譯書，我等實不能。』太祖曰：『漢人念漢字，學與不學者皆知；蒙古之人念蒙古字，學與不學者亦皆知。我國之言寫蒙古之字，則不習蒙古語者不能知矣。何汝等以本國言語編字為難，以習他國之言為易耶？』噶蓋、額爾德尼對曰：『以我國之言編成文字最善。但因翻編成句，吾等不能，故難耳。』太祖曰：『寫阿字下合一瑪字，此非〝阿瑪〞乎？（阿瑪，父也）額字下合一默字，此非〝額默〞乎？（額默，母也）吾意決矣，爾等試寫可也。』於是，自將蒙古字編成國語頒行。創制滿州文字，自太祖始。」這段文字比較詳盡地說明了滿文創制前的語言狀況，明確指出滿文創制時間為己亥年二月，即 1599 年 2 月。

有裕恩的《音韻逢源》、都四德《黃鐘通韻》以及莎彝尊的《正音切韻指掌》等，以下分別加以說明。

## 2.2.1 裕恩《音韻逢源》

《音韻逢源》是一本同音字譜式的等韻圖，成書於清道光庚子（1840 年），作者裕恩是滿清正藍旗人，生年不詳，卒於清道光 26 年。關於此圖所反映的基礎音系，原本高曉虹（1999）和楊亦鳴、王為民（2003、2004）都認為此圖是「以當時京師音系為基礎」而編成的，因而它基本上可以代表清中後期的北京音系[8]。但是鄒德

---

　　額爾德尼、噶蓋於 1599 年所創制的滿文為「無圈點滿文」，亦稱「老滿文」。老滿文是用蒙古文字母記錄滿語語音，與蒙古文字相差無幾，有些地方與滿語不合，很難準確地記錄滿語。因此老滿文僅使用了三十餘年，保存至今的文獻極少，僅存《滿文老檔》及少量金石銘刻。天聰六年（1632 年）正月，皇太極又命達海對舊字加以改造。「達海增添圈點，分別語氣。又以滿文與漢字對音未全者，於十二字頭正字之外，增添外字。猶有不能盡叶者，則以兩字連寫，切成一字。其用韻之巧，較漢文切法更為穩叶。」（〔清〕鄂爾泰等修《八旗通志》卷 236〈儒林傳上〉大海巴克什）經過達海改進後的滿文，臻於完善，稱為「有圈點滿文」或「新滿文」。自此，滿文形體得以確定，其後二百餘年再無改變。」

8　高曉虹在〈《音韻逢源》的陰聲韻母〉（1999）一文中，將《音韻逢源》與北京音系相比對，從而認為「《音韻逢源》反映了一百多年前的北京話，尤其北京話的入聲字有文白異讀現象，《音韻逢源》中也確實存在著文白異讀」。楊亦鳴、王為民二人則先後於〈《圓音正考》與《音韻逢源》所記尖圓音分合之比較研究〉（2003）、〈《音韻逢源》底畢胃三母的性質〉（2004）二文內論證，以為「此圖反映的也是北京音」。其實高、楊、王三人之所以認為《音韻逢源》的基礎音系是北京音，實際上是植基於《音韻逢源・序》中所言：「惜其不列入聲，未免缺然。問之則曰『五方之音，清濁高下，各有不同，當以京師為正。其入聲之字，或有作平聲讀音，或有作上去二聲讀音，皆分隸於三聲之內，周德清之《中原音

文、馮煒（2008）把《黃鍾通韻》、《音韻逢源》二圖與中古《廣韻》以及現今東北方言比對後，卻主張「二圖皆反映東北方音，而非北京音」。如果說《黃鍾通韻》反映的是東北方音，那麼應該可信，但鄒、馮二人對《音韻逢源》的觀點卻與其他學者迥異，這說明對於此圖所展現的實際音系仍有討論空間。其聲韻調系統如下：

　　1.聲母有 21 個「角亢氐房心尾箕斗牛女虛危室璧奎婁胃昴畢觜參」，比《重訂司馬溫公等韻圖經》多出疑母和微母。鄒德文、馮煒（2008）指出《音韻逢源》的聲母有兩個特點：「一是出現多例莊、精二系互混情形。二是日母字的表現特別，日母字除了與喻母相混外，也多讀成零聲母」。無獨有偶的，在《黃鍾通韻》裡也體現出這兩項特點，如以現今東北方言來看，平舌與捲舌不分；北京話的日母字除「而爾二」外一般讀成 [z] 聲母的字，東北話一般讀成零聲母，且日、喻二母互混，確實屬於東北方音特點。

　　2.韻母依地支分為十二攝，依序是「子丑寅卯辰巳午未申酉戌亥」。每一韻攝下復依介音的不同而分為四部，如第一乾部：合口呼光等十二音是也；第二坎部：開口呼剛等十二音是也；第三艮部：齊齒呼江等十二音是也；第四震部：撮口呼（滿文）居汪切等十二音是也。其中前四部為陽聲韻，後六部為陰聲韻，古入聲韻併入陰聲韻中。裕恩既然採入聲韻歸陰聲韻的方式，顯示入聲韻尾已丟失、併入陰聲韻內。

　　3.聲調分為上平聲、下平聲、上、去四類，入聲字派入四聲。此舉進一步顯示也無入聲調存在。

---

韻》、李汝珍之《音鑑》皆詳論之矣。』」而清代的京師語音當然是指北京音。

　　《音韻逢源》內引人注意的是分不分尖團的問題，「尖團音」此一名稱首次出現在《圓音正考》[9]（或稱《團音正考》）中，在《圓音正考・存之堂序》中清楚記載「試取三十六字母審之，隸見溪郡曉匣五母者屬團，隸精清從心邪五母者屬尖」乃據此而來。在《圓音正考》的時代，北方口語的漢音中已經沒有尖團之分，作者於是用滿文中的尖團區別來解決滿漢翻譯中的國名、地名、人名的「還音」問題，因此強調是為翻譯而作，而非審音。

　　與《圓音正考》相同的是，《音韻逢源》也在尖音字和團音字處注有相應的滿文譯音。由於滿文是拼音文字，因此滿文譯音也就成了這些尖音字和團音字的注音工具。楊亦鳴和王為民（2003：132-134）曾比較二書中的見曉系字與精系字的滿文譯音與國際音標對譯，發現二書的措置適相一致。以下所舉為楊、王二人文中所對譯之例：

### 《圓音正考》所記尖團音

| 團音 | I.P.A | 滿文譯音 | 尖音 | I.P.A | 滿文譯音 |
|---|---|---|---|---|---|
| 江 | kiaŋ | giyang | 將 | tɕiaŋ | jiyang |
| 腔 | Kiaŋ | kiyang | 槍 | tɕʰiaŋ | ciyang |
| 香 | xiaŋ | hiyang | 襄 | ɕiaŋ | siyang |

---

[9]　《圓音正考》的作者為無名氏，成書年代推測在 1743 年或是之前，其編纂目的是為了方便翻譯，此由書中的〈烏扎拉文通序〉可獲悉：「夫尖團之音，漢文無所用，故操觚家所置而不講。雖博雅名儒，詞林碩士，往往一出而失其音。惟度曲者尚講之，惜曲韻諸書，只別南北陰陽，亦未專晰尖團。而尖團之音，翻譯家絕不可廢。蓋清文中既有尖團之字，凡遇國名、地名、人名當還音處，必須詳辨。存之堂集此一冊，蓋為翻譯而作，非為韻學而作也，明矣。」

## 《音韻逢源》所記尖團音

| 團音 | I.P.A | 滿文譯音 | 尖音 | I.P.A | 滿文譯音 |
|---|---|---|---|---|---|
| 江 | kiaŋ | giyang | 將 | tɕiaŋ | jiyang |
| 腔 | k'iaŋ | kiyang | 槍 | tɕ'iaŋ | ciyang |
| 香 | xiaŋ | hiyang | 襄 | ɕiaŋ | siyang |

由上所列二書的見曉系細音字和精系細音字的滿文譯音如出一轍來看，顯然是出於同一個滿漢對音系統，亦即二書所反映的是相同的語音現象。裕恩在滿族人面臨漢語京師音系中已經合流的尖團音，在翻譯國名、地名、人名時必然會遇到如「興/星」讀音無法區分的問題，為了解決這個困難，「《圓音正考》首先在滿文字母系統內採用 [tɕ]、[k] 對立的方式來區分尖團，裕恩也仿效此法，把已經合流的尖團音區分開來。」（楊亦鳴、王為民 2003：135）

有些學者在談到關於《圓音正考》內的分尖團時，多半認為作者的強加區分，適顯示出當時的北方口語中是不分尖團的，但因滿語中是有別的，所以才設此一方式來強調，裕恩的作法也是如此。其實這是從漢語音系出發考量後的看法，實際上並非如此，此二書的分尖團，主要目的都是為了解決滿漢翻譯時無法區分如「興」（見曉系細音）和「星」（精系細音）在滿文翻譯中都讀成「sing」的困難，並不在映現當時的北京音是否已合流成舌面前音抑或是仍分尖團。是以，如能以滿語需要的角度來看待二書的處理方式，應當比較適合。

### 2.2.2 都四德《黃鍾通韻》

《黃鍾通韻》是由滿族鑲紅旗人都四德所編撰，他自署「長白人」，此書成於清乾隆年間。由於都四德本人精通音律，因此這是一部討論樂律的書，原非專為音韻而作。他在序中自言「將前後三

十餘年日積月累，或搜之於古，或取之於今，數百篇中刪繁就簡，補闕證疑，草成是稿，名曰黃鍾通韻。特為音律之元，非敢竊比詩韻耳。」此書內容輕短，正如作者所言是精簡後的結果。

《黃鍾通韻》內容分上下兩卷，上卷為：律度衡量第一、五音位次第二、六律第三、七均第四、五音六律三分損益上下相生第五、律呂名義第六、律本第七；下卷為：循環為宮第八、聲字第九、律數第十。「黃鍾」一名本於古代樂律名稱，為十二律之首。雖全書主要是講樂律的，但在下卷的「聲字第九」則附有等韻圖，全圖分為十二韻，即十二律；橫排聲母，依喉舌齒唇牙等發音部位列出 22 聲母；復依介音四呼直列四欄，每一欄內再據聲調分為五，「每字有上下二等，每等有輕有重，按平上去入，繪成通韻一卷。」。耿振生（1992：184）認為「此韻圖表現的是漢語語音系統，雖然清代有幾部韻書都是由滿人編纂，但唯有此書帶有東北方音特點[10]」。以下簡述其聲韻調系統：

1.聲母為「歌柯呵哦、得特搦勒、勒知痴詩日、白拍默佛倭、貲覗思日」，表面上看來有 22 聲母，實際上不然。勒母和日母重出兩次，其中一勒母下有字，另一勒母下無字，顯然是虛位；而齒屬日母下有字，但牙屬的日母下則無字，情形一如勒母。因此若去除重複二母，應只有 20 聲母。

2.韻目分為十二：咿嗚唉哀哦阿唔唵嚶映嘔噢，全為口部字，相當特別。作者在〈聲字第九〉中明言「以上共十二字，即是十二

---

個人對於耿振生的說法略有異議，其實年希堯的《新纂五方元音全書》也是由滿人編纂，內容同樣也反映遼寧方音，並不如耿氏所言，只有都四德的《黃鍾通韻》如此。

枝，陰陽各六，即是六律，人之聲音言語，只有此十二聲字。」，
每韻依輕上、輕下、重上、重下分為四等，相當於開齊合撮四呼。
鄒德文、馮煒（2008）曾提及「《黃鍾通韻》韻母中需要注意的是
『而爾二』等中古的止攝字」，在中古階段「而爾二日」等字分屬
於止攝和臻攝入聲；到了《中原音韻》歸入支思韻；但在《黃鍾通
韻》內卻呈現「而爾二」屬「唉」聲的零聲母字，「日」卻屬
「咿」聲的日母字二途。這說明他們已分化為 [ɚ]、[ʐʅ] 兩類韻
母，[ɚ] 韻已出現在《黃鍾通韻》內。

　　3.聲調分為五，輕類字為「輕平、上平（下平）、上、去、
入」；重類字則為「重平、上平（下平）上、去、入」，來自中古
的入聲字派入陰聲韻內，顯示《黃鍾通韻》內應已無入聲。

　　最早對《黃鍾通韻》進行研究並指出該圖「日母與喻母相混，
與著者方音有關，現遼寧人多如是讀。」的是趙蔭棠（1985），究
竟此圖的基礎音系為何？是如趙氏所言的遼寧音還是其他？與都四
德自署「長白」是否一致抑或有參差？個人在檢視過《黃鍾通韻》
後，發現此圖確實反映了某些遼寧方音：

　　a.貲組聲母混入中古莊組字，舌尖前音與舌尖後音有混讀現
象。東北方言中 ts 與 tʂ 的讀音類型有三種：ts 與 tʂ 二分、ts 與 tʂ
讀成一類（或是全讀 ts，或是全讀 tʂ）、ts 與 tʂ 可自由變讀。《黃鍾通
韻》裡顯示的 ts、tʂ 混讀，在年希堯的《新纂五方元音全書》裡也
如此呈現，二者同樣反映遼寧語音，說明這種現象在東北頗常見。

　　b.《黃鍾通韻》裡的日母字收來自中古日、喻、影三母，既然
影、喻二母早在十四世紀即已零聲母化，因此日母與喻母相混，適
說明此圖中的日母字也已讀成零聲母了。此一音變現象同時見於
《音韻逢源》內，在今天的遼寧大部分地區也可見到。

　　c.《黃鍾通韻》的「倭母」主要收來自中古的微母字，因微母獨立且與其他讀成零聲母的喉音字分開，表面上看此系統似乎仍有[v]。不過倭母裡也夾雜「威委灣旺」四字屬於中古的影母與為母的合口字，似乎倭母有開始零聲母化的趨勢。如以《黃鍾通韻》成書於十八世紀中期，此時的微母字應已轉為零聲母，但都四德卻在韻圖中保留倭母，這可能是反映遼寧語音的結果。如以現今北京的零聲母合口呼字在旅大讀 [v]；在北京以 u 起頭的零聲母字，遼陽、瀋陽也是讀 [v] 來看，似可說明都四德的措置是有意為之的。

　　d.汪銀峰（2010）指出「脣音字『波撥坡破摩莫』與舌根音的『歌柯可呵』讀成相同的主要元音，此點異於北京而與遼寧方音一致。」

　　以上幾點都是現今遼寧語音的音韻特點，足以證明此圖確實收錄了十八世紀的遼寧語音，至於「長白」一詞，即長白山，為滿族發祥地，後來設立為行政機構，但非都四德確切籍貫來源。都氏之所以冠上此一名稱，個人推測或許是為了不忘本源，自明來自東北滿族。

## 2.2.3 莎彝尊《正音切韻指掌》

　　莎彝尊的《正音切韻指掌》是一部同音字表式的韻圖，成書於清咸豐 10 年（1860），作者是滿人但生平不詳，據馮蒸（1990：24）考證，莎彝尊的主要生活時代是清咸豐、同治年間。此圖以韻為總綱，每圖以韻領首，直排聲母（作者稱字音），聲母旁除了注上滿文讀音外，又橫列同音字。有趣的是，莎氏仿《韻鏡》作法，在凡例中還列舉字母助紐字。其聲韻調系統如下：

　　1.聲母有 20 個，分別是「戛喀、哈阿、搭他拏、巴葩媽、拉

髻、渣又沙、帀擦薩、發襪」，這個系統與《韻略易通》的「早梅詩」頗相似。引人注意的是，此圖仍獨立 [v-] 母一類，且收字全來自中古微母字，不摻雜喻母、疑母等來源。雖然此母是對譯滿文的 [w-]，但以此圖已成書於 19 世紀來看，當時北方方言內的微母早已讀成零聲母了，然而莎氏卻仍讓 [f] 與 [v] 對立。若以都四德《黃鍾通韻》裡也設有「倭」母 [v] 來呈顯當時的遼寧語音來看，莎氏獨立 [v-] 母應有方音根據。

　　2.韻母有 35 個，分別是：呑呑翁、安恩、灣溫、汪、央英雍、淵蕭、烟因、阿婀衣、哀餒、歪威、挨、窈窩烏、燒歐、夭幽、呀爺於、約曰」莎氏稱 35 字韻。

　　3.聲調為五聲，即上平、下平、上、去、入。此圖有入聲，除了在「阿婀衣窈窩烏呀爺於」九韻中有入聲調外，還有「約曰」二個入聲韻，相當特別。

　　在清代的滿人著作裡是否有尖團音之別，不可避免的成為引人注意的焦點，那麼在莎氏著作中是否也反映此一音變呢？楊亦鳴和王為民（2003）就主張莎彝尊處理尖團音的方式一如裕恩和都四德般。可是馮蒸（1990）卻持不同論點，他指出「以《正音切韻指掌》裡只有 20 聲母，且只分〝頂腭音組〞（渣又沙）和〝齒縫音組〞（帀擦薩）這兩套塞擦音和擦音，應不足以拼寫滿文的三套聲母，此由在衣韻中『知痴師』組和『齎妻西』組和『孜雌絲』是完全對立的三套音，而這三組滿文聲母也是三組不同的輔音可證」。所以馮蒸認為「莎氏書中的塞擦音聲母實際上是三套，即 j、c；h、ch；dz、ts，但它們所代表的實際音值是 tʃ、tʃ；tʂ、tʂ；ts、ts，反而沒有舌面前塞擦音 tɕ、tɕ」。換言之，ts 組對應來自中古的精系字，tʃ 組和 tʂ 組都對應來自中古的知系、照系和莊系，所

以在《正音切韻指掌》裡，知、莊、照三系聲母因韻母的洪細不同而分成兩套聲母[11]，此種對應與尖團音無關。

個人推測莎氏處理滿文譯音時所分立的三套聲母之所以異於前二書，可能與《正音切韻指掌》所依據的基礎音系不同有關。莎氏在凡例第十條裡提到「此書以《中州韻》為底本，而參之以《中原韻》、《洪武正韻》，更探討於《詩韻輯略》、《五車韻瑞》、《韻府群玉》、《五音篇海》、《南北音辨》、《康熙字典》、《音韻闡微》諸書。搜檢二十餘載，仍恐見不到處，識者諒之。」在近代漢語著作中以「中州」為名的語料不少[12]，因此莎氏究竟根據的是哪一個中州韻實無法確定？唯一由聲調分為五調，尚保留入聲調來看，與北京音系或東北方音都不合，若非另有語音依據，就可能是存古。如以此角度而言，便可解釋莎氏處理聲母時之所以異於裕恩和都四德的原因了。

另外，康熙 47 年（1708）歷經 35 年才完成的《御制清文鑒》，是清代第一部由皇帝欽定的滿文詞典，也是一部百科全書性質的滿文分類詞典，為滿文譯學中第一部綱領性巨著，對滿語乃至於滿族發展的歷史具有畫時代意義，這部辭書也開了清代編纂官修辭書的先河。

---

11 馮蒸（1990）指出如《正音切韻指掌》這般，因知莊照三系聲母的洪細不同而分成 tʃ、tʂ 兩類聲母讀音的現象，也出現在《蒙古字韻》和現今漢語方言如山東榮成、威海、煙台以及江蘇贛榆、河南洛陽等地。

12 如元代卓從之《中州樂府音韻類編》、明代王文璧《中州音韻》、明代范善溱《中州全韻》、清代王鵁《中州音韻輯要》、清代周昂《增定中州音韻》等，都是以中州命名的語言材料。

## 2.3　其他仿作系列

　　清代韻圖在編纂上深受前面幾個朝代影響，因此凡是在清以前風行的各式韻圖，此一階段便出現大量仿作。本小節說明清代的幾種仿作，包括仿《韻略易通》系列、仿《韻法直圖》系列、仿《經史正音切韻指南》系列、仿中、上古音系列以及依據平水韻為基礎所編纂的等韻著作。

### 2.3.1　仿《韻略易通》系列

　　《韻略易通》的作者蘭茂，書成於明正統壬戌年（1442），耿振生（1992：197）認為「該書是現在所知的明代最早的官話系韻書，在以後的等韻學中產生了較大影響，在音韻學史上占有重要地位」。在《韻略易通》成書後兩百年，山東萊州（今掖縣）人畢拱辰的《韻略匯通》問世，該書成書於明崇禎壬午年（1642），一般都認為此書與《韻略易通》有繼承性，因聲母系統延用早梅詩的二十字，聲調分平、下平（陽平）、上、去、入五聲，入聲仍配陽聲韻部等，都是承繼蘭茂舊例。最大差別則是在韻部上，畢氏把《韻略易通》中的侵尋、緘咸、廉纖三韻併入真文、先全、山寒中，把端桓也併入山寒韻，韻部由二十改併為十六，陸志韋（1988）曾盛讚畢氏有「創造的精神」。

　　另外，葛中選的《泰律篇》成書於明萬曆戊午（1618），作者「以語音附會於樂律，以律呂約束聲韻的歸納」（耿振生 1992：195），同《韻略易通》般也是聲母系統採取早梅詩的二十聲母形式；莎彝尊的《正音切韻指掌》成書於清咸豐 10 年（1860），聲母也與早梅詩相等，聲調亦為五聲，此二書也都是受《韻略易通》影響下的產物。

### 2.3.2 仿《韻法直圖》系列

《韻法直圖》是出現於明萬曆年間的一部韻圖，時間略晚於《書文音義便考私編》，作者不詳，亦不知成書於何時，僅知其附於梅膺祚所作《字彙》之後。《韻法直圖》與明代其他韻書韻圖最為不同的特點是「呼名」的種類繁多且多樣化，如開口呼、閉口呼、合口呼、撮口呼、咬齒呼、舌向上呼、齊齒啟脣呼、齊齒卷舌而閉……等有 13 種之多。個人在檢視過《韻法直圖》裡的呼名與內容所指後發現，因明代適值由二呼四等過渡至四呼的中介階段，在介音與四呼未定型前的元明時期，許多著作的不同呼名顯現了當時介音與等呼的過渡與發展痕跡，一如這部韻圖所展現的多樣化呼名般，透露出等呼在元明階段發展與過渡中混亂而未統合的真實狀態。

在《韻法直圖》出版後，也出現一系列的仿作，如「吳退齡的《韻切指歸》，其分韻和語音體系完全沿用《韻法直圖》；汪烜的《詩韻析》不但聲母同《韻法直圖》，連呼名多至二十餘種、名目極雜的情形也同《韻法直圖》；另外如王植《韻學》，聲母也用《韻法直圖》的 32 母；《等韻便讀》也是仿造《韻法直圖》而作；再如蕭承烜《天籟新韻》、博園《韻譜》、張序賓《等韻法》、《音韻指掌》、《翻切指掌》等韻圖也都是受《韻法直圖》影響下的模仿之作。」（耿振生 1992）

以上兩類屬於反映時音或混合音系的成系列韻書韻圖。

### 2.3.3 仿《經史正音切韻指南》系列

清代出現了一些以《經史正音切韻指南》為底本的仿作，如無名氏附於《康熙字典》卷首的《等韻切音指南》，王祚禎的《音韻清濁鑑》，李元《音切譜》卷十之「十六攝圖」，方本恭的《等子

述》等，都是仿《經史正音切韻指南》的體例與音韻系統來編列，
可視為該書的餘波[13]。其中王祚禎的《善樂堂音韻清濁鑑》，分為
韻書與韻圖兩部分，韻書中以韻領綱，每韻之下復依聲調來列字，
陽聲韻僅平上去三聲，入聲韻已派入陰聲韻下，頗似《中原音
韻》。每一聲調下根據聲母等第（如見一、溪三、日三）來列出同音
字，內容條理清晰，秩序井然，頗便於查檢。至於韻圖部分分為
16 攝，有 24 圖，每圖的分韻、聲母排序以及內容收字，與《經史
正音切韻指南》極為相似。

　　引人注意的是，王祚禎在韻書處對入聲韻的處理方式為歸入陰
聲韻，據作者在自序中所言，確實是仿照《中原音韻》而來；但在
韻圖處卻依循《經史正音切韻指南》的作法，入聲兼配陰陽。如此
迥異的措置，使人無法理解究竟作者意欲何為？如以王氏為北京人
來看，韻書的措置較符合語音實際；但韻書處明列聲母的中古等第
以及韻圖處的濃厚存古作風，卻又顯得極為保守，也因此使得此本
著作充滿矛盾感。以明清時期出現頗多混雜兩種以上音系而成的等
韻著作而言，此書雜揉《中原音韻》與《經史正音切韻指南》二音
系的作法，也是當時相當普遍的現象。

## 2.3.4 反映上古音、中古音的復古著作數量頗多

　　明末清初受顧炎武「讀經自考文始，考文自知音始」的學風影
響，大力提倡樸實簡潔、引證考據、博學於文的樸學之風，試圖扭
轉陽明心學末流空談性理的陋習，於是影響了一批清代的音韻學者
對上古音與中古音的研究熱潮。如戴震《聲類表》、江有誥《入聲
表》、任兆麟《聲音表》等，都是分別就上古音的聲韻系統進行釐

---

13　此處所舉四書，是引自耿振生《明清等韻學通論》（1992）內所收錄。

析與分部的工作；而「江永《四聲切韻表》、洪榜《四聲韻和表》、李元《音切譜》的「列韻」、龐大坤《等韻輯略》、梁僧寶的《切韻求蒙》和《四聲韻譜》」（耿振生 1992）以及陳澧的《切韻考》等，則是以中古《廣韻》為對象從等韻角度進行析辨。如此數量龐大的針對中古音或是上古音進行探索所衍生的著作，是本期與明代音韻著作大異其趣之處，從而也成為清代的韻學特色。

### 2.3.5 以平水韻為基礎所編纂的等韻著作

　　自元代陰時夫《韻府群玉》後，明代多種坊刻的詩韻類著作，如「李齊芳《韻略類釋》、呂維祺《音韻日月燈》以及清代官修的《佩文詩韻》，編排方式都類似《廣韻》一類傳統韻書，一韻之內列字沒有固定音序，比較雜亂」（耿振生 1992：167）。這些以平水韻為基礎所編制的韻書韻圖，大多是「從整理音類的目的出發，把各韻區分出韻類和聲類，使聲位固定，韻類清晰。在分韻方面，有106 韻、107 韻、108 韻、112 韻等分法，但始終不脫離平水韻的基本格局。」（耿振生 1992：167）

　　以上三類屬於反映中、上古音以及平水韻類的成系列韻書韻圖。若與明代相較，滿人著作的出現以及反映上古音類的韻學著作，可說是清代韻學發展的兩大特色，當然，這與時代背景（滿族統治）的更迭以及學術思潮（考據之學興盛）的轉變密切相關。

## 2.4 清代韻書韻圖的編纂目的

　　本小節將清代編纂韻書韻圖的原因，經分析後初步歸納為四點來說明：

### 2.4.1 藉由官修韻書確立新的語音標準

　　清政府確立政權後，為建立國朝新的官方標準音系統，由大學

士李光地奉敕修撰（擬定條例節目）《音韻闡微》。此書由康熙皇帝
親授編撰之旨，王蘭生編撰，徐元夢校刊，於康熙 54 年（1715）始
撰至雍正 4 年（1724）告成，雍正御制序文，刊刻頒行。《音韻闡
微》是清代一部極重要的官修韻書，也是清代重要的文化建樹之
一，葉寶奎（1999：105）認為「它在繼承歷史音韻和確定清代漢語
標準音等方面起過重要的作用」。《音韻闡微》分為「韻書」和
「韻譜」兩部分，企圖合「等韻」與「韻書」為一體，從其韻書
內：聲母系統完全依照 36 字母；韻目分為 112 韻，依照詩韻（平水
韻）系統，只是文與殷、吻與隱、問與焮、物與迄、迥與拯、徑與
證有別；聲調仍按平上去入四調分類。韻圖部分：分為 38 圖，格
式大致模仿《經史正音切韻指南》，內容顯得保守。林慶勳先生在
《音韻闡微》研究》（1988：2-12）一書中指出：「最後《闡微》是
『按鄭樵之譜，列《廣韻》之字，依等韻三十六字次第，仍一東二
冬之舊，以存不遽變古之意。』（王蘭生語）可以說祇是傳統韻書的
翻版，唯有其中合聲系列反切是根據當時讀音為考慮，以合乎二字
急讀成音的要求。」，林先生認為《音韻闡微》一書基本是走存古
路線，但其實編纂者李光地卻是位具有語音發展觀念的學者，他為
了同時滿足康熙皇帝尊古的要求又想反映時音，所以在看似保守的
韻書表象下又別立合聲切法，目的在明韻審音[14]。

---

14　根據林慶勳先生的研究（1988），真正對《音韻闡微》擬定體例、討論內
　　容者，只有李光地、王蘭生二人，當然康熙在此間亦發揮決定性意見，影
　　響整個編修結果。原本，李光地是位很有語音發展觀念的學者，不僅對
　　「時音」未加輕視，反而加以整理，他認為韻書編纂自《中原音韻》取
　　「時音」為參考後，在承襲舊制之外，又多此一途。他很想修訂一本仿效
　　滿文十二字頭，韻部以麻支微齊歌魚虞為首，字母以影喻起始的韻書。這

　　在《音韻闡微》中表達時音的方式有三：(1)涉及語音變化的重要問題多在「凡例」中說明。(2)採用新造反切來注音——「字下之音則備載諸家之異同，協者從之，不協者改用合聲。」，此即合聲切法。(3)韻中加注按語——「聲音部分之隨韻而異者，皆詳於各韻按語中。」。編撰者「一方面很重視歷史音韻的傳承性，一方面又試圖將時音納入傳統的音韻框架中，編制一部古今南北之音可辨，既不違古又合今用的標準韻書」（葉寶奎 1999：105-106）。因此，《音韻闡微》的語音框架和反切注音，表面上雖謹守中古音範圍，實際上卻已暗寓時音於其中。所以此書出版後，在清代頗具影響力，也成為官方的標準化韻書。

### 2.4.2 提供童蒙識字或初習韻學者之用

　　明清兩代有些韻書韻圖的編纂是為了提供給童蒙以及一般民眾識字之用的，如蘭茂的《韻略易通》和畢拱辰的《韻略匯通》皆屬之[15]。有趣的是，《五方元音》也繼承了《韻略易通》這個特點，

---

　　部韻書是「隨時諧俗」，專為當代審音的韻書。王蘭生原本追隨李光地，想法與其一致，但後來音韻觀念有所轉變，曾在〈與李世兄書〉提及「視舊韻變動處甚多，須費斟酌也。」，加上康熙對李氏的主張也不甚贊同，在帝政時代，皇帝決定高於一切。職是之故，李光地後來也不再堅持，改變主意，在編輯《音韻闡微》時以承襲舊制為要，「存不輕變古之意」了。由此可知，李光地在編纂《音韻闡微》的過程中，存在頗多周折，也體現了無法充分展現自己想法的無奈。

15　在《韻略易通》〈凡例〉中自言：「此編惟以應用便俗。字樣收入，其音義同而字形異者，止用其一，故曰韻略。」；而畢拱辰在《韻略匯通》〈凡例〉中也提到「《韻略》舊編止為求蒙而設」之語。可見蘭茂在編纂《韻略易通》時，是想編一部讓一般百姓和童子得以識字並普遍應用的一本簡便韻書，故內容所收多為通行的俗字。至於此書的繼承者《韻略匯

除了希望該書能不受限制地通行於五方之外，由於所收多通用字，所以也便於童蒙識字。李清桓（2008：16）認為「《五方元音》脫胎於《元韻譜》，但《元韻譜》對後代的影響卻遠在《五方元音》之下，恐怕與其編排主旨有關。因為《元韻譜》一書收字又回到舊的韻書收字體例，兼收並蓄，多達四萬字，這遠非童蒙所能消受得了，不似《五方元音》般簡便通俗，故通行較不廣」。可見韻書韻圖收字量是否適中，內容是否收通用字，是否切合民間生活日常應用，是決定該書能否廣披四方的原因之一。

另外有些韻書韻圖，則是為了讓初習韻學之人便於入門而作，如《拙菴韻悟》〈自敘〉載「欲讀書者先識字，欲識字者先知聲，蓋聲在字先，而字在聲後也。」顯然趙紹箕認為讀書識字，音韻比文字更重要。莎彝尊在《正音切韻指掌》凡例中也提到：「國朝字典音義大備而等韻之方未易通曉，若用此法，參以正音，按諸字典，分毫不爽，實為初學之捷徑焉。夫讀書貴識字，識字在考音，而考音則宗切字，此誠學者要務之一端也。」莎氏也認為讀書的基本需明音韻，並直言自己所編之圖方便於初學者入門。裕恩更在《音韻逢源·序》中指出：「此譜祇為傳聲射字之用，固音韻之游戲耳。故多收俗字而略僻字⋯⋯鑒其書之簡明賅括，條理井然，便於初學，俾後之學者從而習之，庶可得其梗概矣。」裕恩學習樊騰鳳多收通用字與俗字的方式，目的也是為了便於初學者進入門檻，同時在編圖內容上也力求簡明易懂。

---

通》，畢氏也在〈序〉中自言「期于簡便明備，為童蒙入門嚆矢，稍易其名曰韻略匯通。」，可見《韻略匯通》的編纂目的，也是為了給童蒙識字之用。

　　正因一方面基於童蒙識字的需要，多收錄便俗字樣；一方面也為了破解傳統等韻予人艱難晦澀的面貌，希望提供意欲學習韻學者方便簡要的入門途徑，在兩方相互的需求下，也促使韻書韻圖在民間的學習需求上蓬勃生發。

### 2.4.3 翻譯滿文的實際需要

　　自清建國至康熙年間，由於滿族語言被朝廷大力提倡，以滿文翻譯的漢文典籍達到了「凡四書五經已經翻譯之外，如綱目講義等有關治道者，靡不譯盡」的地步。與此相應，「康熙一朝便出現了十幾部語言圖書，既有滿漢雙語的，也有滿語單語詞典，而且有幾部本身規模宏大，對後世影響深遠」（章宏偉 2009：83）。前文曾提及的《圓音正考》以及《音韻逢源》，它們的編纂目的也都是為了方便滿文翻譯的需要而產生的。

　　除了語言著作之外，康熙 22 年（1683），沈啟亮編的《大清全書》是「第一部大型滿漢對照詞典，保存著早期滿語吸收漢語的借助詞和少量滿文古字和釋義」（章宏偉 2009：83）。康熙 29 年（1690），《滿漢同文全書》刊印成冊，「此書依〝字母法〞編排，即按滿文字母音序編排，簡便科學，查詢使用方便，是詞典編纂方法的創舉，也成為清代詞典編纂的典範」（章宏偉 2009：83）。後來因著康熙皇帝意識到「後生子弟漸習漢語，竟忘滿語」的危機，對翰林院學士傅達禮提及：「爾任翰院之職，可體朕此意，將滿語照漢文《字彙》發明，某字應如何用，某字當某處用，集成一書，使有益於後學。」（〈康熙起居注〉）此為《清文鑑》編纂的契機。「《清文鑑》前後總計有 68 名殿、閣大學士、學士、中央各部、院、司、寺大臣參與纂修，歷經 35 年，至康熙 47 年（1708）始成，名曰《御制清文鑑》。這是清代第一部由皇上欽定的滿文詞

典，也是一部百科全書性質的滿文分類詞典。上自天文，下至地理，包括軍事、禮樂、飲食、器物等共 280 類，12000 餘條，附有總綱（即索引），為滿文譯學中第一部綱領性巨著」（章宏偉 2009：83）。這部辭書開了清代編纂官修辭書的先河，後來乾隆時期編纂的各類清文鑒，無不以此為基準。即由於滿漢翻譯的社會需求，也促使滿漢對譯類的語言著作跟著興起。

### 2.4.4 審音、展現作者韻學觀點與反映方音口語

耿振生（1992：15-17）在探討明清等韻的開展與流變時指出：「康熙中後期的作者們，更注重從方言共性特徵和系統性角度來研究語音。而從雍正初年到清滅亡為止有兩個顯著特色：第一，近二百年間等韻學長盛不衰，自始至終新的著作層出不窮，數量超過中期。第二，考古派等韻學蓬勃興起，研究上古音的、《廣韻》音系的、《切韻指南》音系的和平水韻音系的，都編出了相當數量的韻圖，與審時派平分秋色」。

個人在觀察過清代的一些韻書韻圖後，發現確實如耿氏所言。雖然此時的作者與作品眾多，各自的編輯理念也各異，但共同的特點是「述者多而作者少」[16]，尤其是考古派的等韻學家都是站在「述」的立場來分析上古音、中古音。即使是反映方音的著作，也多半是成系列的仿作，如仿《韻法直圖》和《五方元音》系列者。不過，個人也觀察到不乏具有新創內容的著作，如《拙菴韻悟》和《等音》改以呼名來列圖分韻，實屬創舉；尤其《拙菴韻悟》裡反映的ㄛ韻母和兒化韻，顯示出作者審音能力的優秀。其次，在滿人著作中所記錄的東北方音，也是清以前極少得見的，適可提供當代

---

16　此語為耿振生（1992：17-18）所言。

以及後人明瞭東北語音的途徑。再則，即使是所謂的「仿作系列」，各個編纂者卻能在舊瓶中裝新酒，講究審音，達到反映語音現象或是建立音變規律的目的，同時也樂於闡述己身韻學觀點，表現出建立自己韻學特色的積極精神，而這些因素實與當時韻書韻圖的大量問世脫離不了關係。

# 三、清代的文化政策
## 與時代背景對出版的影響

　　政府政令與社會思潮對文化出版深具影響，清代的圖書出版亦然，歸納當時的政策與思潮有如下數端：

## 3.1　樸學興起，注重實證與考據

　　清初顧炎武提出「經學即理學」、「捨經學無理學」的口號，由於理學的內涵必須以經學為根本，在研究經學的過程中為達解經的目的，得借助小學為工具，正所謂「訓詁、聲音明而小學明，小學明而經學明」（《說文解字序》）。即因顧炎武等人都以考據學為治學根柢，他本身又精於音韻與金石之學，重視樸學的治學方式，開啟清代以考據方式研究古音之路。尤其是乾嘉時期，不論文字學、聲韻學、訓詁學的研究與成績皆達到鼎盛，而在尊古、循古、考古的風氣下，清代對於上古音、中古音的探求，其投注之人力與成果皆遠遠超出以前各時期，此由清代印行了大量研究上古音與中古音的語言著作可證。然而也是在尊古與考古的風氣下，使得清代產生出特別多的仿上古音與中古音系列的韻書韻圖。

## 3.2 類書與圖書的編集和出版

明代《永樂大典》收錄了歷代文化典籍，不論規模或是形制都為清代修《四庫全書》奠定了良好基礎，加上「清代歷朝君王頗注重教育和科舉，大力興學，為文化的發展與強盛提供良好基礎，同時還組織人力、物力與財力編纂圖書，刊行儒家典籍，既為學校、書院提供教材和書籍，也促進社會的教化作用」（江凌 2010．10-11）。即因在清代前中期，具有政治穩定與經濟文化昌盛的有利條件，無論是代表官方的典籍刊刻還是民間坊肆刻印，都達到最成熟階段。清代政府刻書的代表作是前期的內府武英殿本（官刻機構為武英殿），出版範圍涉及經學、史學、詞章、天文、曆法、農藝、小學等各方面。其中以字書、類書、叢書、詩文總集最多，與音韻相關的有《佩文韻府》、《佩文詩韻》、《佩文詩韻刪注》等。

另如清代編纂的《古今圖書集成》，至今仍為中國現存最大的一部類書，而「康雍乾三代由皇帝欽定的各類書籍達 144 種，約 25000 卷，還不包括《四庫全書》在內」（江凌 2010：10-11）。至於由清政府主導，編輯整理先秦以來兩千多年間的儒家典籍與歷代文人作品，並依著作性質分門別類的《四庫全書》，更是清代最具代表性且最能彰顯政府觀念與態度的一部曠世巨著，而由音韻類典籍在《四庫全書》中歸屬於經部小學類來看，清人對於通經之用的小學給予相當高的評價與地位。如果從書籍出版來看，「清代共出版圖書 126,649 部，170 萬卷，遠遠超過之前歷代圖書出版的總和」（楊家駱 1946），可見清代對出版圖書的重視與提倡。

## 3.3 清政府對滿文教育的推廣與滿文書籍出版的重視

清朝開國的幾任帝王都精通滿、漢兩種語言與文字，順治皇帝就曾提到：「朕思習漢書、入漢俗，漸忘我滿洲舊制。前准宗人府、禮部所請，設立宗學，令宗室子弟讀書其內，因派員教習滿書，其願習漢書者，各聽其便。今思既習滿書，即可將翻譯各樣漢書觀玩，著永停其習漢字諸書，專習滿書。」（《康熙朝滿文朱批奏折全譯》第三卷）之後的康熙皇帝在嫻熟於漢文時開始意識到「後生子弟漸習漢語，竟忘滿語」的危機，為了教育滿族子弟，於是著力推廣滿文教育與圖書，「康熙時期出現了十幾部語言圖書，既有滿漢雙語的，也有滿語單語詞典，而凡是四書五經者也都有滿語譯本」（章宏偉 2009：82-83），清代的武英殿修書處也成為內府滿文出版中心，儘量提供滿族後代學習滿文的環境以不忘本源。即因清政府的提倡，使得滿族學者願投入韻書韻圖的編纂，為保留滿語或是映現方音盡份心力。

## 3.4 市場需求以及印刷術的發達

清代禁毀圖書的規模數量相當驚人，加上康雍乾三朝又有文字獄，讓文人學者備受箝制[17]。「順治年間曾下令禁止印賣〝淫詞小

---

[17] 在清政府大興文字獄，嚴格管制知識分子所言所寫的思想控制下，一般文人為了遠禍保命，遂逃入故紙堆中做學問。基於研究古人著作最安全、遵奉古典文獻最不會為自己帶來禍端，因此便仿效古人來創作。清代之所以產生如此多不同系列的仿作，追溯其根源，文字獄的影響與思想的不自由，也是其中一端。

說"，而從順治、康熙、雍正、乾隆直到道光、光緒等朝，均多次重申對刻印〝淫詞小說"、〝小說戲曲"的禁令」（江凌 2010：12），對戲曲小說類的禁毀更是不遺餘力。鴉片戰爭後，「湖南地區有記載的農民起義就有六次，清政府遷怒於《水滸傳》等淫詞小說的蠱惑人心，於道光、咸豐年間多次禁書。不僅《西廂記》、《水滸傳》屢遭嚴禁，同治年間江蘇巡撫丁日昌一次性開列查禁淫詞小說書目達 267 種，包括《水滸傳》、《西廂記》、《牡丹亭》、《笑林廣記》及一批彈詞等」（江凌 2010：12）；「同治十年（1871）六月還曾下諭嚴禁〝坊本小說"，於是所有小說全成了禁書，但事實卻是屢禁不止。上面下令嚴禁，下面各地坊肆照樣刊刻售賣」（蕭東發 2009）。由於民間對小說和戲曲這類通俗文學和市民娛樂文化有著龐大的需求和市場，加以上有政策、下有對策，不少坊間書肆變換書籍封面或形式以逃避查禁，復因印刷業已發展到一定程度，刊布刷印已非難事，再有就是利潤的吸引人，因此即使有重罰，也不能禁止書肆販售以牟取暴利。

　　由以上江凌所陳述清代禁燬戲曲小說類書籍卻屢禁不止的資料來看，顯然閱讀戲曲小說類書籍是當時普遍的市民娛樂之一，書商和出版社在掌握此一趨勢後便大量印行相關書籍。此時期民間書坊所刻之書「既有供平民日常閱讀的農桑、醫算、類書、便覽，又有供文人操觚射鵠的字書、小學、經史文集；既有戲曲、小說等通俗文學作品，又有私塾學童的啟蒙讀物；甚至還冒險刻一些禁書」（蕭東發 2001：167）。這些刻本大量行銷民間卻不為藏書家以及士人所重視，不過「從書籍生產形式看，書坊刻書對於推進圖書事業的保留、傳播與發展，有著重要貢獻；而從傳播文化方面看，由於品種多、印量大，就更有利於書籍的銷售與流通；再就發展文化上

看，儘管書坊刻書存在著紙墨粗劣、校勘不精等缺點，但對於普及
文化、滿足群眾需要以及促進印刷術發展方面，的確有其貢獻」
（蕭東發、楊虎 2006：170-171）。

　　即因在看懂小說前需先識字，因此教導識字讀音的小學類工具
書如上所言便也成為熱門印刻的暢銷書，於是在市民文學風行的推
波助瀾下，也使得韻書韻圖編纂印刻的數量跟著增加。

## 3.5　小說、戲曲的空前發展，使得出版品眾多且
　　　地位提昇

　　吳燕（2004：213）將整個清代文化分為「皇權文化」與「民間
文化」兩大系統，「皇權文化的核心是一種以文人士大夫為人格載
體、以經典文獻形式流傳於世的壟斷性文化。民間文化一般以民間
戲劇、歌謠、話本演義等形式在民眾中廣泛流傳，其主要功能在於
為下層民眾的生存與生活提供意義解釋和娛樂休閒」，所以清代的
民間文化一直被定位為俚俗的市民娛樂。

　　然而，這種局面到了 19 世紀末 20 世紀初時卻得到扭轉。以小
說為例，原被視為「文人末技」的此種文學形式，自 1902 年梁啟
超提出「小說界革命」的口號以來，小說便開始進入主流之列，一
時間包括《繡像小說》、《創新小說》、《月月小說》、《小說
林》等在內的各種文學雜誌紛紛創刊。根據統計，「在清朝最後的
14 年間（1898-1911）所出版的小說，比前此的 250 年出版的還要
多，僅僅1907 年一年，上海15 家書局、報館出版的各類小說就多
達121 種，其繁盛不難想見。有的小說發行量很大，如曾樸的《孽
海花》由小說林社出版後，至 1911 年時『重印至六七版，已在二

萬部左右，在中國新小說中，可謂銷行最多者。』」[18]（吳燕 2004：
213）

　　當小說從原本不登大雅之堂的民間世俗文學，從而成為「連士
大夫的文人也開始創作並出錢刻印自己作品，說明民間文化已擺脫
皇權附庸，自成一格。而到了戊戌政變前後，上海文化人圈子裡以
寫作賺取稿酬已是普遍現象，如魯迅、林琴南、梁啟超等皆屬之。
當時，以寫作為職業完全可謀生養家，而士大夫也轉變為知識分
子，原本標誌著的等級身分也轉變為職業身分」（吳燕 2004：
214）。即因文化娛樂事業的發展與普及，帶動知識分子對小說、
戲曲的創作與投入，更因為商業經濟上的盛行，民間對於識字教育
與能力的逐漸普及，再加上刻書與出版業已臻成熟並高度發達，在
多方面的企求與配合下，從而帶動清代對於書籍印刻與出版的重視
和發展。

## 四、結語

　　觀察明清時期所出版的韻書韻圖，雖然數量眾多，風格各異，
仍能清楚區分其間的差異。明代的等韻著作勇於改革與新創，對於
反映時音、改良反切與新編圖制，充滿新奇的活力與生氣；到了清
代，則因韻學觀念的趨於成熟與系統性，對於音變現象的描述與整
理優於明代，不過此期除了滿人著作獨具特色外，卻也多蕭規曹隨
的仿作出現，較缺乏新意。個人在檢視清代的等韻著作時發現，刊

---

18　此段關於《孽海花》銷量的記載，請參見阿英《晚清小說史》，東方出版
　　社，1996 年版，第 23 頁。

行於前朝且具特色的韻圖作品，往往被清人大量模仿，其實真正可貴且被討論的是創新者，追隨者和模仿者只能起到讓原作擴大影響力且成為一個系列的作用，至於仿效者本身和編纂的韻圖內容，則鮮少受到注目與重視，這也是為何雖然清代有如此多的仿作，但令人印象深刻且被讚許的少。

　　不過，仿作也非全無優點，個人以為這些仿作的出現也標誌著兩方面的意義：一是可顯示出當時有哪些著作是具代表性且流布甚廣者；再則是這些仿作亦非全然沿襲，而是在某些方面也進行改造。或是韻目的整併、或是聲母、聲調的修訂、或是加入其他方音成分，在某些程度上也揭示出模仿之餘的自我特色，就此層面而言，仍具有研究與參考價值。是以，當我們現在再來檢視清代的諸多韻書韻圖，在見到如此多系列性仿作時，若深究其背後的文學、學術思潮以及當代的出版政策與方向，當有助於釐清並了解為何該階段會衍生出某些語言材料的原因。而據個人的觀察，清代既然是韻書韻圖產生的第二個高峰期，在如此多產的背後自然有其內因外緣，除了與韻學作者自身的理念或是為了避禍有關外，與當時帝王重視滿文的心態、考據訓詁的樸學興盛以及清代的印刷出版業都息息相關。是以藉由個人的論述，以期能就清代的韻書韻圖出版與當時的學術思潮、韻學變遷、政治文化政策做一爬梳釐析，印證當時的發展思潮與社會現況，提供研究清代漢語音韻者參考。

# 第六章 結 論

　　本書在採取「主題式」論述的基礎上，就明清等韻對宋元等韻在繼承的同質性與變革的異質性上進行開展與討論，在經過前面四章的闡述與論析後，本章擬初步歸納明清等韻的特質、貢獻以及缺失。另外，本書範圍涵蓋明清，但內容所論乃依不同主題來開展，無法概括所有面向，本章第二小節即指出本書的侷限與未來可繼續開展之部分。

## 一、明清等韻的瑜與瑕

　　經由本書各章之討論，對於明清等韻所展現出與宋元等韻的「共性」特點與「殊性」特質——包含等韻理論、韻圖形制與對介音、等呼的演化，今分別說明如下：

　　1.明清時期等韻圖的列圖形制在繼承宋、元之餘，也努力開展新型式、新理論。其中又以明代的列圖型制最具多元化與創新性，如《韻法直圖》開創以韻和呼為總綱來分韻列字的形式，後來多有仿效者。時至清代，韻圖則多半蕭規曹隨，創新體例少，依循明代舊規模多。此由本書第四章所論《韻通》、《拙菴韻悟》以及《等音》三部韻圖中，《韻通》和《等音》在編圖定呼上受《韻法直圖》影響，而《拙菴韻悟》又受《韻通》影響可見。不過，清代韻

圖在模仿之餘也有新創處,如在結合韻書與韻圖的體用合一之作下出現的有王祚禎《音韻清濁鑒》、趙培梓《剔弊廣增分韻五方元音》和熊士伯《等切元聲》等。

其次,明清語料中也出現大量反映時音之作以及融合兩種音系以上的複合性音系韻書韻圖,前者如《重訂司馬溫公等韻圖經》、《五方元音》和《拙菴韻悟》等,反映了濁音清化、捲舌音化、零聲母化、入聲韻尾的消變、ㄜ韻母音變、[ɚ] 韻的形成以及數量頗豐的兒化韻等音韻現象,其先進的語音觀念以及反映時音的作法,成為提供我們觀察並了解明清兩代河北方音最好的窗口。後者則如《韻法直圖》、《韻法橫圖》、《韻通》和《等音》等文獻,因是雜揉兩種以上音系的混合之作,增加後人在研究時釐析的難度。而此類韻圖的雜揉性也往往令人懷疑其語音的真實性與可驗證性,因此不免落人屬於作者所編撰之理想中音系的口實。

再則,與宋元韻圖相比,明清的等韻學者喜歡將易學象數、陰陽五行、音樂律呂等各類知識附會至韻書韻圖中,並藉由這些學說來傳達自己的韻學觀和宇宙觀。如《元韻譜》、《五方元音》、《黃鐘通韻》等或是比附易學象數與干支,或是結合音樂、樂器的曲調名稱與知識,使人在研究其內部音系時,也需同時解析其附會各種學說的背景與理由。然而,這些學說的運用究竟是否必要?與韻書韻圖間是否關係密切?則恐怕未必然。此由賈存仁在《等韻精要》中批評《元韻譜》和《五方元音》附會易學實屬多餘可知。因此,喜歡附會易學象數等學理,便成為明清等韻異於宋元韻圖的一大特點。

2.個人在檢視明清兩代的等韻著作時發現,明代多新創,而清代多模仿。刊行於明朝且具特色的韻圖作品,往往被清人大量模

仿，因此清代出現許多如仿《五方元音》系列、仿《韻法直圖》系列、仿《經史正音切韻指南》系列、甚至是仿上古音、中古音系列的，真是多不勝數。其實眾所周知的是，學術貴新創而輕仿襲，追隨者和模仿者只能起到讓原作擴大影響力且形成一個系列的作用，至於仿效者本身和編纂的韻圖內容，則鮮少受到注目與重視。這也是為何雖然清代有如此多的仿作，但令人印象深刻且被讚許的少。

　　不過，清代等韻也自有其特色，在韻學觀念趨於成熟與系統性下，對於音變現象的描述與整理優於明代；同時滿人著作的出現，標誌著清政府對滿文滿語的重視與宣導。加上清代編纂韻書韻圖的原因多樣，或是藉由官修韻書確立新的語音標準，如《音韻闡微》屬之；或是提供童蒙識字或初習韻學者之用，如《拙菴韻悟》、《正音切韻指掌》、《音韻逢源》屬之；或是基於翻譯滿文的實際需要，如《圓音正考》以及《音韻逢源》屬之；或是審音、展現作者韻學觀點與反映方音口語，如《拙菴韻悟》、《等音》、《韻通》等屬之；或是因市場需求以及印刷術的發達，於是供文人操觚射鵠的字書、小學、經史文集以及戲曲、小說等通俗文學作品，在當時被大量刊刻出版。這些都是形成清代韻書韻圖數量眾多且大量刊印的內因外緣，也揭示出學術思潮與政府政策、人心取向、工商業進步、出版印刷術普及等諸多原因，共同構築出一個時代之所以刊行眾多出版品的不同面向。

　　3.廢除門法，變等為呼，原本是明代等韻學者所嘔思改革的要點，然而由中古的「等呼」到明清「呼名」的使用，對於「等呼」原本係指稱「介音」的此一名詞，在明代得到高度發展並達到可無所不包的地步，舉凡聲母、等第、介音、主要元音以及韻尾上的差異，皆可經由不同的呼名而得到區分。個人在第二章綜合分析明代

的三部韻圖（《私編》、《直圖》和《橫圖》）裡呼名訂定所採行的標準與條件後，歸納出當時設立不同呼名的各項條件：

a. 依據介音的開合洪細來設立——如開齊合撮四呼。

b. 以介音增生或脫落後與聲母的搭配來命名——如捲、抵。

c. 從聲母和介音的發音形狀來命名——如齊齒捲舌呼。

d. 從主要元音與聲母拼合時的舌體狀態以及口唇形狀來命名——如咬齒呼、舌向上呼、正與抵之分。

e. 從韻尾的收音態勢而定——如閉口呼。

f. 考量介音和韻尾特徵來決定——如閉捲、抵閉、開捲、抵開。

g. 同時結合聲母、介音以及韻尾特徵來決定——如齊齒啟脣呼、齊齒捲舌而閉。

h. 就韻攝間的內外轉合併、開合口互混或是發音部位、聲調歸字上的相互混讀來設定——如開合、混呼、平入開口呼，上去混呼。

從以上八類呼名條件可知，三圖呼名的設立實際上包羅了音節結構中聲韻調的各個部分，優點是對韻類與音值的區分和界定相當精細，缺點卻是淆亂等呼的原始指稱介音的本義，溢出音節結構所屬範圍，同時有重疊或標準不一的情形。

4.「介音」究竟應該屬於聲母或是歸入韻母，這是本書在第三章中曾討論到的問題，從歷時的角度看，介音的位置，伴隨著人類音韻觀念的進展而有不同的認知。從古人對音節結構區分為聲、韻、調三者，再搭配反切切音原理來看，介音屬於韻母的傳統認知向來無疑義。但隨著時間的演進與韻學觀念的進步，明代開始衍生出介音應屬於聲母的論點，如吳繼仕所提的「聲介合母」，呂坤在

編纂《交泰韻》時也把介音歸於聲母；到了現代更有不少學者如王
洪君、石鋒、端木三等，紛紛從實驗語音學角度來釐析介音性質，
獲悉介音為複合音的一組特徵束，不具備獨立性，提出介音應當歸
入聲母的不同論點。這可說是對傳統認知的大逆轉，也顯示對介音
的定義、認知與歸屬，仍值得再進行深度探索。

　　個人以為人們對介音的認識與界定，標誌著對語音和音節結構
分析的進步與轉變，古時無聲學儀器可供實驗分析，但憑語感和對
音韻的認知、漢民族的押韻習慣來分析，得出介音為韻母一部分的
結論。但隨著音韻知識的豐富、音韻理論的建立與細密化，再輔以
先進的科學儀器來檢測，這時便得出異於以往的定論和認知。這之
間無所謂對錯，代表的是人類對音韻分析的精亦求精，當然，其中
也牽涉到如何詮釋的問題。對於這些歧異，也許可分為由音節結構
位置所定的「音韻層次」和介音的實際音值所屬的「語音層次」二
方面來看[1]：從音韻層次上來看，介音不是用音值來定義的，而是
指稱一種音節結構的位置，也就是韻核（nucleus）前面的上滑音（on-
glide）[2]。上滑音指的是雙元音的舌位移動，滑音舌位的高低唯一的
條件是不能比韻核的舌位低。上滑音在受此區辨功能的限制下，出
現在漢語音節中的上滑音只能是 -i-、-u- 和 -y- 三者。

　　但如果從語音層次上來看，則介音不但是音值，當韻核是高元
音的 -i-、-u-、-y- 單韻母時，它便兼具有韻核與介音的雙重角
色，如何辨析？可由所佔時間格來區別。i、u、y 單元音韻母涵蓋

---

[1] 　此處所言之「音韻層次」和「語音層次」，在第三章內曾提過是鄭錦全
　　（2001）所言。

[2] 　個人在第三章中曾提過此為 Spencer, Andrew（1996）所言。

所有音節時長，時間格較長（佔二個）；-i-、-u-、-y- 介音則只佔韻
母的總長度一半，時間格較短（佔一個）。甚至於在 iən 韻母和 iəŋ
韻母此類屬於「央元音＋鼻音尾」的音節中，介音會取代主要元音
的央元音，變成高元音的主要元音，形成介音的元音化現象。此
時，介音和主要元音的位置上都是由原先的介音所佔據，形成二合
一現象。而之所以如此的原因，可能出在這兩類韻的主要元音是個
很弱的央元音 [ə]，當它處在前高介音 [-i-] 和鼻音韻尾中時，受
到 [-i-] 介音的展唇性拉扯，為了讓生理上傾向於方便發音，於是
造成元音的弱化消失與上移。在此系統下，不僅是 [-i-] 介音會取
代主要元音，[-u-] 介音和 [-y-] 介音也以同樣的變化方式由介音
升格為主要元音。

　　從此角度而言，介音歸屬於韻的看法可能比透過語音實驗，證
明介音是聲母的一束特徵束的觀點要更周延些。但在後出轉精的科
學實證下，未來也許會推翻傳統說法也未可知。是以，認知的不同
以及詮釋的不同，恐怕才是眾學者們對介音歸屬不同的徵結所在，
而這也是介音歸屬至今仍無法斷定、人言言殊的主要原因。

　　5.本書對於介音對聲母和韻尾的影響也進行了討論，例如為何
唇音聲母與合口 [-u-] 介音不相拼？這和唇音聲母舌體平放的特質
與 [-u-] 的圓唇且突出的口型相悖有關。為什麼開口二等字衍生
[-i-] 介音的變化只在舌根音後面產生，而不產生於其他的聲母發
音部位之後呢？這與聲母的發音部位在後，如發[k]時舌後而咽
窄，再加上韻母是前低元音 a 的組合有關。至於為何在 k 類聲母與
a 元音間容許產生的過渡音，只能是 [-i-] 而非其他介音呢？此與
發 k 時舌頭後縮且咽腔的共鳴腔狹窄，而發 a 時口腔張大，造成發
音不易。至於發 i 時舌頭的兩邊會捲起和上顎的大部分接觸，個人

推測因為發 i 時舌位抬高造成共鳴腔的窄狹，形成與 k 類聲母類似的長而狹窄的空間，因此適合當做 k 與 a 間的過渡音。加上 i 具有使前 a 後移、央化的能力，人們感覺加了 i 之後可調整 ka 之間的違和感，此為 i 被選擇為 k 與 a 間所衍生出介音的理由。

　　其次，為何捲舌音不能與 [-i-] 相拼呢？我們可分別從聲母和 [i] 元音與聲母和 [-i-] 介音兩方面來看。由於 [i] 元音是舌面前高元音，會受到其他元音的推擠或拉扯而發生變化，當它由舌面移至舌尖，就會轉化成舌尖前元音 ɿ 或舌尖後元音 ʅ，於是從齊齒和撮口變成開口和合口。[-i-] 介音也同樣具有此能力，因為捲舌音要把舌尖翹起來，而 i 一定要保持平舌狀態，二者的發音動作互相違背，直接相拼有困難，因此現代漢語方言中除粵方言外幾乎看不到捲舌音與 [-i-] 介音或 [i] 元音的結合情況。

　　最後，在元音的系統中，介音和韻尾都會影響主要元音的發音。如中古蟹攝在近代漢語時期讀音為 ai、iai、uai，其中的 iai 因異化作用變成 ie，是因為 iai 前後都是相同的高元音 i，在發音時相互疊合下產生異化作用的結果，同時，i 介音也促使元音位置升高（a→e）。由此可知，介音與韻尾間關係密切。

　　由以上五點的統整說明，我們可明悉明清等韻既前有所承，卻又能在傳統中求變衍異的創新精神，雖然這些新異部分有的被保留繼承、有的則被修正，但並不妨礙明清時期等韻學發展中所輻射出的鮮活生發力道，也因著這股旺盛的產能，使得「等韻學」在此階段達到高峰，獲致豐碩成果。另外，對於「介音」和「等呼」的理解，則標誌著人類對語音觀念在認知上的演進與改變，介音究竟該歸於韻或是屬於聲母，未來仍有繼續討論的空間。

# 二、本書的侷限與待開展之議題

本書因採主題式論述方式，在明清等韻如此大的時間跨度與作品數量中，僅能選擇部分標的物進行討論。因此，儘管範圍鎖定明清，實際上並未涵蓋所有等韻著作以及所展示出的諸般面向，如明清時期出現頗多仿「詩韻」系列、仿中古音系列、仿上古音系列的等韻著作，限於篇幅和主題範圍，並未能將之納入與討論，此為本書的不足與限制處；同時，對於介音的性質定位與討論、音變原因的分析與推測，其中或有可議與錯漏處，這些都是個人未來仍需努力與補強的地方。希冀藉由本書的論述，能就明清等韻中易混淆、易錯亂的等呼與介音進行探討與廓清，試圖解析某些音變原因與機制，並抉發明清某些著作的音系現象，印證當時的發展思潮與社會現況，提供研究明清等韻研究者參考。

其次，自趙蔭棠《等韻源流》一書揭示出「明清等韻」此一待開發之新領域後，近三、四十年來投入研究與墾掘的學者數量頗豐，成果亦極為可觀，目前幾乎可見之等韻著作，半數以上均已被探討研究。未來在此所建立之基礎上，吾人或可朝建立等韻學史的角度來進行，其間包括等韻音韻理論和規律的建構、音韻思想史的建立與探析（如魯國堯、王松木等人刻正進行中）、明清等韻與漢語方言的結合與共構、明清等韻的地理類型分布與特點探賾以及明清等韻與域外漢語的整合研究（如丁鋒、林慶勳先生等人）等，都是可由此延伸出的不同支線。這些支線無法在早期進行，因為當時對明清等韻著作的了解尚有限，現今則可在前賢研究的豐碩基礎上開始擘畫與延伸，相信只要投入的人力夠多、面向夠廣，定能對明清等韻面貌的抉發與了解更深，也能提供等韻學研究者更豐富且多樣之研究資源。

# 引用書目

## 一、古籍類

王祚禎，1721，《善樂堂音韻清濁鑑》（收入《續修四庫全書》），上海：
　　上海古籍出版社（1995 年版）。

年希堯，1710，《五方元音二卷》（上海圖書館藏清康熙刻本），臺南：莊
　　嚴文化事業公司（四庫全書存目叢書版）。

───，1727，《新纂五方元音全書》（善成堂藏板），東京：東京大學圖
　　書館藏。

江永，？，《音學辨微》，臺北：藝文印書館（1967 影本）。

李登，1586，《書文音義便考私編難字直音》（見於《續修四庫全書・經
　　部・小學類卷》，上海：上海古籍出版社，2002）。

李世澤，1614，《韻法橫圖》（見於《續修四庫全書・經部・小學類卷
　　233》，上海：上海古籍出版社，2002）。

李光地等編，1728，《御定音韻闡微》十八卷，臺北：臺灣商務印書館
　　（1983 影本）。

周德清，1324，《中原音韻》，臺北：學海出版社（1996 年影印明刻本）。

〔比利時〕金尼閣，1626，《西儒耳目資》三卷，北京：國立北京大學北平
　　圖書館藏，1933 年。

馬自援，？，《馬氏等音》（見於《續修四庫全書・經部・小學類卷 257》，
　　上海：上海古籍出版社，2002）。

桑紹良，1581，《青郊雜著一卷文韻考衷六聲會編十二卷》（收入《四庫全
　　書存目叢書》，臺南：莊嚴文化事業公司）。

袁子讓，1603，《五先堂字學元元》（見於《續修四庫全書・經部・小學類

卷》，上海：上海古籍出版社，2002）。

徐孝，1606，《重訂司馬溫公等韻圖經》。

莎彝尊，1860，《正音切韻指掌》，清咸豐 15 年塵談軒刻本，中國社會科學
　　　院語言研究所藏。

陳澧，？，《切韻考》，臺北：臺灣學生書局（1977 影本）。

喬中和，1611，《元韻譜》（附於《續修四庫全書》之內，上海：上海古籍
　　　出版社）。

都四德，？，《黃鍾通韻二卷附琴圖補遺》（北京圖書館藏清乾隆刻本），
　　　臺南：莊嚴文化事業公司（四庫全書存目叢書版）。

裕恩，1840，《音韻逢源》，清道光聚珍堂刻本，北京大學圖書館藏。

葉秉敬，1605，《韻表》（見於《續修四庫全書・經部・小學類卷》，上
　　　海：上海古籍出版社，2002）。

賈存仁，1775，《等韻精要》，河東賈氏塾定本，國立臺灣師範大學圖書館
　　　藏。

趙紹箕，1674，《拙菴韻悟》（見於《續修四庫全書・經部・小學類卷
　　　257》，上海：上海古籍出版社，2002）。

趙培梓，1810，《增補剔弊五方元音》，上海廣益書局印行，中研院史語所
　　　藏。

樂韶鳳等編，1375，《洪武正韻》十六卷，臺北：臺灣商務印書館（1983 年
　　　影本）。

樊騰鳳，1654-1664，《五方元音》，寶旭齋藏板，國立臺灣師範大學國研所
　　　藏。

顏之推，？，《顏氏家訓》，臺北：臺灣中華書局（1970 年版）。

蕭雲從，？，《韻通》（見於《續修四庫全書・經部・小學類卷 257》，上
　　　海：上海古籍出版社，2002）。

蘭茂，1442，《韻略易通》，臺北：廣文書局（1972 年影本）。

無名氏，1612 以前，《韻法直圖》（見於《續修四庫全書・經部・小學類卷
　　　233》，上海：上海古籍出版社，2002）。

───，1989，《等韻五種》，臺北：藝文印書館。

## 二、專書

王力，1985，《漢語語音史》，北京：中國社會科學出版社。

——，1998，《漢語史稿》（收於王力文集第九卷），北京：商務印書館。

王士元，1988，《語言與語音》，臺北：文鶴出版公司。

王洪君，1999，《漢語非線性音系學——漢語的音系格局與單字音》，北京：北京大學出版社。

中國社會科學院和澳大利亞人文科學院合編，1987，《中國語言地圖集》，香港：朗文書局。

石鋒，2008，《語音格局——語音學與音系學的交匯點》，北京：商務印書館。

李榮，1952，《切韻音系》，語言學專刊第 4 種，北京：中國科學院第二版，1956 年。

李方桂，1980，《上古音研究》，北京：商務印書館。

李思敬，《漢語“兒”[ɚ] 音史研究》，臺北：臺灣商務印書館。

李新魁，1983，《《中原音韻》音系研究》，鄭州：中州書畫社。

———，1983，《漢語等韻學》，北京：中華書局。

———，1994，《李新魁語言學論集》，北京：中華書局。

李新魁、麥耘，1993，《韻學古籍述要》，西安：陝西人民出版社。

李清桓，2008，《《五方元音》音系研究》，武昌：武漢大學出版社。

何大安，1987，《聲韻學中的觀念和方法》，臺北：大安出版社。

吳宗濟主編，？，《現代漢語語音概要》，北京：華語教學出版社。

邵榮芬，1982，《切韻研究》，北京：中國社會科學出版社。

林慶勳，1988，《《音韻闡微》研究》，臺北：臺灣學生書局。

周賽華，2005，《合併字學篇韻便覽》研究，武漢：湖北人民出版社。

〔瑞典〕高本漢（著），趙元任、李方桂、羅常培（譯），1940，《中國音韻學研究》，北京：商務印書館（2003 年版）。

耿振生，1992，《明清等韻學通論》，北京：語文出版社。

孫宜志，2006，《安徽江淮官話語音研究》，合肥：黃山書社。

陳新雄，1990，《中原音韻概要》，臺北：學海出版社。

陳章太、李行健（主編），1995，《普通話基礎方言基本詞匯》，北京：語
　　　文出版社。

趙蔭棠，1965，《《中原音韻》研究》，上海：商務印書館。

───，1985，《等韻源流》，臺北：文史哲出版社。

楊時逢，1969，《雲南方言調查報告》（漢語部分），中央研究院歷史語言
　　　研究所專刊之五十六，南港：中央研究院歷史語言研究所印行。

葉寶奎，2001，《明清官話音系》，廈門：廈門大學出版社。

董同龢，1979，《漢語音韻學》，臺北：文史哲出版社第七版，1983 年。

寧繼福，1985，《中原音韻表稿》，吉林：文史出版社。

應裕康，1972，《清代韻圖之研究》，臺北：弘道文化事業公司。

蕭東發，2001，《中國圖書出版印刷史論》，北京：北京大學出版社。

───，2009，《中國出版圖史》，廣州：南方日報出版社。

蕭東發、楊虎，2006，《中國圖書史》，高雄：鳳儀知識產業公司。

羅常培，1956，《漢語音韻學導論》，北京：中華書局。

Spencer, Andrew, 1996, *Phonology*, Oxford: Balckwell Publisher.

## 三、期刊論文（含專書論文、會議論文）

王平，1996，〈《五方元音》韻部研究〉，《鄭州大學學報》（哲社版）5，
　　　頁 40-43、84。

王洪君，2001，〈關於漢語介音節中的第位問題〉，《聲韻論叢》第十一
　　　輯，頁 37-44，中華民國聲韻學學會編，臺北：臺灣學生書局。

王為民、楊亦鳴，2004，〈《音韻逢源》底畢胃三母的性質〉，《民族語
　　　文》4，頁 57-65。

王靈芝、羅紅昌，2010，〈現代漢語介音的性質：以 [i] 為例〉，《宜賓學
　　　院學報》第 10 卷第 8 期，頁 79-81。

〔日〕平山久雄，2012，〈漢語中產生語音演變規律例外的原因〉，《漢語
　　　語音史探索》，頁 92-101，北京：北京大學出版社。

朱曉農，2006，〈晉城方言中的卷舌邊近音 [l]──兼論〝兒〞音的變遷〉，
　　　《山高水長：丁邦新先生七秩壽慶論文集》，頁 467-476，臺北：中央
　　　研究院語言學研究所。

池挺欽，2007，〈《等音》版本研究——兼析《等音》中的重出字〉，《湖北經濟學院學報》（人社版）第 4 卷第 9 期，頁 146-148。

江凌，2010，〈試論清代前中期的出版文化環境〉，《出版科學》第 18 卷第 1 期，頁 10-13。

邢凱，2000，〈中古漢語語音結構中的 r 介音〉，《漢語和侗傣語研究》，軍事誼文出版社。

李新魁，1993，〈論近代漢語照系聲母的音值〉，原載《學術研究》1979 年第 6 期；又收人《李新魁自選集》，頁 168-181，鄭州・河南教育出版社。

李存智，2001，〈介音對漢語聲母系統的影響〉，《聲韻論叢》第十一輯，頁 69-109，中華民國聲韻學學會編，臺北：臺灣學生書局。

李千慧，2013，〈從明代語料看二等開口牙喉音字的演化及其方言分布〉，《第三十一屆全國聲韻學學術研討會論文》，頁 293-312。

宋韻珊，1998，〈試論《五方元音》與《剔弊廣增分韻五方元音》的編排體例〉，《聲韻論叢》第七輯，臺北：臺灣學生書局，頁 137-154。

———，2007，〈漢語方言中的 [uei] 韻母研究——以官話區為研究對象〉，《興大中文學報》第 22 期，頁 47-57。

———，2012，〈明代韻書韻圖的編纂與出版傳播〉，《中國語言學集刊》第 6 卷第 1 期，頁 93-120，香港科技大學中國語言學中心。

吳燕，2004，〈晚清上海印刷出版文化與公共領域的體制建構〉，《江海學刊》1，頁 212-216。

汪銀峰，2010，〈滿族學者在近代語音研究的貢獻之一——《黃鍾通韻》與遼寧語音研究〉，《滿族研究》3（總第 100 期），頁 86-89。

邵榮芬，1963，〈敦煌俗文學中的別字異文和唐五代西北方音〉，《中國語文》3，頁 193-217。

———，1998，〈《韻法橫圖》與明末南京方音〉，《漢字文化》3，頁 25-37。

周祖謨，1966，〈宋代汴洛語音考〉，《問學集》，頁 581-655，北京：中華書局。

林慶勳，1991，〈論五方元音年氏本與樊氏原本的音韻差異〉，《高雄師大

學報》2，頁 105-119。

竺家寧，1992，〈清代語料中的ㄜ韻母〉，《國立中正大學學報》（人文分
　　冊）第 3 卷第 1 期，頁 97-119。

───，2001，〈析論近代音介音問題〉，《第七屆國際暨第十九屆全國聲
　　韻學學術研討會論文》，臺北：政治大學。

洪惟仁，2001，〈閩南語有標元音的崩潰與介音化〉，《聲韻論叢》第十一
　　輯，頁 243-274，中華民國聲韻學學會編，臺北：臺灣學生書局。

唐作藩，1991，〈《中原音韻》的開合口〉，收入《中原音韻新論》中，北
　　京：北京大學出版社。

徐通鏘，1994a，〈音系的結構格局和內部擬測法（上）──漢語的介音對聲
　　母系統的演變的影響〉，《語文研究》第 3 期（總第 52 期），頁 1-
　　9。

───，1994b，〈音系的結構格局和內部擬測法（下）──漢語的介音對聲
　　母系統的演變的影響〉，《語文研究》第 4 期（總第 53 期），頁 5-
　　13。

高曉虹，1999，〈《音韻逢源》的陰聲韻母〉，《古漢語研究》4（總第 45
　　期），頁 79-81。

陸志韋，1988，〈釋《中原音韻》〉，《陸志韋近代漢語音韻論集》，頁 1-
　　34。北京：商務印書館。

───，1988，〈記畢拱辰《韻略匯通》〉，《陸志韋近代漢語音韻論集》，
　　頁 85-93。北京：商務印書館。

曹劍芬、楊順安，1984，〈北京話韻母的實驗研究〉，《中國語文》1984 年
　　第 6 期。

麥耘，1987，〈《韻法直圖》中二等開口字的介音〉，《語言研究》第 2
　　期，頁 78-80。

張光宇，2006，〈漢語方言合口介音消失的階段性〉，《中國語文》第 4
　　期。

張建民，2001，〈二等韻介音研究綜述〉，《蘭州大學學報》（社科版）3
　　（總 29 期），頁 79-84。

張建坤，2002，〈從《五方元音》到子弟書韻母系統的演變〉，《廣東廣播

電視大學學報》4（第 11 卷總第 42 期），頁 75-79。

馮蒸，1990，〈關於《正音切韻指掌》的幾個問題〉，《漢字文化》1，頁
　　24-40。

章宏偉，2006，〈從滿文創制到滿文出版傳播的濫觴〉，《河南大學學報》
　　（社科版）第 46 卷第 2 期，頁 151-157。

───，2009，〈論清代前期滿文出版傳播的特色〉，《河南大學學報》
　　（社科版）第 49 卷第 1 期，頁 80-91。

楊亦鳴、王為民，2003，〈《圓音正考》與《音韻逢源》所記尖團音分合之
　　比較研究〉，《中國語文》2（總第 293 期），頁 131-136。

楊秀芳，1989，〈論漢語方言中全濁聲母的清化〉，《漢學研究》7：2，頁
　　41-74。

楊耐思，1981，〈近代漢語 -m 的轉化〉，《語言學論叢》第七輯，頁 16-
　　27。

楊家駱，1946，〈中國古今著作名數之統計〉，《新中華》（復刊）。

趙克剛，1994，〈四等重輕論〉，《音韻學研究》第三輯，北京：中華書
　　局。

葉寶奎，1999，〈《音韻闡微》音系初探〉，《廈門大學學報》（哲社版）4
　　（總第 140 期），頁 105-111。

───，2001，〈試論《書文音義便考私編》音系的性質〉，《古漢語研
　　究》3（總第 52 期），頁 6-10。

董忠司，2008，〈徽語介音有無的時空之變──附論徽語介音和吳閩客粵語
　　的關係〉，香港：歷時演變與語言接觸：中國東南方國際研討會論
　　文。

鄒德文、馮煒，2008，〈《黃鍾通韻》《音韻逢源》的東北方言語音特
　　徵〉，《佳木斯大學社會科學學報》第 26 卷第 6 期，頁 72-74。

〔日〕遠藤光曉，2001，〈介音與其他語音成分之間的配合關係〉，《聲韻
　　論叢》第十一輯，頁 45-68，中華民國聲韻學學會編，臺北：臺灣學生
　　書局。

鄭錦全，1980，〈明清韻書字母的介音與北音顎化源流的探討〉，《書目季
　　刊》14：2，頁 77-87。

───，2001，〈漢語方言介音的認知〉，《聲韻論叢》第十一輯，頁 25-
　　36，中華民國聲韻學學會編，臺北：臺灣學生書局。

黎新第，1995，〈明清時期的南方官話方言及其語音特點〉，《重慶師院學
　　報》4。

〔韓〕鄭榮芝，1999，〈《韻法直圖》聲母系統的幾個問題〉，《汕頭大學
　　學報》（人文科學版）15：2，頁 38-41，91。

劉祥柏，2007，〈江淮官話的分區（稿）〉，《方言》4，頁 353-362。

薛鳳生，1992，〈從等韻到《中原音韻》〉，《語言學論叢》第十七輯，北
　　京大學中文系《語言學論叢》編委會編，北京：商務印書館。

龍莊偉，1988，〈略說《五方元音》〉，《河北師院學報》（哲社版）2，頁
　　116-119、109。

───，1996，〈《五方元音》與《元韻譜》〉，《河北師院學報》（哲社
　　版）3，頁 66-69。

羅常培，1932，〈《中原音韻》聲類考〉，中央研究院《歷史語言研究所集
　　刊》第二本第四分；又見於《羅常培語言學論文選集》，頁 65-79，臺
　　北：九思出版社，1978。

Duanmu, san（端木三），2008, Syllable Structure [M]. Oxford: Oxford University
　　Press.

## 四、學位論文

王寶紅，2001，《《洪武正韻》研究》，陝西師範大學漢語言文字學音韻學
　　碩士論文。

宋志培，2004，《宣城方言音系研究》，山東大學碩士論文。

宋韻珊，1994，《韻法直圖與韻法橫圖音系研究》，國立高雄師範大學國文
　　研究所碩士論文。

───，1999，《剔弊廣增分韻五方元音》音系研究，國立高雄師範大學國
　　文研究所博士論文。

余躍龍，2010，《等韻精要》研究，山西大學博士論文。

張金發，2009，《《馬氏等音》音系研究》，福建師範大學高等學校教師在
　　職攻讀碩士學位論文。

曾若涵，2007，《韻圖的詮釋——以林本裕、梅建重編馬自援《等音》為例》，國立高雄師範大學國文研究所碩士論文。

劉一正，1990，《馬自援《等音》音系研究》，國立高雄師範大學國文研究所碩士論文。

洪梅，2006，《近代漢語等呼觀念的演化研究》，福建師範大學碩士論文。

劉巍，2006，《《拙庵韻悟》研究》，吉林大學碩士論文。

劉靜，2008，《近代以來漢語介音系統研究》，福建師範大學碩士論文。

權淑榮，1999，《書文音義便考私編》音系研究，國立臺灣大學中文研究所碩士論文。

Duanmu, san（端木三），1990), *A Formal Study of Syllable, Tone, Stress and Domain in Chinese Languages*. Ph. D. dissertation, MIT.

國家圖書館出版品預行編目資料

共性與殊性——明清等韻的涵融與衍異

宋韻珊著. – 初版. – 臺北市：臺灣學生，2014.03
面；公分：

ISBN 978-957-15-1605-9 (平裝)

1. 等韻  2. 研究考訂  3. 明代  4. 清代

802.436                                         103001929

共性與殊性——明清等韻的涵融與衍異

著　作　者：宋　　　韻　　　珊
出　版　者：臺 灣 學 生 書 局 有 限 公 司
發　行　人：楊　　　雲　　　龍
發　行　所：臺 灣 學 生 書 局 有 限 公 司
　　　　　　臺北市和平東路一段七十五巷十一號
　　　　　　郵 政 劃 撥 帳 號 ： 0 0 0 2 4 6 6 8
　　　　　　電　話 ： ( 0 2 ) 2 3 9 2 8 1 8 5
　　　　　　傳　眞 ： ( 0 2 ) 2 3 9 2 8 1 0 5
　　　　　　E-mail：student.book@msa.hinet.net
　　　　　　http：//www.studentbook.com.tw
本 書 局 登
記 證 字 號：行政院新聞局局版北市業字第玖捌壹號
印　刷　所：長 欣 印 刷 企 業 社
　　　　　　新北市中和區中正路九八八巷十七號
　　　　　　電　話 ： ( 0 2 ) 2 2 2 6 8 8 5 3

定價：新臺幣三五〇元

西 元 二 〇 一 四 年 三 月 初 版

80296

ISBN 978-957-15-1605-9 (平裝)
GPN：1010300336